Chère lectrice, cher lecteur,

Je vous confie Emma et Agathe, le temps d'un été au pays Basque.

Je vous souhaite une belle lecture (et une belle vie)

Amitiés,

Virginie Grimaldi

# Une belle vie

De la même autrice

*Le Premier Jour du reste de ma vie*, City Éditions, 2015, Le Livre de poche, 2016.

*Tu comprendras quand tu seras plus grande*, Fayard, 2016, Le Livre de poche, 2017.

*Le parfum du bonheur est plus fort sous la pluie*, Fayard, 2017, Le Livre de poche, 2018.

*Il est grand temps de rallumer les étoiles*, Fayard, 2018, Le Livre de poche, 2019.

*Chère Mamie*, Fayard/Le Livre de poche, 2018.

*Quand nos souvenirs viendront danser*, Fayard, 2019, Le Livre de poche, 2020.

*Et que ne durent que les moments doux*, Fayard, 2020, Le Livre de poche, 2021.

*Chère Mamie au pays du confinement*, Fayard/Le Livre de poche, 2020.

*Les Possibles*, Fayard, 2021, Le Livre de poche, 2022.

*Il nous restera ça*, Fayard, 2022, Le Livre de poche, 2023.

Virginie Grimaldi

# Une belle vie

*roman*

Flammarion

ISBN : 978-2-0804-3692-4

« C'est comme si une chaîne avait relié
Invisiblement nos poignets
Le jour où nous sommes nées
Alors si tu coules, je coule aussi
Et je tiens bien trop à la vie
Pour que ce puisse être permis. »

Clara Luciani, « Ma sœur »

*Pour ma sœur.*

## *Hier*
## *Avril 1985*
## *Emma – 5 ans*

*Ma sœur est née ce matin. Elle est moche.*

*Elle est toute rouge et toute rayée.*

*Papa demande si je suis contente, je dis non. Je suis pas contente. Je la veux pas. J'espère qu'ils vont la laisser à l'hôpital.*

*Je lui prêterai pas mes jouets.*

*Mais j'aime bien son doudou.*

# Aujourd'hui
# 5 août
# Emma

14 h 32

Le portail n'est pas fermé. Il grince quand je le pousse, comme pour me reprocher de ne pas être venue depuis longtemps. La peinture blanche s'est écaillée par endroits, laissant apparaître le noir originel. Après son cambriolage, j'ai insisté pour que Mima installe une alarme, en plus d'un cadenas et de plusieurs spots détecteurs de mouvement autour de la maison. Elle a tenté tous les prétextes : « le chat va déclencher l'alarme » ; « je ne pourrai pas ouvrir mes fenêtres » ; « monsieur Malois a été cambriolé et l'alarme n'a pas fonctionné » ; « c'est trop cher » ; « de toute manière je n'ai rien à voler » ; « laisse-moi tranquille Emma, tu es aussi têtue que ton père ».

Je suis la première arrivée. Les volets sont clos, les mauvaises herbes s'insinuent entre les dalles de la terrasse, les pieds de tomates ploient sous les fruits.

Mima les a plantés le jour de mon anniversaire. Elle m'a appelée juste après, elle pestait contre la terre qui s'était incrustée sous ses ongles et avait résisté au nettoyage. « J'ai planté des cœurs de bœuf, je sais que tu les aimes, elle m'a dit. Je te ferai une bonne salade quand tu viendras. »

Juste à côté des cœurs de bœuf, il y a un pied de tomates cerises, les préférées d'Agathe. J'en cueille une, je l'essuie contre ma chemise, et j'enfonce mes dents dedans. La peau cède, la chair explose, déborde sur mes lèvres, le jus acide déverse ses graines sur ma langue, et c'est l'enfance qui cogne à mes souvenirs.

— T'es déjà là ?

La voix d'Agathe me fait sursauter. Je ne l'ai pas entendue arriver. Elle me serre dans ses bras pendant que les miens restent ballants. Dans la famille, on est plutôt radins de la démonstration affective. Pas ma sœur. Elle parle le câlin couramment et porte ses sentiments en bandoulière.

— Je suis contente de te voir ! dit-elle en relâchant son étreinte. Après tout ce temps…

Elle s'interrompt, me dévisage, l'émotion me gagne quand son regard rencontre le mien.

— J'étais étonnée quand j'ai reçu ton message, poursuit-elle. C'est une super idée que t'as eue. J'ai les boules que la maison de Mima soit vendue, mais c'est pas étonnant de la part de notre cher oncle. Le mec me réclame encore les vingt centimes qu'il m'a prêtés quand j'avais huit ans, je suis sûre que dans une autre vie c'était un horodateur.

— Ça expliquerait sa tête carrée.

— Ouais. Si tu lui appuies sur le nez, il chie un ticket de stationnement. Bon, on ouvre la maison ?

Je la suis vers la porte. Le soleil éclabousse ses cheveux, et de longs fils blancs apparaissent dans sa tignasse blonde. Ces témoins du temps me serrent le cœur. Sous mes yeux au quotidien, ma petite sœur ne vieillissait pas. On a pris cinq ans depuis la dernière fois, et tout à coup Agathe est devenue une adulte.

— Je sais pas où j'ai foutu la clé.

Elle vide son sac sur le paillasson, la longue clé en bronze gît au milieu des paquets de chewing-gums et des cigarettes.

— La voilà !

J'aurais voulu qu'elle n'y soit pas. Qu'on reparte sans pouvoir entrer, qu'on soit obligées de renoncer. J'aurais voulu ne jamais avoir proposé à ma sœur de venir passer nos dernières vacances ici, comme quand on était petites, avant que la maison n'appartienne à d'autres. J'aurais voulu ne jamais savoir ce que ça fait de voir cette porte s'ouvrir, et de ne plus entendre la voix de notre grand-mère nous demander de nous déchausser.

## *Hier*
## *Septembre 1986*
## *Emma – 6 ans*

*Agathe a encore fait caca dans le bain. Ses crottes flottent partout autour de moi. Maman la sort de l'eau en criant. Elle crie souvent, depuis Agathe.*

*Quand Papa rentre du travail, Maman raconte. Il rigole, alors elle rigole aussi. Je leur fais un câlin.*

*Demain, je rentre au CP. J'espère que je serai dans la classe de Cécile, mais pas dans celle de Margaux. Elle fait trop sa crâneuse avec ses cheveux longs, et en plus elle m'a dit que j'étais débile parce que je savais pas faire du vélo sans roulettes.*

*Je veux des cheveux longs aussi, mais Maman ne veut pas. Elle dit que c'est trop pénible pour les laver à cause que j'ai des boucles. Elle me les coupe court avec les grands ciseaux orange. Quand je serai grande, j'aurai des cheveux longs comme Margaux.*

# Aujourd'hui
# 5 août
# Agathe

14 h 35

Je n'ai pas posé un pied dans la maison que l'alarme se met à hurler. Ça a le mérite de couper court aux larmes. Emma saute comme un pop-corn avant d'enfoncer ses doigts dans ses oreilles. Note pour plus tard : si je prévois de faire un cambriolage, ne pas demander à ma sœur de m'accompagner.

Je tape le code sur le clavier. Mima me l'avait donné quand elle était hospitalisée, pour que je vienne nourrir le chat.

8085.

Les années de naissance de ses deux petites-filles.

J'ouvre les volets du bas, Emma se charge de ceux du haut. Je la rejoins dans la chambre de Mima, je la trouve figée face à la commode. La boîte à bijoux est ouverte, vide. Elle secoue la tête :

— Visiblement, l'horodateur s'est souvenu qu'il avait une mère.

— Je paierais cher pour voir sa tronche quand il saura que la plupart des bijoux sont en toc.

— Il sait qu'on est là ?

— Non. Je ne lui ai pas parlé depuis l'enterrement.

Le silence tombe. J'ai prononcé le mot tabou. Emma n'est pas venue aux obsèques de Mima. Soi-disant un voyage scolaire qu'elle ne pouvait pas annuler. Je vois mal quelle destination pouvait passer avant l'adieu à notre grand-mère, mais je n'étais pas la mieux placée pour la ramener.

On redescend dans le salon. Sur la toile cirée de la petite table en bois, le programme télé est ouvert au vendredi 27 mai. Dans la corbeille, les pommes sont flétries.

« Emporte le fromage et les fruits chez toi, m'a dit Mima lors d'une visite à l'hôpital. Je risque de rester un moment ici, ça va se perdre. »

J'ai refusé, par superstition. Elle récupérait un peu chaque jour, les médecins étaient confiants.

« Tu crois pas que je vais manger ton fromage dégueu, j'ai dit. Tu peux décimer une ville entière rien qu'en ouvrant ton frigo. Je sais pas pourquoi on s'emmerde à fabriquer des bombes nucléaires alors qu'on a du camembert. »

Elle a ri, alors j'ai continué :

« Pourquoi tu crois que t'as perdu toutes tes dents ? C'est pas l'âge, Mima, c'est l'odeur. »

L'aide-soignante a apporté le dîner, Mima a souri en voyant la tranche de fromage insipide emballée dans du cellophane, je l'ai embrassée sur le front avant de lui promettre de revenir le lendemain. À 4 h 56 du matin, un AVC plus fort que le précédent a emporté tous nos lendemains.

Emma ouvre le frigo :

— Il faut qu'on aille faire des courses.

— On peut faire ça demain, non ? J'ai envie d'aller à la plage, plutôt. Il fait super beau, profitons-en, ça ne dure jamais ici.

Elle n'a pas besoin d'insister, son regard me passe le message. Elle s'installe sur la table et commence à rédiger une liste. La lune de miel aura tenu à peine quelques minutes, la routine est de retour, comme si on l'avait quittée hier.

— Tu prends quoi au petit-déj ?

— Du café, je réponds en tentant de masquer ma déception.

Elle note. Ses cheveux sont très courts, de profil on dirait notre mère. Je n'avais jamais remarqué qu'elle lui ressemblait tant. Il paraît que j'ai tout pris de notre père, son nez particulièrement. Je ne suis pas sûre d'en être reconnaissante, j'ai même songé à le faire retoucher par un chirurgien, mais finalement je l'ai gardé, il peut servir. Si un jour je suis sur un bateau et que le gouvernail ne fonctionne plus, par exemple.

— On peut faire du veau ce soir ? propose Emma.

— Je suis végétarienne.

— Depuis quand ?

— Deux ou trois ans.

— Ah. Tu manges du poulet, quand même ?

— Non, mais tu peux en prendre pour toi.

— Bah non, tant pis. On mangera du poisson.

— J'en mange pas non plus.

— Mais tu te nourris de quoi ? De graines ?

— Uniquement de graines, oui. Va falloir que je fasse gaffe, d'ailleurs, parce que j'ai remarqué un truc bizarre. Regarde.

Je m'approche d'elle et soulève la manche de mon tee-shirt.

— Je ne vois rien, dit-elle.

— Si, là, regarde mieux. Tu vois pas ?

— Non.

— J'ai des plumes qui commencent à pousser. Et l'autre jour, j'ai pondu un œuf.

Elle lève les yeux et retourne à sa liste, mais, malgré tous ses efforts, je vois clairement sa bouche lutter pour ne pas rire.

## *Hier*
## *Novembre 1986*
## *Agathe – 1 an et demi*

*Non.*

## Aujourd'hui
## 5 août
## Emma

15 h 10

Le supermarché est presque désert. Seules quelques personnes âgées sont venues profiter de la fraîcheur du rayon surgelés. Tout le monde est à la plage. J'imagine les serviettes collées les unes aux autres, les pieds des enfants qui font voler le sable dans les yeux, les cris des parents inquiets, les rires des autres, la chaleur harassante. Je ne trouve plus aucun charme aux vagues dans lesquelles j'ai plongé mon enfance, au sable chaud foulé par mon adolescence. Je comptais les jours qui me séparaient de l'océan, il me semblait chaque fois plus beau que quand je l'avais laissé, mais je peux désormais envisager le reste de ma vie sans lui. Je ne le déteste pas, c'est pire. Il est devenu dispensable.

— Je vais chercher le PQ, annonce Agathe en s'éloignant.

Je raye le papier toilette de la liste. Je l'ai scindée en rayons, le sec d'abord, le frais ensuite, les surgelés pour finir.

Ma sœur revient les bras chargés d'articles, et aucun ne ressemble à du papier toilette.

— J'ai trouvé de la brioche aux pépites de chocolat ! Tu te souviens de celle de Mima ?

— Agathe, on a fait une liste…

— *Tu* as fait une liste, réplique-t-elle. Et *tu* as insisté pour qu'on prévoie tous les menus de la semaine.

Je ne réponds pas. On est ensemble depuis quelques heures à peine, et on doit le rester sept jours. Les occasions de provoquer une crise ne manqueront pas.

Elle ouvre le paquet et arrache un bout de brioche avec les doigts.

— T'en veux ?

Elle s'attend à ce que je refuse. Je saisis la part et l'enfonce dans ma bouche. Qu'elle n'aille pas croire, elle aussi, que je suis psychorigide.

C'est l'arme favorite d'Alex, le reproche qu'il dégaine quand je souligne son manque d'initiative. « Tu repasses derrière moi quand je remplis le lave-vaisselle, tu trouves toujours à redire quand je prépare à manger, tu n'approuves jamais mes propositions de sorties. Ce que je fais ne va jamais, alors je n'ose plus rien faire. »

Imparable. Et, si je dois être honnête, pas totalement faux.

J'ai longtemps aimé sa manière d'être au monde, d'observer l'existence avec sa force tranquille, sa capacité à se laisser porter par la vie en s'accommodant de ce qu'il y trouvait. Il était la sérénité qui me faisait défaut, si je ne la ressentais pas je pouvais vivre avec. Je me suis agrippée à lui pour qu'il m'arrache à l'enfance. J'ai enfoui mes angoisses dans sa carcasse solide, ses grands bras m'ont entourée tout entière, je m'y suis abritée.

Mais le temps défigure les qualités et leur donne l'allure de défauts.

Agathe referme le paquet de brioche et m'adresse un sourire bravache :

— Je vais chercher des chips, j'imagine que t'en as pas mis sur ta liste.

Je la laisse s'éloigner vers le rayon concerné, en me gardant bien de la prévenir qu'elle a une moustache en chocolat.

## *Hier*
## *Décembre 1987*
## *Emma – 7 ans*

*On a passé Noël chez Mima et Papi. Il y avait tonton Jean-Yves et les cousins Laurent et Jérôme. On a dormi tous les quatre dans la chambre du bas, c'était rigolo, Agathe ronflait parce qu'elle avait un rhume, on aurait dit la tondeuse de Papa. Quand on s'est levés, on n'a même pas fait pipi, on est allés voir sous le sapin si le Père Noël était passé.*

*À l'école, Margaux m'a dit qu'il n'existait pas, moi je disais que si, mais la maîtresse a donné raison à Margaux. J'ai pleuré toute la récré. Le soir, Papa m'a expliqué que c'était que des bêtises, mais je ne savais plus qui disait la vérité, alors j'ai encore pleuré. Papa m'a dit de rester dans ma chambre, qu'il allait me prouver que le Père Noël existait, mais qu'il fallait que je jure de ne pas ouvrir la porte. J'ai juré, et je me suis mouchée dans ma manche.*

*Un peu après, Papa m'a parlé à travers la porte de ma chambre. Il était avec le Père Noël, mais je n'avais pas le droit de le voir, je pouvais que l'entendre. J'avais comme des guilis dans le ventre. Une grosse voix a fait : « Ho ho ho Emma, je suis le Père Noël, je suis venu te dire que j'existais, et que bientôt je viendrai déposer des cadeaux pour ta petite sœur et toi. As-tu été bien sage cette année ? » J'ai répondu oui, même si j'ai volé une frite dans l'assiette d'Agathe une fois. Il paraît qu'il voit tout, mais elles étaient trop bonnes.*

*Il n'est pas resté longtemps, mais c'est pas grave, maintenant je sais qu'il existe. Je lui ai promis de ne pas le raconter à l'école, mais je l'ai quand même dit à Cécile, et un peu à Margaux, à Olivier, à Coumba, à Natacha et à Vincent parce que c'est mon amoureux.*

*Les cadeaux étaient sous le sapin, mais Papi et les parents dormaient encore. Il n'y avait que Mima qui était réveillée, on a dû attendre qu'ils se lèvent. Elle nous a préparé un lait chaud avec de la brioche aux pépites de chocolat.*

*J'ai eu un Popples et surtout une Dictée Magique. J'y ai joué toute la journée, même qu'il a fallu changer les piles ! C'est la preuve que le Père Noël existe, c'est exactement ce que j'avais écrit dans ma lettre que Maman lui a envoyée. Margaux grosse menteuse.*

*Agathe a eu une poupée Tinnie qui fait pipi (dégoûtant) et une luciole. C'est comme une peluche, mais sa tête s'allume quand elle appuie sur son ventre. Peut-être qu'on n'aura plus besoin de dormir avec la lumière du couloir allumée, parce que j'en peux plus. Je sais bien que sinon elle fait des crises, mais moi ça m'empêche de dormir et j'en fais pas toute une histoire. Ma sœur, des fois elle est mignonne, mais quand même, c'était plus facile avant qu'elle arrive. Ça aussi, je l'ai mis dans la lettre au Père Noël, mais visiblement, il a pas compris le message.*

## *Hier*
## *Décembre 1987*
## *Agathe – 2 ans et demi*

*Veux pas faire dodo.*

# Aujourd'hui
# 5 août
# Agathe

16 h 01

La chaleur s'engouffre dans la galerie quand les portes automatiques s'ouvrent. Le chariot est plein, les articles sont rangés par catégorie dans des sacs réutilisables. Je la soupçonne d'avoir envisagé un classement alphabétique.

— Maintenant qu'on a fait ton activité préférée, on passe à la mienne ?

— Laquelle ?

— Playa !

Emma lève les yeux au ciel. Elle sait que je ne lâcherai pas, mon incroyable talent est d'obtenir ce que je veux à l'usure. C'est comme ça que j'ai été embauchée, comme ça que j'ai obtenu mon appart. Comme ça que j'ai fait fuir Mathieu aussi. Le con. Pour une fois que j'envisageais le long terme, le mec a décampé avant la fin de la période d'essai.

— Ça te dérangerait de m'aider ?

Emma a rempli le coffre de la voiture, on dirait un écran de Tetris. J'empoigne le chariot et vais le garer en me demandant si c'était une bonne idée, finalement, cette semaine ensemble.

Je ne peux pas dire que je n'aime pas ma sœur. Elle est même sans aucun doute la personne qui prend le plus ses aises dans mon cœur depuis que Mima nous a fait faux bond. Mais je suis convaincue, pour le ressentir profondément, qu'on peut aimer quelqu'un et ne pas le supporter. Ça me fait la même chose avec les oignons.

Il m'arrive de penser que, si nous n'étions pas liées par le sang, je ne pourrais pas l'encadrer. Que tout ce qu'on partage désormais, ce sont nos souvenirs.

— D'accord, me dit-elle en mettant le contact. Mais on va à la Chambre d'amour.

J'aurais préféré la plage des Cavaliers, moins connue des touristes, mais soit. Une concession chacune, une satisfaction chacune. Emma conduit en fixant l'horizon. Ses sourcils froncés laissent place à un large sourire quand elle comprend que je l'observe. Je souris à mon tour. J'espère que, sous nos costumes de grandes, sous nos vies opposées, les sœurs Delorme sont toujours là.

16 h 20

Un comité d'accueil nous attend chez Mima. Notre cher oncle Jean-Yves, aka l'horodateur, et sa femme Geneviève sont assis autour de la table.

Ils nous observent entrer, les bras chargés, sans broncher.

Dans la famille, on ne plaisante pas avec la politesse, et cette dernière décrète que c'est au plus jeune de saluer le plus âgé. C'est le genre d'apprentissage que l'on avale sans mâcher, et que l'on applique consciencieusement toute sa vie sans jamais le remettre en question.

— Bonjour tonton, je fais en me baissant pour l'embrasser.

— Salut les filles. Emma, ça fait longtemps.

Ma sœur lui claque la bise en bafouillant :

— J'ai pas pu venir à l'enterrement, j'avais pas prévu… J'avais peur que… Je suis désolée…

Elle rougit, son excuse n'a aucun sens, personne ne prévoit ces choses-là. Geneviève la sauve sans le vouloir :

— On a reçu un message nous annonçant que l'alarme s'était déclenchée. Nous ne savions pas que vous comptiez passer.

— On a eu envie de venir une dernière fois, répond Emma. Avant que la maison soit vendue.

— Vous aviez les clés ? interroge Jean-Yves.

— Non, on est rentrées par la cheminée, je réponds. Nos rennes surveillaient le traîneau devant la porte.

Ma sœur baisse la tête, elle se retient de rire.

— Vous auriez pu prévenir, lâche l'horodateur. On a craint un cambriolage.

— On pensait pouvoir venir chez Mima quand on le voulait, je rétorque.

— Ce n'est plus chez Mima.

Cette dernière phrase de Jean-Yves claque sec, même lui semble surpris. Cela dit, il a toujours l'air surpris avec ses sourcils en accent circonflexe. Ça date sans doute du jour où il a appris en cours d'anatomie que les autres crânes comportaient des cerveaux. Ça a dû lui faire un choc, le pauvre.

— Vous pouvez rester, bien sûr, tempère Geneviève. Mais faites bien attention à ne pas dégrader la maison, l'acquéreur pourrait déduire des frais de remise en état. Une entreprise vient vider les lieux la semaine prochaine, d'ici là, que rien ne bouge.

Je me tourne vers ma sœur :

— Tu crois qu'il faut qu'on annule, pour demain ?

L'hameçon a beau être énorme, notre oncle se jette dessus :

— Vous avez prévu quoi ?

Je hausse les épaules :

— Oh, rien de bien méchant, juste un tournage de film porno.

Emma se mord les lèvres. Geneviève me regarde avec commisération :

— Nous ne sommes pas vos ennemis, les filles. Nous avons toujours été là pour vous, nous avons tout fait pour vous aider.

Je n'ai plus envie de rire. Je me retiens de leur jeter à la figure l'historique de leur soutien. On aurait vite fait, ça tient en un mot : rien. On n'est pas leurs nièces, on est le caillou dans leur chaussure, le reflet de leur culpabilité. L'image qu'on leur renvoie est dégueulasse, il est plus supportable de se raconter une autre histoire. C'est un comportement humain somme toute assez banal, de tordre la vérité pour qu'elle colle mieux au paysage, de se bercer de mensonges au point d'y croire vraiment.

— Vous comptez rester combien de temps ? demande Jean-Yves.

— Une semaine, l'informe Emma.

L'horodateur et sa femme s'interrogent du regard, puis, avec l'air de ceux qui veulent qu'on sache qu'ils sont généreux sans qu'on comprenne qu'ils veulent qu'on le sache, acceptent de nous laisser passer cette dernière semaine chez notre grand-mère.

# *Hier*
# *Avril 1988*
# *Emma – 8 ans*

*Papa et Maman se sont disputés. On mangeait chez les Roullier, les copains de Papa, et tout à coup Maman s'est levée et elle a dit « on s'en va » alors qu'il y avait une charlotte au chocolat en dessert. Papa lui a parlé doucement, Agathe a pleuré, j'ai boudé, mais rien à faire, on est partis. Dans la Renault 5, personne ne parlait, sauf la radio. Papa a dit un gros mot quand ils ont annoncé que Pierre Desproges était mort, je n'ai rien osé demander, ça devait être un ami à lui.*

*On a dû aller se coucher direct en rentrant. On n'a même pas eu le droit de se laver les dents, c'est la première fois ! Les parents se sont enfermés dans la cuisine, mais on les entendait crier depuis notre chambre. Agathe a eu peur, elle déteste quand quelqu'un crie. Moi j'avais surtout peur qu'ils divorcent. C'est arrivé aux parents de Margaux, et maintenant elle ne voit son père que pendant les vacances, et elle a gagné une moitié de frère (je ne sais plus comment on dit). Je préfère garder mon père et juste une sœur, merci.*

*On a entendu une porte claquer, Agathe s'est mise à pleurer, alors elle est venue dans mon lit. Je lui ai lu* Le Club des cinq *pour qu'elle n'entende plus les cris et qu'elle pense à autre chose, mais de toute manière ça a fini par s'arrêter et Agathe s'est endormie. Elle n'a fait que bouger, je suis sûre qu'elle a des vers au cul comme dit Papa. À un moment, j'ai été réveillée par un truc dans ma bouche, c'était son pied.*

*Quand je me suis levée, les volets étaient encore fermés. J'ai ouvert la porte de Papa et Maman, ils étaient là tous les deux.*

# Aujourd'hui
# 5 août
# Emma

17 h 12

J'avais oublié que l'eau de l'Atlantique était si froide. Celle de la piscine municipale n'est pas chaude, mais elle a le bon goût de ne pas tétaniser mes orteils. Je m'y rendais tous les mardis matin, après avoir déposé les enfants à la garderie. C'était le seul jour de la semaine où ils y allaient, un arrangement passé après d'âpres négociations entre ma culpabilité maternelle et mon besoin de temps pour moi. Une heure. C'est le créneau que je m'accordais, douche et brushing compris.

— Allez, viens, elle est bonne !

Agathe fait mine de m'arroser, mais quelque chose dans mon regard la dissuade. Les vagues sont puissantes, elles se brisent près du bord et déferlent jusqu'au sable en emportant les baigneurs hilares dans leur écume. Les embruns me chatouillent le nez. C'est comme ça que j'aimais l'océan. Déchaîné, impétueux, imprévisible. Il ne s'offre pas à tout le monde, il se mérite. Mima nous a appris très jeunes à le comprendre. Chaque début d'été, elle nous emmenait au club de surf pour prendre des cours d'océan. On s'est familiarisées avec les marées, la formation des vagues, les courants, les baïnes, les *shore breaks*. Toute petite, j'avais été traumatisée par la vision d'un corps sorti de l'eau par les sauveteurs. La foule s'était massée autour d'eux tandis qu'ils lui prodiguaient un massage cardiaque. L'hélicoptère était finalement venu l'emmener. Mon père m'avait ordonné de ne pas regarder, mais ma curiosité l'avait emporté, et ce corps sans visage et sans couleur avait longtemps hanté mes nuits. Dans mes cauchemars, l'océan m'avalait avant de recracher mon corps inerte sur le sable. Les cours de surf m'ont appris à l'apprivoiser, et, plus tard à l'aimer. Au mur de ma chambre du trois-pièces dans lequel nous vivions à Angoulême, dès le 1er janvier, j'accrochais le calendrier que ma mère avait acheté au facteur, et j'y rayais chaque jour écoulé qui me séparait des vacances d'été. Alors, enfin, reviendraient les beaux jours. Mima, ma sœur, l'insouciance et l'océan.

— T'y es presque ! m'encourage Agathe.

J'avance péniblement dans l'eau glacée, centimètre après centimètre. Ma sœur est déjà immergée, elle a plongé directement après s'être mouillé la nuque. Toute à ses encouragements, elle ne voit pas la vague qui gonfle derrière elle.

— Allez Emma ! Allez Emma ! scande-t-elle quand l'eau claque l'arrière de sa tête et l'envoie valdinguer dans un rouleau d'écume. Je ris tellement que je n'ai pas le temps de plonger, la vague m'entraîne à mon tour, et je me retrouve tourneboulée dans tous les sens avant d'échouer dignement sur le rivage, les deux jambes dressées vers le ciel et un sein qui tente une échappée. Je cherche Agathe du regard, et l'avise un peu plus loin, se relevant avec la grâce d'une huître.

— Visiblement, on n'a plus quinze ans ! s'esclaffe-t-elle. Mon maillot de bain a essayé de me faire une coloscopie.

— Le mien a fait des stocks de sable dans la pochette hygiénique. J'ai jamais compris à quoi servait ce truc, faut que je pense à le couper.

— On y retourne ?

Agathe n'attend pas ma réponse, elle court vers le large en sautant les vaguelettes sur son passage. Le premier round m'a lessivée, je n'aspire qu'à me poser sur la serviette et attendre que ma sœur veuille bien rentrer. Je reste assise, les fesses dans dix centimètres d'eau, à la regarder plonger, sauter, faire la planche entre deux vagues. Les nuages noirs s'amoncellent au loin, poussés par un vent nouveau. On dit qu'au Pays basque, on peut vivre les quatre saisons dans la même journée. D'ici quelques minutes, il pleuvra. Agathe me fait de grands signes. Elle avait raison, l'eau est bonne, je devais juste m'y habituer. J'attends qu'une grosse vague vienne mourir à mes pieds, et je cours vers ma sœur avant que la prochaine ne naisse.

## *Hier*
## *Septembre 1988*
## *Agathe – 3 ans*

*Bastien il m'a pris le feutre bleu. Je l'ai tapé dans la gueule.*

# Aujourd'hui
# 5 août
# Agathe

18 h 25

Elle veut partir. J'ai réussi à gratter dix minutes, mais, quand j'ai tenté de prolonger encore, elle m'a envoyé son regard mitraillette. Je suis remontée à la serviette plus vite que si j'avais frôlé un aileron.

— On pourrait aller boire l'apéro aux halles ?

Je ne l'ai pas vue venir, celle-là. Je nous imaginais parties pour une soirée télé et pisse-mémé, et voilà que c'est elle qui propose une sortie.

— Bonne idée !

— Tu me laisses cinq minutes pour sécher et on se met en route ?

— Absolument pas, je préfère qu'on y aille trempées et à moitié à poil.

Je secoue la tête. Elle rit. J'ai perdu le rythme de nos échanges. C'est une musique que je redécouvre. Je me laisse tomber à côté d'elle, sous le parasol.

Elle sort une serviette de bain et s'essuie consciencieusement.

— T'aimes plus le soleil ? je demande.

— C'est mauvais pour la peau.

— C'est pour ça que t'es partie vivre au pôle Nord ?

— Strasbourg n'est pas exactement le pôle Nord.

— Tu ne pouvais pas faire plus loin d'ici.

— C'était l'idée.

Silence.

Elle pose sa tête au sol et ferme les yeux. De fines veines marbrent ses cuisses. Elle a maigri. Elle semble presque frêle, elle qui a toujours été la costaude de nous deux.

— On y va ?

Elle se relève et enfile sa robe sur son maillot de bain rétro, qui lui couvre les épaules et les fesses.

Je l'imite, l'envie de chialer en prime.

Je ne les imaginais pas comme ça, nos retrouvailles. J'étais assez crédule pour penser que, si elle tenait à ce qu'on passe cette semaine ensemble, c'était pour se rapprocher. À quoi bon être côte à côte si on reste à distance ?

On rejoint mon scooter sans un mot. Nous voilà revenues à l'époque des bouderies, quand on ne « se causait plus ». Elle était la plus forte à ce jeu, moi je débordais. Je hurlais, je pleurais, je tapais, je détruisais. Elle a toujours su cacher mieux que moi ses tempêtes intérieures.

— Conduis doucement, s'il te plaît, me dit-elle en enfilant son casque.

— Tu me l'as déjà dit à l'aller.

Elle voulait venir en voiture. J'ai réussi à la dissuader, on aurait mis des heures à trouver une place. Quand elle a compris qu'on allait prendre mon scooter, j'ai eu droit à un examen du code de la route accéléré. J'ai roulé aussi lentement que la gravité nous le permettait sans tomber, mais, malgré ça, elle a passé le trajet agrippée à ma taille comme une ventouse à son évier. Le retour est moins douloureux, elle fait le choix de se tenir aux poignées, si ce n'est qu'elle manque de décoller à chaque dos-d'âne.

— Prem's ! lance-t-elle en arrivant chez Mima.

Je n'ai pas le temps d'enlever mon casque qu'elle s'est déjà précipitée dans la salle de bains. Je fume une clope dans le jardin en attendant qu'elle se douche. Le cendrier en terre est posé au pied du tilleul. Il est propre, et ce constat suffit à me piquer les yeux. J'entends encore Mima m'engueuler parce qu'il déborde de mégots écrasés. Comme toujours, c'est elle qui finissait par le nettoyer avant de le reposer là où je le trouverais. Son problème, ce n'était pas que le cendrier déborde, c'était que je fume. « Tu as passé trois semaines en couveuse pour que tes poumons se développent, elle me répétait souvent, et maintenant tu les brûles avec tes cochonneries. Si on avait su, on aurait débranché la machine, tu nous aurais coûté moins cher. » J'avais l'habitude, pourtant, chaque fois, c'était le même fou rire. Elle était prête à tout pour nous faire rire.

Ma clope consumée me brûle les doigts. J'en rallume une, en l'honneur de Mima. J'ai passé ma vie à penser que je ne survivrais pas à sa mort. Depuis que je l'aime, je redoute de la perdre. Petite, chaque fois que le téléphone sonnait tard, chaque fois qu'elle ne répondait pas tout de suite, chaque fois que les sourcils de ma mère se fronçaient en entendant une nouvelle, je savais qu'elle était morte. Je ne le croyais pas, je le *savais*. Je pleurais sur son corps sans vie, j'assistais à son enterrement, je ressentais violemment son absence, et puis j'apprenais qu'elle allait bien, que c'était autre chose, et alors je suffoquais de bonheur, je remerciais le ciel, le destin, le téléphone, ma mère, tout ce que je pouvais remercier, et la vie devenait tout à coup délicieuse, formidable, extraordinaire. Un psy m'a dit un jour que les hypocondriaques étaient ceux qui supportaient le mieux l'annonce d'une maladie grave. Ils s'entraînent tellement que, quand ça arrive, ils sont prêts. Mais ça marche pas pour moi. J'ai eu beau répéter toute ma vie, je ne suis pas prête pour l'absence de Mima. Je ne vois pas comment le monde peut continuer à tourner sans son pivot. Je ne vois pas comment je pourrais un jour me remettre d'avoir perdu la seule personne qui ne m'a jamais laissée tomber.

Emma sort de la maison et me rejoint. Ses cheveux courts gouttent sur sa robe.

— Tu peux y aller, fait-elle.

J'écrase ma cigarette, mais je reste assise dans l'herbe. Elle m'observe, puis s'assied à mes côtés. On se tient un moment silencieuses, face à la maison qui abrite pas mal de nos souvenirs. Emma pose sa tête sur mon épaule, et murmure :

— T'as vu, y a des coquelicots.

## *Hier*
## *Juillet 1989*
## *Emma – 9 ans*

*On est arrivés chez Mima et Papi après une longue route. Agathe a fait pipi dans la voiture, elle a pas voulu aller aux toilettes avant de partir. Elle pleurait parce qu'elle était trempée, mais il fallait attendre une aire d'autoroute pour s'arrêter. Ça me cassait les oreilles, mais Papa a eu l'idée de mettre la cassette de Chantal Goya dans le poste, ça l'a calmée.*

*J'ai tout de suite vu les coquelicots quand on est rentrés dans le jardin de Mima. On avait planté les graines avec elle pendant les vacances de Pâques. On avait le droit de les cueillir, alors, avec ma sœur, on a fait deux bouquets, un pour Mima, et un pour Maman, même si elle n'est pas là.*

*C'est la première fois qu'elle ne vient pas à Anglet avec nous, elle nous l'a dit juste avant de partir, elle avait un travail important à finir. Elle nous a donné des bonbons coquillages pour la route, mais Papa n'a pas voulu qu'on les mange dans la voiture pour ne pas en mettre partout. Agathe ne voulait pas la laisser, moi non plus, mais Maman a promis de nous rejoindre vite et elle nous a fait un gros câlin. Elle sentait le patchouli.*

*On a mangé sous le tilleul, une salade de riz avec des tomates cerises du jardin. Agathe en a mangé plein, elle en a même piqué une dans mon assiette, pour la peine je lui ai pris un bout de fromage.*

*J'avais envie d'aller à la plage, mais il a fallu attendre d'avoir digéré. C'est toujours comme ça, je ne comprends pas trop ce que ça change, mais une fois Maman a dit que quand on est enfant, on n'a pas besoin de comprendre, juste d'obéir.*

*L'eau était bonne, mais les vagues étaient trop grosses, alors on a joué au bord avec Agathe et Mima pendant que Papa et Papi se baignaient. On a construit un château magnifique, j'ai creusé un fossé tout autour et Mima a ramassé des coquillages pour le décorer, mais on n'a pas pu le montrer à Papa, parce qu'Agathe a sauté dessus et a tout détruit. Je lui ai lancé du sable dans la figure, et elle m'a jeté le râteau dans la tête. Mima nous a demandé de nous faire un bisou, et après on a joué à courir plus vite que les petites vagues du bord, c'était drôle, surtout quand Agathe est tombée.*

*Mima arrêtait pas de nous faire des bisous et de nous dire qu'elle nous aimait. Maintenant que j'y réfléchis, je crois que c'était parce qu'elle savait ce qui allait se passer le soir.*

*En rentrant à la maison, j'ai couru vers la salle de bains en criant « prem's », Agathe a pleuré, alors demain je la laisserai se doucher en premier. Quand je suis sortie, il y avait tonton Jean-Yves, tatie Geneviève et les cousins. J'étais contente, mais pas longtemps parce que Papa nous a emmenées Agathe et moi dans sa chambre de quand il était petit et il a dit qu'il fallait qu'il nous parle de quelque chose d'important. On a même eu le droit de manger les bonbons coquillages, mais je ne les ai pas finis parce qu'il a tout gâché. C'était une belle journée, et maintenant c'est la journée où Papa et Maman ont divorcé.*

## *Hier*
## *Septembre 1989*
## *Agathe – 4 ans*

*Papa il vient à la maison pour nous chercher, mais Maman elle veut pas. Ils crient fort, je mets les doigts dans mes oreilles pour pas entendre.*

*Maman elle dit qu'il est méchant. Moi je trouve que Papa il est gentil.*

*Je vais dans le lit d'Emma. Elle pousse moi, mais après elle dit d'accord et je fais dodo avec elle et avec Luciole.*

## Aujourd'hui
## 5 août
## Emma

19 h 43

Je n'étais pas venue là depuis une vie. Les halles de Biarritz n'ont pas changé, les terrasses des bars et des restaurants débordent de familles, couples, collègues et amis qui se mêlent dans un brouhaha festif. On s'installe autour d'un mange-debout, Agathe me demande ce que je veux boire et part commander au bar. Au passage, elle salue deux personnes, et la serveuse la serre dans ses bras. Ici, c'est son territoire.

— C'est fou. J'ai l'impression d'avoir toujours vingt ans, alors que j'approche de la quarantaine.

— M'en parle pas, moi je barbote dedans.

La serveuse dépose deux verres de vin et des tapas.

— Aux frangines Delorme, fait Agathe en levant son verre.

— À nous.

Le silence s'installe. Ma sœur engloutit les brochettes de fromage de brebis, je me charge des tartines de magret. J'ignore si on n'a rien à se raconter ou si on a trop à se dire et qu'on ne sait pas par où commencer. Il y a un trou de cinq ans dans notre histoire.

— Tu as une photo d'Alice ? me demande-t-elle.

Je sors mon téléphone et j'affiche sur l'écran un cliché de ma fille. Agathe s'en empare et fait défiler les images :

— Elle est magnifique. Je me demande de qui elle tient ça.

— Sans doute de sa tante. Je te préviens, il y a des centaines de photos.

— Tu es gaga ?

— Complètement. Il faut que je me retienne pour ne pas la bouffer. Elle a un sacré caractère, elle me fait souvent penser à toi.

Elle sourit.

— Et Sacha ? Il a dû tellement grandir !

J'ouvre le dossier qui contient les clichés de mon fils, et lui rends le téléphone :

— Il vient de fêter ses dix ans. Il fait la même pointure que moi, et il m'arrive au menton.

— Ça passe si vite… Ils s'entendent bien ?

— Super bien. J'appréhendais, ils ont sept ans de différence, mais le grand est très protecteur, et la petite adore son frère. Ça leur arrive de se disputer, hein, mais ils ont une très belle relation. J'espère que ça durera…

Agathe descend plusieurs gorgées de vin, puis allume une cigarette :

— Y a pas grand-chose de plus fort que les relations entre frère et sœur. T'as beau faire, une enfance ensemble, tu peux pas t'en débarrasser comme ça, ça colle aux basques.

Je n'ai pas le temps de réagir, un grand type brun s'invite à notre table et pose lourdement son bras autour des épaules de ma sœur :

— Je te regarde depuis tout à l'heure, et il faut absolument que je te pose une question.

— Il faut aussi que tu retires rapidement tes mains de mes épaules, prévient Agathe.

— Tu as fait la guerre ? demande le gars très sérieusement.

— La guerre ? Non, pourquoi ? s'étonne-t-elle.

— Parce que t'es une bombe.

Je me retiens de rire. La réplique est gênante.

Agathe se dégage de son emprise et répond du tac au tac :

— Dégage si tu veux pas être aux premières loges de l'explosion. Tic tac, tic tac.

Le lourd s'amuse, imperméable à l'agacement de sa cible.

— Allez, sois cool ! insiste-t-il. T'es trop canon pour être hautaine. Tu t'appelles comment ?

— Monique.

— Enchanté, Monique. Tu fais quoi dans la vie ?

— Je suis fakir, j'ai toujours une planche à clous sur moi, j'ai le cul en mode gruyère.

Je recrache ma gorgée. Le mec, lui, ne rit plus du tout. Je pose ma main sur son épaule pour qu'il remarque ma présence :

— Monsieur, vous pouvez nous laisser tranquilles, s'il vous plaît ?

— Ah ben voilà ! répond-il. T'as l'air moins conne que ta copine !

Agathe ne dit plus rien, elle sait combien je déteste les scandales. Je vois qu'elle se renferme, je redoute une crise. Personne ne nous a remarquées, et j'aimerais que cela continue, pourtant je me sens bouillir :

— Monsieur, ma sœur vous a fait comprendre qu'elle ne désirait pas échanger avec vous. Vous serez donc bien aimables, vous, vos auréoles sous les aisselles et votre charisme de moule de bouchot, d'aller voir ailleurs si on y est.

La mâchoire d'Agathe se décroche. Le type secoue la tête et part d'un rire mauvais :

— Je voulais juste vous rendre service, lâche-t-il avec dédain. Vous ne devez pas souvent vous faire draguer.

Il tourne les talons et s'éloigne dans la foule. Au même moment, la serveuse pose deux nouveaux verres sur la table. Agathe lève le sien :

— Aux sœurs Delorme, et aux moules de bouchot !

## *Hier*
## *Janvier 1990*
## *Agathe – 4 ans et demi*

*Papa il a une nouvelle amoureuse. Maman veut pas que je l'appelle Maman, mais, de toute façon, elle s'appelle Martine. Elle m'a acheté une Barbie Féérie avec la robe qui brille dans le noir, elle est gentille.*

*Son fils il s'appelle David, c'est un grand.*

*Papa a fabriqué une étagère avec sa machine qui casse les oreilles, et dessus il a mis mes livres préférés,* Aldo l'agneau *et* Léonard le léopard. *Il lit les mots et je regarde les images. J'ai une chambre pour moi toute seule, et Emma elle a même une salle de bains.*

*Papa a pris une cassette vidéo au magasin. C'est l'histoire d'un lapin qui s'appelle Roger et d'une dame avec des cheveux orange qui s'appelle Jessica, et à un moment un méchant monsieur met une gentille chaussure dans du produit et elle disparaît. Je pleure, alors Papa il éteint la télé, il dit pardon, que je suis trop petite, et après on joue au mikado.*

*La nuit, j'ai trop peur toute seule, alors je vais dans le lit d'Emma. Elle dit plus rien, je vais dans son lit toutes les nuits chez Papa, elle se pousse un peu, et après je peux dormir.*

*Après, Papa il nous fait une surprise, on va là où il y a plein de chiens dans des cages. Papa a caché une laisse dans sa poche et le monsieur nous donne un chien qui nous attendait. Il s'appelle Snoopy, il est marron et je suis contente. Il est rigolo, Emma elle dit « assis » et il s'assoit, sa queue elle bouge toujours et il vient avec nous partout, même quand je vais faire pipi. Papa veut pas qu'il monte sur le canapé, alors avec Emma on s'assoit sur le tapis, et Papa vient à côté de nous.*

*Je suis triste quand Papa nous ramène. Il fait que de parler, mais ses yeux ils sont mouillés. Je lui dis au revoir avec la main et il s'en va, et Maman elle ouvre la porte et elle dit qu'on lui a manqué, et elle fait des bisous, et elle demande si Martine elle était là, et elle met Barbie Féérie dans la poubelle.*

# Aujourd'hui
# 5 août
# Agathe

22 h 13

Emma n'a pas voulu admirer le coucher de soleil. J'avais oublié qu'elle n'aimait pas ça. Pour ma part, c'est l'un de mes spectacles préférés, avec le visage de Brad Pitt. J'ai tellement regardé *Légendes d'automne* que mon nom devrait apparaître au générique. Plus particulièrement le moment où Brad, parti depuis des années, réapparaît au galop dans le décor grandiose du Montana, escorté de chevaux sauvages. J'aurais volontiers passé le casting pour jouer son canasson.

— Je vais me coucher, annonce Emma en ouvrant le portail de Mima.

— Déjà ?

— La route m'a crevée, et il faut encore que je fasse le lit. Je peux prendre la chambre de Papa ?

— Si tu veux. J'irai dans celle de tonton.

Elle monte les premières marches, puis s'immobilise :

— Bonne nuit, p'tite sœur.

— Bonne nuit, grande sœur.

J'ai un instant l'impression qu'Emma veut me dire autre chose, mais elle finit de monter l'escalier.

Je rejoins l'arrière de la maison, dégotte les coussins dans le cellier, et m'allonge sur la balancelle. Le ciel est piqueté d'étoiles, en le fixant sans ciller on distingue la voie lactée.

Petite sœur. C'est ce que je suis. Je suis née petite sœur, je mourrai petite sœur. Je suis intimement persuadée que la position dans la fratrie empreint, voire détermine, l'adulte que l'on devient. Je serais sans doute autre si j'avais été l'aînée. Le premier trace le sillage, remplit tout l'espace, aspire toute l'attention. Les parents penchés sur son existence, les inquiétudes qui l'entourent, la puissance des premières fois. Pour beaucoup, la famille naît au premier enfant. Les suivants l'agrandissent, lui la fonde. Il endosse ainsi une importance et une responsabilité que ne peuvent connaître ceux qui suivent. Eux débarquent dans un espace occupé. L'attention est partagée, les inquiétudes allégées, les premières fois déjà éprouvées. Ils ont un modèle pour se construire, *en fonction de* ou *en opposition à*. Leur caractère se définit en réaction, en comparaison : ils font plus de bruit ou moins de vagues, sont plus ceci ou moins cela. J'ignore quelle place est la plus enviable. Chacune a ses avantages et ses inconvénients. Je sais juste que je suis la seconde, la dernière, la petite, celle d'après, et que je l'ai profondément, viscéralement, ressenti toute ma vie.

J'allume une clope et mon téléphone. Mathieu n'a pas répondu à mon message. Il l'a vu, comme me l'indique le petit signe bleu en bas de l'écran. Je formule mentalement le prochain que je lui écrirai avant de me faire violence pour ne pas l'envoyer. Ma fierté a foutu le camp en même temps que lui. J'ai conscience de jouer contre moi-même en l'inondant de supplications, mais c'est plus fort que moi. J'égraine frénétiquement les perles de mon bracelet quand la tête d'Emma apparaît à la fenêtre de l'étage.

— Agathe, viens voir !

— J'arrive.

J'écrase ma cigarette par terre, je peux presque entendre Mima pester, et je rejoins ma sœur dans la chambre. Elle fait face à son téléphone. Dans l'écran, une petite fille et un garçon bouclé.

— Les enfants, dites bonjour à votre tante.

— Bonjour, tatie !

Sacha ne doit avoir aucun souvenir de moi, il avait cinq ans la dernière fois qu'il m'a vue. Alice ne me connaît qu'à travers les mots des autres. C'est face à eux, si grands, que je prends conscience du temps qui a passé. C'est ça, cinq ans d'absence. Une grossesse, des premiers pas, toute l'école primaire, des genoux écorchés, des dessins sur les murs, des dents qui bougent, des histoires du soir, des chaussures inversées, des kermesses, des zozotements. On en met, des souvenirs, dans cinq années.

J'échange quelques mots avec eux, ils sont naturels, je suis empruntée, je ris un peu trop fort, faudrait pas qu'ils aillent s'imaginer que je suis émue.

Alex s'invite dans l'écran :

— Salut Agathe ! Content de te voir.

— Pareil !

Lui aussi a mis pas mal de choses dans ces cinq ans, dont la quasi-totalité de ses cheveux.

— Tu viens nous voir quand ? il demande.

— Oh oui ! s'exclame Sacha. Viens nous voir à la maison !

— Elle va venir tout à l'heure ? interroge Alice.

Je ris encore une fois :

— Non, ma puce, mais je viendrai un autre jour. Promis !

Le téléphone tremble légèrement. Je l'ôte de la main de ma sœur et le cale contre une pile de vêtements sur l'étagère. Je pose des questions aux enfants, prends des nouvelles de mon beau-frère, je vois Emma dans ses habits de mère, d'épouse, moi qui connais surtout ceux de sœur, et puis Alex annonce qu'il est déjà tard, qu'il faut que les petits se couchent, et l'écran s'éteint, et ma sœur me glisse qu'elle aimerait se coucher aussi, et elle m'embrasse, et la porte se ferme. Je retrouve la balancelle, la cigarette et le bracelet de perles en songeant que, malgré l'écran entre nous, malgré le pays entre nous, ce truc dont j'ai fait partie quelques instants ressemblait beaucoup à une famille.

# Hier
# Juin 1990
# Emma – 10 ans

*Cher Journal de Mickey,*

*J'ai vu qu'on pouvait t'écrire pour te poser des questions, et j'en ai une. Depuis que j'ai vu* Le Grand Bleu, *je rêve de travailler avec des dauphins. Je voudrais savoir quelles études je dois faire. J'espère que j'aurai une réponse (j'ai écrit à* Star Club, *ils n'ont pas répondu).*

*Emma*

*P-S : j'aime pas trop Donald, il est toujours énervé.*

# Aujourd'hui
# 6 août
# Emma

7 h 10

Je ne dors plus. C'est fréquent, ces derniers temps. Les idées noires m'arrachent au sommeil et, pour les fuir, je dois me lever.

C'était l'apanage d'Agathe, avant. L'anxiété, son territoire. Le mien, c'était le pragmatisme. Emma sait débrouiller les situations compliquées. Emma va arranger les choses. Emma est tellement mature. J'ai porté le costume que l'on m'avait enfilé sans me demander s'il m'allait. À quarante-deux ans, je découvre que je m'y sens à l'étroit.

J'entends Agathe ronfler à travers la cloison. Elle s'est couchée tard. À deux heures, j'ai entendu la poignée de la porte d'entrée. Je m'habille et descends l'escalier en évitant la marche qui grince. Le soleil, tout juste réveillé, s'insinue dans les interstices des volets. Je les ouvre, la fraîcheur du matin s'engouffre dans le salon, et je me laisse tomber sur le fauteuil.

C'était la place de Mima. Pendant soixante-deux ans, elle s'est assise là tous les matins. Elle y a lu des centaines de livres, tricoté de nombreux pulls torsadés, écrit des poèmes, corrigé les copies de ses élèves, pelé des pommes de terre, bercé ses fils, pleuré l'un d'entre eux, coiffé mes cheveux. Sur le guéridon près de l'accoudoir, je reconnais le cahier dans lequel elle notait toutes ses recettes. Elle en tenait la plupart de sa mère, qui elle-même les tenait de sa mère, et le cahier nous était destiné. Elle venait d'une époque où les femmes cuisinaient, jamais il ne lui serait venu à l'esprit de les transmettre à nos cousins. Je tourne les pages, dont certaines portent les stigmates d'une friture ou d'un glaçage, et chaque recette convoque un souvenir. Spaghettis aux boulettes, couscous, polpettone, oreillettes, tiramisu, mias, raviolis à la ricotta, farfalle aux courgettes, lasagnes, campanare, glace au kiwi, moelleux à l'orange, je la revois dans sa petite cuisine sans plan de travail, son tablier autour de la taille. Je devais avoir seize ans lorsqu'elle s'est mis en tête de m'apprendre à préparer des gnocchis. J'avais davantage envie d'aller à la plage avec la voisine, mais je sentais cette transmission importante à ses yeux. J'ai magnanimement consenti à lui accorder du temps, en prévenant ma copine que je la rejoignais vite, persuadée qu'en une heure, tout au plus, l'affaire serait pliée. Quatre heures plus tard, le plat était prêt, Mima comblée, ma sœur affamée, et moi prête à m'ouvrir les veines avec une pelure d'oignon. Ma grand-mère a enfoncé les dents d'une fourchette dans un gnocchi et me l'a mis dans la bouche avant que j'aie le temps de réagir. J'ai mâché en levant les yeux au ciel, puis décrété que, vraiment, on ne faisait pas la différence avec les gnocchis sous vide qu'on trouvait au supermarché.

La dernière page du cahier est noircie d'une écriture tremblante, qui contraste avec celle, assurée et droite, des premières recettes. Ce constat me serre le cœur. Dans mon esprit de petite fille, ma grand-mère a toujours été une personne âgée. J'ai pris conscience assez récemment qu'à ma naissance, elle n'avait même pas cinquante ans. Mes enfants me voient sans doute comme je la voyais. Je ne l'ai pas vue vieillir. J'ai manqué ses dernières années. On s'appelait régulièrement, je lui envoyais des photos, mais je ne venais pas. Je pensais avoir le temps, je n'imaginais pas qu'elle puisse vraiment disparaître un jour. Elle était la seule à ne jamais nous avoir laissées tomber. Elle était la figure solide, le repère immuable. Dans ma fuite, j'ai fait de ma grand-mère un dommage collatéral.

Il faut que je prenne l'air.

J'attrape mon sac, mes clés de voiture, et je quitte la maison.

7 h 42

Je ne sais pas comment j'ai atterri là. J'ai conduit sans but, portée par les souvenirs des étés d'autrefois. L'océan est à mes pieds, l'eau lèche mes orteils. Il est calme, aujourd'hui. Le soleil chauffe mon dos, je soulève ma robe et fais quelques pas. La plage est presque déserte. Un vieil homme marche vers l'eau, suivi d'une nuée de goélands. Il porte un short de bain et des cheveux blancs aux épaules. Je le reconnais, il appartient au paysage basque depuis longtemps. Tous les matins, qu'il pleuve, qu'il vente, qu'il neige, il vient nourrir les oiseaux. Il plonge sa main dans son sac, et le ballet commence : il lance la nourriture dans l'eau, les goélands plongent dessus, l'un d'entre eux, plus rapide, l'emporte et s'éloigne avec son repas, tandis que les autres tournent autour de l'humain. La légende raconte qu'il n'aime que les animaux, qu'il insulte quiconque ose lui adresser la parole. Je m'en garde bien, et j'observe le spectacle en silence.

J'ai de l'eau à mi-cuisses. Une vague plus haute se forme au loin. Je me retourne pour battre en retraite, je tente de courir, mais le courant me retient, mes enjambées ressemblent à du surplace, je ne me laisse pas abattre, je m'aide avec les bras, je me propulse, je me tends, et je me vautre la tête la première.

Le vieil homme s'est tourné vers moi et me dévisage. Je lui adresse un geste de la main en souriant.

— Va te faire foutre ! me crie-t-il cordialement.

Plus une vague à l'horizon. Je laisse glisser mon corps à la surface et j'écarte les bras. Mes oreilles sont immergées, je n'entends plus que le silence étouffé. Le soleil diffuse sa chaleur sur mon visage. Le roulis de l'océan me berce et m'apaise instantanément. J'inspire longuement, j'expire longuement, plusieurs fois, et je sors de l'eau avant qu'une nouvelle série de vagues ne commence.

Je reste là une dizaine de minutes à observer une dame qui promène son chien et un jeune homme qui se prépare pour surfer. Mes cheveux sèchent vite, c'est l'une des choses que j'apprécie à les porter courts. Je ramasse mon sac et mes chaussures et remonte vers le parking. Ma robe trempée pèse une tonne et colle à mes jambes. L'homme est toujours sur le sable, même si les goélands, qui ont eu ce qu'ils attendaient, l'ont délaissé.

— Bonne journée, monsieur !

Il me regarde comme si je l'avais gravement offensé, et me répond sur le même ton :

— Ta gueule, sac à merde !

*Hier*
*Décembre 1991*
*Agathe – 6 ans*

*Je suis première de la classe. J'étais déjà première le mois dernier, mais là je croyais pas, parce que Céline écrit ses majuscules mieux que moi. Le maître me fait choisir une image dans la boîte. Je les ai déjà toutes, c'est celles qu'on trouve dans les boîtes de chocolat en poudre, mais je ne dis rien, je la donnerai à Céline.*

*Papa et Maman vont être contents, et Emma va me donner son mange-disque, elle me l'a promis. Elle en aura plus besoin vu qu'à Noël elle va avoir un radiocassette enregistreur. Elle a dit qu'elle me donnera aussi le disque de Roch Voisine, je connais les paroles par cœur. Maman l'adore aussi, mais elle préfère Patrick Bruel.*

*La directrice rentre dans la classe et elle appelle mon nom. Tout le monde me regarde, je ne comprends pas, j'espère que c'est pour me donner une autre récompense. Je la suis, j'ai un peu peur, et je vois Maman dans la cour. Elle a son manteau vert et les yeux rouges, elle pleure quand elle me voit. Peut-être que c'est parce qu'elle est contente. Elle essaie de parler mais elle n'y arrive pas, alors c'est la directrice qui me dit que Papa a eu un accident.*

## *Hier*
## *Décembre 1991*
## *Emma – 11 ans*

*Maman ne savait pas trop si on devait assister à l'enterrement, mais Mima a dit que c'était important.*

*Il n'y a pas beaucoup de monde. Le seul enterrement que j'ai vu, c'est celui de Coluche à la télé, il y avait beaucoup plus de gens. Pourtant, mon père aussi il était gentil.*

*Mima n'arrête pas de nous caresser les cheveux. Papi lui tient le bras, elle a failli tomber en entrant dans l'église. Le curé s'est trompé de prénom, il a appelé Papa Alain alors qu'il s'appelle Michel. Ça a fait rire mon cousin Laurent, il n'arrivait pas à s'arrêter, alors tatie Geneviève l'a emmené dehors.*

*C'est long, il fait froid, il faut se lever, s'asseoir, se lever, s'asseoir, et le curé ne parle que de Jésus alors que c'est Papa qui est mort.*

*Maman pleure beaucoup, peut-être qu'elle l'aimait encore, en fait.*

*Martine est au fond de l'église avec David. Je n'ai pas osé lui dire bonjour, Maman a déjà assez de peine.*

*Il y a une minute pour penser à Papa, et tout ce qui me vient c'est le dernier dimanche. On regardait* Alerte à Malibu, *et à un moment Mitch Buchannon a dit qu'il avait trouvé des trous de balles dans un bateau. Papa s'est mis à rire, je ne comprenais pas pourquoi, alors il m'a expliqué, et on a rigolé tous les deux. Agathe voulait qu'on lui dise aussi, mais Papa n'a pas voulu parce qu'elle était trop petite. Il m'a demandé de ne pas en parler à Maman, j'ai promis, mais je lui en ai parlé quand même, et elle a dit qu'il n'était pas malin.*

*On sort de l'église, et des messieurs viennent chercher le cercueil. On marche jusqu'au cimetière, il est juste à côté. Le ciel est orange, le soleil est en train de se coucher, et c'est la première fois que je trouve ça triste. J'ai la main droite gelée. Dans la gauche, depuis que Papa est mort, je tiens la main de ma petite sœur.*

# Aujourd'hui
# 6 août
# Agathe

9 h 00

Je dors trop. C'est fréquent, ces derniers temps. Le sommeil m'arrache aux idées noires, pour les fuir je dois le retrouver. C'est le seul endroit où angoisses et mélancolie me foutent la paix.

Le réveil de mon téléphone me fait sursauter. J'entrouvre un œil pour bien viser, et j'appuie sur la touche qui me permet de me rendormir neuf minutes.

9 h 09

Il faut que je me lève.

Je suis tellement bien au lit.

Allez, encore un petit peu.

9 h 18

On n'est pas à neuf minutes près.

9 h 27

Une dernière fois.

Promis.

9 h 36

Une toute dernière fois.

Toute dernière fois, toute toute dernière fois, toute toute dernière fois.

Putain, je l'ai dans la tête.

9 h 45

Un peu de volonté, Agathe.

Un.

Peu.

De.

9 h 54

Emma déboule dans ma chambre et ouvre les volets.

— Debout, là-dedans ! Il est bientôt dix heures et on a un programme chargé !

Je tire le drap sur mon visage en grommelant.

— Quel programme ?

— On va à la Rhune.

Je me redresse brusquement :

— En train ?

— Absolument pas. Depuis le temps qu'on parle de le faire à pied, c'est le moment.

Je me recouche.

— Bonne nuit, Emma.

Elle sort de la chambre en riant :

— Allez, prépare-toi, et prévois de bonnes chaussures. Je t'attends en bas !

La Rhune est un sommet pyrénéen que l'on aperçoit depuis Anglet. Mima nous y a emmenées plusieurs fois à bord du mythique train à crémaillère des années 20. D'en haut, la vue sur le Pays basque et la côte est extraordinaire, mais, ayant le niveau sportif d'un marteau, il n'est pas exclu que j'y arrive en brancard.

11 h 52

Je ne sais pas d'où elle tient ce pouvoir. Elle parvient toujours à me rallier à sa cause. C'était décidé, il était hors de question que je gravisse la Rhune à pied. Et me voilà, chaussée de mes plus confortables baskets, gourde à la main, en train de m'engager sur le sentier de randonnée.

— Ça va ? me demande-t-elle.

— Super. C'est le plus beau jour de ma vie.

— Ne t'inquiète pas, on y va à ton rythme.

— On n'est pas près d'arriver, mon rythme c'est le point mort.

Elle rit. Elle a toujours été la plus sportive. Elle a commencé la gym au CP et a enchaîné les compétitions jusqu'au lycée. Pour ma part, j'ai tenté le judo, la danse, l'athlétisme, le handball et la natation, et la conclusion de cette étude exhaustive est sans appel : le sport ne veut pas de moi.

11 h 58
Toujours vivante. STOP.

12 h 11
C'est assez agréable, finalement. On marche lentement, ce qui nous permet d'admirer le paysage. On s'est arrêtées une minute pour caresser des pottoks. C'est moi qui ai dû relancer la marche, sinon on y serait encore.

12 h 18
Il se passe un phénomène étrange. Ma montre affirme que l'on marche depuis vingt-six minutes, or mes jambes hurlent qu'on marche depuis vingt-six heures. L'un des deux ment, et j'ai tendance à faire confiance à mon corps.

12 h 22
La montre de ma sœur dit la même chose que la mienne. Soit il existe une solidarité entre montres, soit elles disent la vérité.

12 h 30
Plus on veut que le temps passe vite, plus il se traîne. Il a l'esprit de contradiction. Je suis sûre qu'il est Scorpion.

12 h 31

On vient de se faire doubler par un groupe de retraités équipés de bâtons. Ils nous ont saluées, je me suis retenue pour ne pas en faire des brochettes.

12 h 32

Emma me propose une pause. J'en déduis que j'ai l'air mourante, mais je n'ai pas la force de m'en offusquer. On s'assoit sur une pierre à l'écart du chemin.

— Si tu veux, on prendra le train pour descendre, propose-t-elle généreusement.

— C'est ça ou en SAMU, comme tu veux.

— J'avoue que je ne m'attendais pas à ce que ce soit si crevant.

Je pose ma main sur son épaule :

— C'est vrai que ça doit être difficile, à ton âge.

Elle fait mine de se vexer :

— Fais gaffe, tu me rejoins bientôt dans la quarantaine !

— M'en parle pas. Je compte sur toi pour me parrainer. Il me faut quelqu'un pour m'aider à choisir mes couches et mes bouillies.

Elle éclate de rire :

— Garce !

— Tu vois, tu commences déjà à dérailler.

12 h 45

La vieille se venge, elle a accéléré le pas.

13 h 00

— Tu veux faire une autre pause ? propose Emma. J'ai préparé des sandwichs.

On s'installe à l'ombre d'un sapin, et je dois avouer que le panorama est plus sympa que la vue de ma cuisine. Le Pays basque déroule ses nuances de vert, des nuages flottent çà et là, et des vaches pas si sauvages paissent à quelques mètres de nous. Ce qui frappe surtout, c'est le silence. Hormis les pas des randonneurs et les cloches qui pendent au cou des vaches, il n'y a pas un bruit. C'est quand on ne l'entend plus qu'on remarque qu'il est là tout le temps. Même le vacarme dans ma tête se met en veilleuse.

Emma me tend un sandwich :

— Jambon de pays, annonce-t-elle.

— Je suis toujours végétarienne.

— Je plaisantais ! Je t'en ai préparé un au roquefort et aux noix.

Je déteste le roquefort. Je déteste globalement tous les fromages forts, mais le roquefort au-delà des autres. Savoir que c'est le moisi qui lui confère ce goût peut me rendre malade. Elle a dû l'oublier. Pourtant, touchée par son geste, je mords dans le sandwich (en prenant soin de prélever une grande quantité de pain) et je fais mine de me régaler.

13 h 23

Je cherche la motivation pour repartir depuis que j'ai fini l'unique bouchée de sandwich que j'ai pu ingurgiter. Emma a cru que je ne l'aimais pas, j'ai argué que la chocolatine avalée juste avant le départ m'avait coupé l'appétit. Elle referme son sac et l'enfile sur son dos :

— Tu sais ce que dirait Mima ?

— Que t'as des idées de merde.

— Arrête, je suis sûre que tu te fais violence pour être négative, et que tu adores cette ascension.

— Tu m'as percée à jour, je réponds d'un ton morne. Et donc, que dirait Mima ?

— Qu'il ne faut pas faire d'effort pendant la digestion.

Je la regarde sans oser comprendre, elle confirme :

— Et puis, il fait trop chaud pour ces conneries.

Je suis à ça de lui sauter au cou, mais la culpabilité me retient.

— Emma, j'en bave, mais tu me connais : j'en rajoute toujours. Je veux pas que tu te prives pour moi.

Elle m'assure que c'est bon, je lui assure que je vais le faire, elle insiste, elle peut tout à fait s'en passer, j'insiste, je peux tout à fait y arriver, et, au terme d'un retournement de situation improbable, où j'en suis presque à la supplier de gravir ce foutu sommet, c'est elle qui gagne encore, et on rebrousse chemin.

## *Hier*
## *Avril 1992*
## *Agathe – 7 ans*

*J'ai sept ans aujourd'hui. J'ai reçu une enveloppe de Mima, comme chaque année. Dedans, il y avait une perle, que j'ai rangée avec les autres, et un poème écrit sur une carte postale avec des chevaux dessus.*

*Maman m'a dit que j'avais l'âge de raison, mais que ça ne voulait pas dire que j'avais toujours raison.*

*J'ai eu le droit d'inviter cinq copines à la maison : Caroline, Olivia, Aziza, Marjorie et Céline, mais après j'ai désinvité Céline, parce qu'elle a eu une meilleure note que moi en dictée.*

*Marjorie m'a offert des Polly Pocket, c'est ma nouvelle meilleure copine.*

*On n'a plus de jardin, apparemment Maman ne pouvait plus payer la maison, alors maintenant on habite dans un appartement au troisième étage. C'est peut-être pour ça qu'elle a pas voulu prendre Snoopy quand Papa est mort, et qu'elle l'a laissé retourner au refuge.*

*Mes copines voulaient aller jouer sur le parking en bas, mais Maman ne voulait pas, elle a dit qu'il ne fallait pas traîner dehors à cause des adultes qui faisaient du mal aux enfants.*

*Elle nous a laissées utiliser la mini-chaîne et nous a prêté tous ses foulards et ses chaussures à talons, elle nous a même mis du rouge à lèvres. On s'est déguisées et on a dansé, Emma a mis sa musique préférée (« Rhythm Is a Dancer » de Snap!) et elle nous a montré la chorégraphie, c'était rigolo.*

*Maman avait oublié d'acheter le gâteau, j'étais triste, j'ai pleuré, alors elle m'a grondée, elle m'a dit que je n'étais pas gentille, qu'elle avait le droit de faire des erreurs, que j'étais jamais contente. C'est pas vrai, même que des fois je suis très contente. Après, elle est venue me faire un bisou, et elle a fait des crêpes. J'en avais jamais mangé des si délicieuses, elle a dit que c'était grâce à son ingrédient secret (je sais pas comment ça s'appelle, mais c'est ce qu'elle boit toujours dans sa bouteille).*

*C'était vraiment un anniversaire génial, sauf que Papa n'était pas là.*

*Hier*
*Novembre 1992*
*Emma – 12 ans*

*J'entends Agathe pleurer. J'ai d'abord cru que c'était le chat du voisin, il n'arrête pas de miauler la nuit, mais je suis sûre que c'est elle. J'hésite à y aller, demain j'ai interro de sciences nat' et il faut que j'aie une bonne note. La dernière fois, j'ai eu zéro, parce que j'ai pas réussi à disséquer la grenouille. Au lieu de ça, j'ai dégobillé sur les chaussures de madame Rabot, elle n'a pas trop aimé. Maman a dit que, si le bulletin du deuxième trimestre n'est pas bon, je n'irai pas chez Mima et Papi cet été, et ça, c'est pas possible.*

*Elle pleure beaucoup, quand même.*

*Je me lève sur la pointe des pieds, Maman regarde* Ciel mon mardi !*, il ne faut pas qu'elle m'entende. Je me dirige grâce à la lumière des lampadaires, dehors. Je ne ferme plus les volets depuis quelque temps.*

*Agathe serre sa luciole contre elle, sa tête est allumée (à la luciole, pas à Agathe).*

*— Qu'est-ce que tu as ? je lui demande en chuchotant.*

*— J'arrive pas à dormir.*

*— C'est pas grave, ça ! Faut pas te rendre malade pour ça.*

*Je commence à repartir, mais elle me dit qu'elle a peur.*

*— T'as peur de quoi ?*

*— Des tremblements de terre.*

*Je rigole un peu, mais elle pleure encore plus. Je m'assois sur son lit et je lui explique qu'il n'y a pas de tremblements de terre à Angoulême.*

*— Et les volcans ?*

*— Les volcans non plus, Gagathe.*

*Elle me dit que la maîtresse leur a raconté l'histoire des habitants d'un village qui étaient tous morts sous la lave, à cause d'un volcan qui était sorti en une nuit.*

*— Je veux pas mourir, Emma, je suis trop petite !*

*— Bouge pas, je reviens.*

*Sur la pointe des pieds, je pars dans ma chambre, et je reviens avec mon atlas. Il y a une page sur les volcans, je la lis, elle est un peu rassurée. Je continue avec la page sur les séismes, et à la fin elle ne pleure plus du tout. Je reste encore un peu avec elle, et je repars me coucher, parce que demain j'ai l'interro de sciences nat'.*

# Aujourd'hui
# 6 août
# Agathe

16 h 49

— J'aimerais bien savoir où est passé le chat.

Emma hausse les épaules, absorbée par la lecture du carnet de poèmes de Mima. Elle n'a pas connu Robert Redford, notre grand-mère l'a adopté il y a trois ou quatre ans.

Elle partait au marché de Quintaou quand elle l'a trouvé, gisant sur le trottoir. Il venait manifestement d'être renversé par quelqu'un qui n'avait pas pris la peine de s'arrêter. Il était mal en point. Elle l'a installé dans son panier et emmené chez le vétérinaire du quartier, lequel lui a annoncé que l'animal n'était ni pucé ni tatoué, et que, en l'absence de propriétaires officiels, ce serait à elle de régler la consultation et les soins. Mima a hésité : son amour des animaux d'autrui avait pour limite son compte en banque, et ce dernier était en plus piteux état que le chat. Mais le regard de la bête l'a convaincue.

Elle n'est pas allée au marché, finalement. Le chat a subi radio et prise de sang, qui n'ont rien révélé de grave, mais il a dû être amputé d'une partie de la queue et recousu aux coussinets et à la tête. Malgré le paiement en trois fois consenti par le vétérinaire, une partie de sa retraite d'institutrice a été entamée. Le chat a passé sa convalescence chez elle, elle a accroché des annonces dans tous les commerces alentour, et, au bout de quelques jours sans nouvelles d'un hypothétique propriétaire, elle a décidé de nommer le chat Robert Redford. « Il m'a ruinée, mais dire que je suis la maîtresse de Robert Redford est une petite consolation. »

— Depuis quand il a disparu ? demande Emma.

— Quand Mima était hospitalisée. Je venais le nourrir tous les jours et passer un moment avec lui, il rappliquait en entendant mon scooter, et puis un jour il n'est plus venu.

— Tu l'as cherché ?

— Un peu, dans le quartier, mais après Mima est morte et ça a pris toute la place dans ma tête. J'aimerais bien le retrouver, je le prendrais chez moi. Ça me fait mal au cœur de le savoir abandonné. Elle l'aimait beaucoup, elle s'en occupait comme d'un gosse.

— Je me doute, j'ai vu qu'il avait une panière dans chaque pièce et un arbre à chat immense ! fait ma sœur.

— C'est loin d'être le pire.

Je lui raconte les stratagèmes que notre grand-mère mettait en place pour que Robert Redford ne sorte pas la nuit, son anxiété quand elle entendait des chats se battre, la brosse à picots avec laquelle elle le massait chaque soir, et les nuits où elle se retenait d'aller aux toilettes car monsieur dormait paisiblement sur son ventre.

— Il faut qu'on le retrouve ! décide-t-elle.

17 h 30

On a appelé tous les refuges du coin, la fourrière et la mairie. Tous ont paru étonnés que l'on cherche un chat plus de trois mois après sa disparition, et aucun n'en a trouvé un correspondant à notre signalement. Il est facile à reconnaître : il est tout noir, sauf en bas des pattes, comme s'il portait des chaussettes.

Emma propose qu'on demande à madame Garcia, la voisine. Je ne peux pas la saquer, je préférerais me retrouver avec une remorque à la place du cul plutôt que de lui adresser la parole, mais ma sœur insiste : elle n'ose pas y aller seule. Je la comprends, je suis du genre à me perdre pour ne pas avoir à demander mon chemin, à répéter la phrase que je dois prononcer avant de passer un appel, à ne pas entrer dans une boutique si je suis la seule cliente. Un psy m'a appris qu'il s'agissait d'anxiété sociale. Ça ne m'a pas étonnée outre mesure, petite déjà, il m'est arrivé de me pisser dessus en récitant une poésie au tableau. Personne ne s'en doute, je donne le change, la plupart des gens me pensent à l'aise. En réalité, sous ma carapace, j'ai envie de disparaître dès que l'attention se porte sur moi. Emma est pareille. Sur pas mal de points, nous sommes à l'opposé. Elle est prévoyante et ordonnée quand je suis nonchalante et bordélique, mais quelques traits de caractère ne laissent aucun doute sur notre enfance et notre sang mêlés.

Madame Garcia ne nous reconnaît pas immédiatement.

— Je n'ai besoin de rien, merci ! fait-elle avant de refermer la porte.

On insiste, et elle vient nous ouvrir le portail en entendant notre nom. Madame Garcia est la voisine de Mima depuis toujours, si toujours signifie d'aussi loin que je m'en souvienne. Elle est plus jeune qu'elle, plus proche de l'âge de notre mère.

— Ça alors ! Je ne vous aurais pas reconnues ! Enfin, la petite, je la vois de temps en temps, de loin.

La petite, c'est moi. Je la gratifie d'un sourire aussi convaincant que me le permet mon aversion. Je trouve regrettable qu'il n'existe pas une expression du visage ou un geste pour signifier à quelqu'un qu'on ne l'aime pas. Autre qu'un coup de boule, je veux dire.

Madame Garcia n'a pas vu Robert Redford.

— Et j'en suis bien aise, se croit-elle obligée de préciser. Ce chat grattait dans mes massifs de fleurs, il détruisait tout. Entrez donc, venez vous rafraîchir !

— C'est gentil, mais on doit y aller, répond Emma.

Et, par ailleurs, on n'en a pas envie, mais je me retiens de le penser trop fort, des fois que ça s'entende.

— Allez, cinq petites minutes ! insiste la sangsue. Joachim est là, il sera content de vous voir.

Raison de plus pour se barrer. Joachim est la dernière personne que j'ai envie de voir, mais Emma n'a jamais su résister à l'insistance, et on se retrouve à suivre la voisine à travers son jardin luxuriant. Dans le salon, monsieur Garcia s'est assoupi face à la télé allumée.

— Jojo ! crie madame Garcia à l'intention de son fils, sans considération pour son mari qui se réveille en sursaut, les petites voisines sont là !

Emma s'assoit, je préfère rester debout. Joachim débarque et nous salue comme s'il était réellement content de nous voir. Je suis surprise de le découvrir avec des cheveux gris et des rides autour des yeux. Finalement, l'endroit où on se voit le plus vieillir, c'est sur le corps des autres.

— Qu'est-ce que vous devenez, les filles ? demande Joachim.

— Je suis professeure des écoles, répond Emma. CM1-CM2.

Il se tourne vers moi :

— Et toi ?

— Je suis fakir, j'ai toujours ma planche à clous sur moi, j'ai le…

— Elle est éducatrice, me coupe Emma, gênée.

— Ça ne m'étonne pas de toi, commente le voisin. Je suis sûre que tu t'occupes d'enfants.

— Loupé, je réponds. Je veux pas avoir le temps de m'attacher, alors j'ai choisi les vieux.

— Tu dessines toujours ?

— Non. Et toi, tu fais quoi ?

Je me fous de la réponse comme de ma première mycose, le mec mériterait que je lui récite toutes les insultes qui existent, mais ce ne serait pas la meilleure méthode pour prouver à Emma que j'ai changé. Alors, avec une attention qui mérite un César, j'écoute Joachim parler de son quotidien de statisticien.

*Hier*
*Avril 1993*
*Emma – 13 ans*

*Thomas Martel m'a roulé une pelle. C'était dégueulasse. Je préfère encore manger des escargots. Je savais que ça allait se passer, il voulait sortir avec moi depuis l'année dernière, mais je ne voulais pas tant que j'avais des bagues aux dents. L'orthodontiste me les a retirées il y a quelques jours. Elle voulait que je les garde encore un peu, mais c'est bon, ça fait trois ans, à chaque rendez-vous elle repousse, j'en ai marre de rire la bouche fermée. Le pire, c'est la nuit, je dois porter une espèce d'appareil avec un casque, si je croise Freddy Krueger, c'est lui qui va avoir peur.*

*Thomas m'a filé un rencart à la fête foraine. Margaux et Karima m'ont accompagnée, on y est allées à pied en coupant par les terrains de tennis. J'ai mis du parfum (Démon d'Eau Jeune). Je me posais plein de questions, dans quel sens tourner la langue, est-ce que je dois fermer les yeux, est-ce que je dois mettre mes bras autour de son cou ou autour de sa taille, et si je bave comme quand je dors la nuit ? Les filles me rassuraient, mais j'ai failli faire demi-tour en arrivant.*

*Il m'attendait derrière le camion des autos tamponneuses. On s'est juste dit bonjour et voilà, on s'est roulé une galoche. J'ai même pas eu le temps de réfléchir à toutes les questions, après Margaux m'a dit que j'avais gardé les yeux ouverts et les bras le long du corps, je me souviens juste que j'ai arrêté de respirer.*

*Thomas m'a tenu la main tout l'après-midi, je ne sais pas laquelle transpirait, mais c'était moite.*

*Maman m'a dit de rentrer à dix-huit heures, il est dix-huit heures vingt et j'arrive en bas de l'immeuble. C'est à cause de Karima, il a fallu qu'on cherche des chewing-gums pour que ses parents ne sentent pas qu'elle avait fumé. Je recule ma montre de vingt minutes et je monte les trois étages.*

*— T'es en retard, me dit Maman.*

*Je lui montre ma Casio :*

*— Non, regarde, je suis pile à l'heure.*

*Je ne la vois pas venir. Sa main s'écrase sur ma joue, j'en ai l'oreille qui bourdonne.*

*— Tu me prends pour une conne, Emma ?*

*— Non, Maman, je te jure.*

*— T'en veux une autre ?*

*— Non.*

*— Alors ne t'avise pas de me mentir. Excuse-toi et va dans ta chambre.*

*— Pardon.*

*— Pardon qui ?*

*— Pardon Maman.*

*— File.*

*Je cours dans ma chambre et me jette sur mon lit. Je pleure tellement que je n'entends pas Agathe rentrer. Elle s'assoit à côté de moi et me caresse la tête :*

*— Faut mettre un gant froid dessus. La dernière fois ça m'a bien soulagée.*

*Hier*
*Août 1993*
*Agathe – 8 ans*

*Maman vient nous chercher ce soir. Les grandes vacances sont finies. On a passé les deux mois chez Mima et Papi. Mima a dit que ce sera comme ça tout le temps. Maman est d'accord. Je le dis à personne, parce que je veux pas faire de peine à Maman, mais j'ai pas très envie de rentrer. Je voudrais que l'été dure toute l'année. J'ai même pas réussi à finir la glace italienne tellement ma gorge est serrée.*

*Pour le dernier jour, on va à la plage tous ensemble. Il y a Mima, Papi, tonton Jean-Yves, tatie Geneviève et les cousins. Jérôme est mon préféré. Il a un an de plus que moi, alors que Laurent est grand comme Emma. Les vagues sont grosses, et, même si je me rappelle bien ce qu'on a appris au cours de surf, je préfère rester au bord. Jérôme reste avec moi, on fait un château de sable, on joue aux raquettes, j'envoie toujours la balle trop loin ou trop sur le côté, on rigole bien.*

*Emma se baigne avec un tee-shirt, tout le monde lui demande pourquoi, mais moi je le sais, c'est parce qu'elle a les titis qui poussent et ça lui fait honte. Elle me l'a dit au début de l'été. Moi j'aimerais bien avoir de gros titis, même que des fois, dans ma chambre, je mets un soutien-gorge de Maman avec des chaussettes dedans.*

*Les maîtres-nageurs sifflent et font de grands signes, il y en a deux qui courent dans l'eau. J'ai le soleil dans les yeux, je ne vois pas bien, mais quelqu'un est allé trop loin et n'arrive pas à revenir. Jérôme me dit que c'est Emma. Je la cherche partout, mais je la vois pas, je crois qu'il a raison, c'est bien elle, je ne me sens pas très bien, j'ai du mal à respirer, ma tête se met à tourner, mon cœur fait du bruit dans mes oreilles, j'ai peur, c'est ma sœur, je l'aime trop, je veux pas qu'elle se noie, Mima me prend dans ses bras et essaie de me calmer, mais je peux pas, je tremble de partout, j'y vois tout noir, j'ai envie de vomir, j'ai chaud, j'entends plus rien.*

*Quand je me réveille, je suis sous le parasol, Emma me tient la main. Elle est vivante, je me jette dans ses bras. « Je t'aime, Emma, je t'aime ! » Elle me dit que ce n'était pas elle dans l'eau, qu'elle était au bord, pas loin de nous, à regarder la scène. Mima m'explique que j'ai fait une crise d'angoisse. Je sais pas trop ce que c'est, mais j'ai pas aimé.*

*Au retour, tonton Jean-Yves me prête vingt centimes pour que je m'achète un malabar à la menthe.*

*Je le partage avec Emma, mais elle préfère me le laisser. Depuis qu'elle a failli mourir, je l'aime encore plus.*

*Maman est en retard, Mima nous prépare des pâtes aux courgettes, je l'aide à râper le parmesan, elle me parle de sa mamie qui lui a appris toutes ses recettes, elle était italienne, elle l'appelait Nonna.*

*Maman est vraiment en retard, j'ai peur, elle a peut-être eu un accident. J'entends mon cœur qui recommence à faire du bruit, mais elle sonne au portail. Je lui saute dessus, Emma aussi, on se fait un long câlin, elle sent le patchouli et la cigarette, ça pue, je fumerai jamais.*

*Mima dit qu'il est tard, qu'on devrait dormir ici, Maman dit d'accord, et on dort toutes les trois dans la chambre de Papa.*

# Aujourd'hui
# 6 août
# Emma

18 h 12

Je lis sur le visage d'Agathe les efforts qu'elle fournit pour ne pas s'enfuir. Je tente à plusieurs reprises d'expliquer que nous devons y aller, mais les Garcia ont l'air trop heureux de nous avoir pour nous laisser partir, et le bien-être des autres grille toujours la priorité à ma volonté. À première vue, ça a l'air d'une qualité, mais quand je me retrouve à donner un pourboire au coiffeur pour le remercier de m'avoir fait ressembler à une brosse à chiottes ou à acquiescer quand mon collègue tient des propos qui frôlent le racisme, c'est encombrant. J'ai longtemps affirmé que c'était mon excès d'empathie qui me poussait à ne pas mettre les gens dans une situation embarrassante, mais je crois qu'en réalité, la raison est beaucoup plus triviale et tient à mon désir d'être aimée.

Agathe porte son téléphone à son oreille :

— Allo ? Non ? C'est pas vrai ? Bien sûr, j'arrive tout de suite ! (Elle raccroche, l'air horrifié.) Je suis désolée, je dois y aller, mon amie Laura vient d'avoir un accident, elle est hospitalisée, apparemment c'est très grave.

Elle joint le mouvement à la parole et sort de la cuisine, traverse le couloir, le jardin, pendant que je la suis, moi-même suivie par madame Garcia.

— Revenez quand vous voulez ! me dit-elle alors que je passe le portail. J'espère que son amie va s'en remettre... Et pour le chat, voyez avec le propriétaire du numéro 14. Je crois que votre grand-mère et lui étaient très bons amis.

Même son air de conspiratrice ne parvient pas à bousculer ma politesse. Je la remercie pour son accueil et retourne chez Mima. Agathe se sert une poignée de cacahuètes dans la cuisine.

— Je ne sais pas ce qui m'a donné le plus envie de vomir, dit-elle en grimaçant, leur jus d'orange ou leur fils.

— Tu veux que je t'emmène à l'hôpital ?

— Bien sûr que non ! s'amuse-t-elle. Je pensais pas être aussi bonne comédienne.

— Je me disais bien que je ne connaissais pas de Laura.

— Elle n'existe pas, je ne voulais pas porter la poisse à une de mes vraies amies en lui inventant un accident. Je suis désolée, je voulais pas te faire peur, mais je ne pouvais pas rester une minute de plus en sa présence.

Je prends une poignée de cacahuètes à mon tour :

— C'était un gamin, il a dû changer.

— Impossible, il est incurable. Bite dans le cerveau, stade IV, inopérable.

Je ne peux m'empêcher de rire, et Agathe, malgré tous ses efforts pour rester renfrognée, se bidonne aussi. On se sert du vin, et on s'installe sur des coussins posés à même la pelouse, à l'ombre du tilleul. Grâce à la situation de la maison sur les hauteurs d'Anglet, on aperçoit au loin, par-delà les toits rouges et les jardins, les silhouettes imposantes des montagnes pyrénéennes.

— Tu as quelqu'un en ce moment ? je demande à Agathe.

Elle secoue la tête :

— Plus depuis trois semaines.

Je n'ai pas besoin d'insister pour qu'elle me raconte son histoire avec Mathieu. Il intervenait en temps qu'orthophoniste dans l'Ehpad où elle travaille. Pour une fois, précise-t-elle, elle n'était pas tombée éperdument amoureuse de lui dès la première seconde, et n'avait pas été prête à l'épouser dès la deuxième.

— Pendant des mois, on a été copains. On s'entendait hyper bien, on avait le même humour.

— Ah merde…

— On allait au ciné, au ski, on matait des séries ensemble, poursuit Agathe, sans relever ma taquinerie.

Elle replonge dans son histoire en me la racontant. Pour Noël, ils sont partis à Londres. Elle rêvait depuis longtemps de voir les décorations et les illuminations. C'est à la sortie du tunnel sous la Manche qu'elle l'a embrassé, pour exprimer sa joie d'en être sortie vivante. Je la coupe pour la féliciter, fut un temps où elle était incapable de monter dans un ascenseur, elle me remercie et poursuit. Mathieu a rapidement emménagé avec elle. Elle guettait le moment où elle allait commencer à se lasser, à ne plus le supporter, c'était ainsi que s'étaient passées toutes ses relations jusque-là, mais cette fois c'était différent.

— C'était le bon, j'en suis sûre. Peut-être justement parce qu'il avait été mon ami avant d'être mon mec.

— Qu'est-ce qui s'est passé ?

Elle écrase longuement sa cigarette.

— Il n'a pas supporté, tu sais, mon… ma… enfin, moi.

Elle rassemble ses cheveux en chignon au sommet de son crâne, l'air de rien, mais je sais le combat qu'elle mène pour ne pas s'effondrer.

— Tu es sûre que c'est pour ça ? je demande.

— Certaine. Il m'a dit que c'était trop dur à vivre au quotidien. Je le blâme pas, parfois je me dis que, si je pouvais me quitter, je le ferais.

Je cherche les mots pour la réconforter, mais elle ne m'en laisse pas le temps. Changer de sujet lui semble la meilleure option.

— Et toi, avec Alex ? Ça fait combien de temps maintenant ?

— Dix-neuf ans. Et toutes nos dents.

— Expression interdite depuis 1925. Et tout se passe bien entre vous ?

— Ça va, je ne me plains pas.

Elle écarquille les yeux :

— Ça fait envie ! Une vraie bande-annonce pour la vie de couple.

Je ris en réalisant mon manque d'entrain, et je lui explique.

Je ne vibre plus. Insidieusement, la passion a tiré sa révérence au profit d'un sentiment plus profond, plus confortable, mais aussi nettement moins excitant. Je repense à nos débuts, aux chatouilles dans le ventre, aux palpitations, à l'esprit ailleurs, ça occupait toute la place, ça renversait tout le reste, et ça rendait invincible. Pendant une période, j'ai eu du mal à me dire que je ne ressentirais plus jamais ça.

— Tu sais, ça dure jamais, dit Agathe. Je rêve de ça, moi. Rester assez longtemps pour créer de vrais liens. Connaître l'autre suffisamment pour lui confier ma vie. Savoir d'avance ses réactions. Ne pas avoir de mauvaise surprise. Se comprendre en un regard. Avoir des souvenirs communs. Être aimée telle que je suis, pas telle que j'ai l'air d'être.

Le problème, c'est que je me lasse dès que ça commence à ronronner. Je rêve de quelque chose que je ne supporte pas.

Des grappes de nuages flottent au-dessus des montagnes. Je pose ma main sur son épaule.

— Tu trouveras quelqu'un qui t'aime comme tu es, Agathe. Lui, c'était un con. Personne ne devrait te quitter pour ça.

Elle reste un moment silencieuse, puis, sans me regarder, répond :

— C'est pourtant ce que tu as fait.

*Hier*
*Avril 1994*
*Emma – 14 ans*

*J'ai quatorze ans aujourd'hui. Agathe a eu neuf ans hier. Au début, ça me soûlait qu'elle soit née la veille de mon anniversaire, mais maintenant j'aime bien, parce qu'on a droit à une soirée au restaurant, toutes les deux avec Maman.*

*C'est rare, les moments toutes les trois. Maman travaille beaucoup, et le vendredi soir elle sort avec ses copines, alors je garde Agathe, on mange des céréales en regardant* X-Files *et* Les Contes de la crypte. *C'est flippant, après on sursaute dès qu'une porte claque dans l'immeuble, et ça nous fait marrer. On ne le dit pas à Maman, parce qu'elle nous interdirait à cause des angoisses d'Agathe.*

*Tous les ans, on va au même restaurant. J'ai eu le droit de mettre du mascara pour l'occasion.*

*Maman m'offre un tee-shirt de Nirvana, je suis contente mais triste, parce que Kurt Cobain est mort la semaine dernière. Agathe reçoit un CD de* Dance

Machine, *elle crie de joie, il y a East 17 et Corona dessus, je sens qu'elle va nous casser les oreilles, déjà qu'elle écoute en boucle Ace of Base…*

*Maman nous raconte le jour de notre naissance, comme chaque année. On rigole quand elle dit que je faisais la gueule en découvrant Agathe. Juste après, elle est partie en couveuse à cause de ses poumons, et il paraît que j'étais contente. Je me souviens pas, mais j'ai changé d'avis. Elle est pas mal, comme sœur, et en plus c'est la seule personne avec qui je peux parler de Papa.*

*Je commande un steak haché et des frites, on n'en mange pas souvent, mais Maman m'oblige à prendre des haricots verts, plutôt. Deux personnes s'installent à la table d'à côté, c'est Thomas et son père. Il me voit, mais il m'ignore. Ça a duré une semaine, entre nous. Il a cassé parce que j'avais des fausses Doc Martens, ma mère n'avait pas les moyens d'en prendre des vraies. Juste après, il est sorti avec Julie-la-pétasse, qui a un Chappy et un sac Chevignon.*

*Au dessert, Maman nous fait la même surprise que tous les ans. Le dessert arrive avec les bougies, tous les serveurs chantent « Joyeux anniversaire », ma mère aussi. J'ai envie de disparaître dans le sol. Thomas me regarde, je vois bien qu'il se fout de moi. J'ai tellement honte.*

*Maman fait la gueule tout le trajet retour. Elle dit que je suis une ingrate, que j'aurais pu sourire, remercier. J'essaie de m'excuser, mais elle ne veut rien entendre. Elle claque la porte en rentrant à la maison. Agathe prend ma défense, elle dit que j'étais gênée à cause de Thomas, mais Maman explose, elle hurle, elle tape dans le mur, on ne bouge plus, mais ça ne suffit pas, elle est trop énervée. Je sais ce qui nous attend, je le comprends dès qu'elle enlève la ceinture de son jean. Elle enroule la boucle autour de sa main, et elle se dirige vers Agathe. C'est la première fois que je ne la laisse pas faire. J'attrape ma sœur par la main et je la traîne dans ma chambre, avant de fermer la porte à clé. Maman tape dans la porte. On s'assoit sur le lit, elle se colle contre moi. Je la prends dans mes bras.*

*Ça finit par s'arrêter.*

*Maman est calmée.*

*Agathe rigole en me regardant. J'ai du mascara partout sur les joues.*

*Je me lève, et je regarde le calendrier accroché au mur. Je compte les cases qui nous séparent des grandes vacances chez Mima. Il reste 89 nuits avant les beaux jours.*

## *Hier*
## *Décembre 1994*
## *Agathe – 9 ans*

*C'est bientôt Noël.*

*L'année dernière, j'avais fabriqué des sujets en pâte à sel à tout le monde. Un cœur pour Maman, une fleur pour Mima, un poisson pour Papi, un bonhomme de neige pour Jérôme, un ballon de rugby pour Laurent, une lune pour tonton et une coccinelle pour tatie. J'avais aussi fait un chien pour Papa, un peu comme Snoopy, même s'il était frisé en vrai, mais je l'ai oublié le jour où on est allées au cimetière, alors je l'ai rangé dans le tiroir de mon chevet.*

*J'adore offrir des cadeaux. Je ne les pose pas sous le sapin, je leur donne dans la main, un par un, comme ça je peux voir s'ils sont contents.*

*Cette année, je vais faire des jolies peintures, Maman m'a acheté du papier Canson, ils pourront les accrocher au mur. Ce sera plus facile pour leur envoyer, vu qu'on ne passe pas Noël avec eux. C'est à cause du nouveau copain de Maman, il ne veut pas connaître Mima et Papi, parce que c'est les parents de Papa. Il est gentil, mais je préférais Patrick (pas le dernier, l'autre avant). Par contre, je sais pas trop où regarder quand il me parle, parce qu'il a les yeux qui font le grand écart.*

*Maman a l'air heureuse depuis qu'il habite chez nous, Emma dit que c'est le principal, même si je vois bien qu'elle ne le supporte pas, surtout quand il prend la salle de bains le matin et qu'il écoute la musique à fond quand elle fait ses devoirs. C'est peut-être pour ça qu'elle va à la gym tous les soirs.*

*Moi, je viens d'arrêter le judo. J'aimais bien, au début, mais, après, j'avais plus envie d'y aller. Je crois que le prof était daltonien, il devait nous prendre pour des ceintures noires, la dernière fois j'ai rien compris, à la fin de l'entraînement, j'ai vu des étoiles et je suis tombée. Maman ne voulait pas que j'arrête, elle a dit que j'avais déjà fait le coup avec la danse et la natation, mais finalement, ça l'arrangeait de ne pas m'emmener à l'entraînement.*

*L'année prochaine, je ferai du dessin, ou alors du théâtre. Enfin non, j'aimerais bien jouer des rôles, mais je ne pourrais pas parler devant plein de gens. J'ai le temps d'y réfléchir. Il faut d'abord finir le CM1, et surtout passer les grandes vacances. J'espère qu'on aura le droit d'aller chez Mima, peut-être que Maman aura un autre nouveau copain et qu'il ne sera pas jaloux de Papa.*

# Aujourd'hui
# 7 août
# Emma

7 h 22

L'océan est encore plus paisible qu'hier. Je peux m'adonner sans risquer de me faire éjecter par une vague à mon activité favorite : la planche. Il n'y a que là, face au ciel, bercée par le roulis de l'eau, mes bras, mes jambes totalement relâchés, que je me sens pleinement sereine. La pluie de cette nuit a semé des nuages et cette odeur typique de la terre après l'averse. J'ai appris récemment que cela portait un nom : le pétrichor. Il désigne précisément l'odeur qui émane de la terre mouillée après une période de sécheresse. En cherchant, j'ai découvert que la langue, qu'elle soit française ou non, regorge de termes méconnus et pourtant tellement poétiques. Ainsi, en italien, on appelle *umarells* ces hommes qui ont pour passe-temps d'observer des chantiers, mains derrière le dos, toujours prêts à dégainer un conseil ou un avis. Au Japon, la lumière du soleil qui filtre à travers les feuilles des arbres se nomme *komorebi*. Au Portugal, la *saudade* est un sentiment mélancolique mêlant nostalgie et espoir. J'y ai consacré un cours, qui a beaucoup plu à mes élèves. L'un d'eux m'a demandé s'il existait un mot pour désigner l'odeur qui sort de la bouche du directeur de l'école, ce qui a beaucoup amusé ses camarades – et moi aussi, même si je me suis bien gardée de le montrer.

Des cris de goélands transpercent le silence. Je repasse en position verticale, le vieil homme est au bord de l'eau, encerclé d'oiseaux. Comme hier, il plonge sa main dans son sac et leur lance de la nourriture. Plus loin, un enfant et son père observent le spectacle. Je fais quelques brasses avant de sortir. J'ai prévu de rentrer avec le petit-déjeuner, je veux être là avant le réveil d'Agathe, même s'il risque d'avoir lieu tard, vu l'heure à laquelle elle s'est couchée. La soirée s'est prolongée sous le tilleul, on s'est préparé des tartines tomates mozzarella et on a improvisé un pique-nique comme le faisait souvent Mima. On a retrouvé le plaid qu'elle utilisait, et on est restées là, à parler de nos présents, à tirer le fil de souvenirs, jusqu'à ce que la nuit éclipse le jour. Alors, j'ai rejoint ma chambre et les bras que Morphée me tendait depuis un moment. Le vent s'était levé, annonçant la pluie, mais Agathe est restée dehors. Au cœur de la nuit, j'ai été réveillée par les assauts d'une averse sur la vitre. À travers le rideau, j'ai aperçu Agathe, debout au milieu du jardin, visage levé vers le ciel. J'ai cru qu'elle faisait une crise, j'ai dévalé l'escalier quatre à quatre, je l'ai rejointe en courant, mais non, elle allait très bien.

— J'adore la pluie, elle m'a dit. Je vois pas pourquoi elle a si mauvaise réputation.

Elle a toujours aimé ce que les autres rejetaient, comme un syndrome du saint-bernard exacerbé. Elle raffole des choux de Bruxelles, voue une passion aux requins, elle s'est toujours rapprochée des personnes mises à l'écart. Un jour, elle a adopté un chien, sans doute pour réparer le traumatisme de Snoopy, et elle a évidemment choisi le plus laid et le plus vieux du refuge.

— Reste avec moi, m'a-t-elle dit tandis que je retournais à l'abri.

Je suis rentrée, et je l'ai observée par la fenêtre. Elle avait l'air heureuse. Ma gorge s'est serrée, c'est ce qui se passe quand les attentes et la réalité s'emboîtent parfaitement. En proposant à ma sœur de passer cette semaine ensemble, je savais ce que je venais faire. Mais je réalise que mon attente était ailleurs, je voulais juste m'assurer qu'elle allait bien. Elle a toujours été plus douée que moi pour attraper le bonheur au vol. J'ai pris un parapluie dans le placard de l'entrée, et je suis retournée auprès d'elle.

— Tu te fous de moi ? s'est-elle esclaffée. Balance ce truc, ça n'a aucun intérêt sinon. C'est comme si tu mangeais du chocolat avec la bouche anesthésiée.

J'ai fermé le parapluie et j'ai laissé l'eau s'insinuer dans mes cheveux courts, dégringoler sur mon front, mon cou.

— Lève la tête ! a dit Agathe.

J'ai fermé les yeux et tendu mon visage vers le ciel. Mon tee-shirt était trempé, la pluie était chaude de l'été qu'elle charriait, elle coulait sur mes paupières, sur mes joues, sur mes lèvres, j'ai senti un sanglot se former dans mon ventre, remonter à ma gorge et s'échapper dans l'averse.

L'air est plus frais qu'hier, je frissonne en sortant de l'océan.

— Bonjour, monsieur ! je lance à l'ami des goélands.

— Va te faire cuire le cul ! répond-il aimablement.

*Hier*
*Mars 1995*
*Emma – 14 ans*

*J'ai pris un avertissement. C'est la première fois que ça m'arrive, je suis plutôt abonnée aux félicitations. Les profs estiment que je ne fous plus rien, ils disent qu'ils veulent me faire un électrochoc pour que je me remette au travail. Quelle idée pourrie, si une balle dans le pied était motivante, tout le monde boîterait. J'ai même été convoquée par la directrice, elle voulait savoir ce qui se passait, vu que j'avais toujours été bonne élève avant. Ma mère était dans le bureau, elle a pris ma défense, elle a expliqué que c'était un peu compliqué à la maison, elle a promis que j'allais faire des efforts. J'ai promis aussi, en espérant que je tienne mieux les promesses aux autres qu'à moi-même, parce que je me la fais tous les soirs, et je la trahis tous les matins.*

*Stéphanie, Marion et Nicolas m'attendaient dans le couloir pour retourner en cours. Depuis que je traîne avec eux, Margaux ne me cause plus. Elle dit que j'ai changé. Elle est jalouse, j'ai jamais eu autant d'amis que depuis que je ne suis plus la fayote du premier rang. Ils m'ont invitée à la fête chez Arnaud samedi après-midi, j'aimerais bien y aller.*

*Maman est garée devant le collège. Je trouve ça bizarre, normalement je prends le bus, mais elle m'emmène boire un verre dans un bar près de l'église. Dès qu'on est assises, elle me demande si je suis en colère contre elle.*

*Je lui réponds la vérité, que parfois je suis en colère, parfois triste, parfois j'ai peur. Elle se met à pleurer, alors j'ajoute que le plus souvent, je suis heureuse. Elle dit qu'elle est une mère horrible. Elle m'explique qu'elle se déteste, que c'est pour ça qu'elle boit. Que la mort de Papa l'a pas arrangée. Que plus elle veut arrêter, plus elle boit, parce qu'elle se rend compte qu'elle n'y arrive pas, et qu'il faut qu'elle oublie qu'elle est bonne à rien. Elle me dit que, souvent, elle sent la colère dans son ventre, comme un monstre qui prend le dessus, que sa mère était comme ça, qu'elle a tout fait pour ne pas lui ressembler, mais que c'est plus fort qu'elle, elle ne peut pas contrôler. Elle me caresse les cheveux, me fait des bisous. Elle s'inquiète de mes notes, elle pensait qu'on allait bien. Elle n'arrête pas de me demander si je l'aime. Si elle savait à quel point. Si elle savait que, tous les matins, je vais vérifier si elle respire. Si elle savait que je ne parle de tout ça à personne, pour que personne ne puisse penser du mal d'elle. Si elle savait que, chaque fois que je dois faire un vœu, je fais celui qu'elle et ma sœur soient heureuses. Si elle savait que, si je suis si pressée de grandir, c'est pour pouvoir l'aider. Je lui réponds que je l'aime très fort, et que je ne lui en veux pas. « Tu es plus mature que moi », elle dit.*

*Elle commande un deuxième café, et elle m'annonce qu'elle va partir cinq semaines. Elle va faire une cure de désintoxication, et soigner sa dépression. Je lui demande s'il n'y a pas une autre solution, mais apparemment non. Mima viendra s'occuper de nous, tout est déjà prévu. Je n'arrive plus à boire mon Coca.*

*On passe chercher Agathe à l'école. Elle aussi, d'habitude elle prend le bus. Elle s'inquiète quand elle nous voit, elle croit qu'il est arrivé quelque chose de grave. Maman la rassure, on fait un arrêt à la boulangerie, et on rentre à la maison. Il y a deux valises dans l'entrée. Je n'avais pas compris que ce serait si rapide. J'ai la gorge qui brûle, je retiens mes larmes, il ne faut pas qu'Agathe comprenne. Maman lui explique qu'elle part quelque temps en Bretagne pour le travail. Elle pose plein de questions, et elle croit aux réponses. Je lui en veux d'y croire. J'aimerais pouvoir aussi.*

*Maman nous propose de dormir avec elle pour sa dernière nuit à la maison, elle au milieu, ma sœur et moi de chaque côté. Je me retrouve vite dans le froid, sans couette, avec le coude de ma mère dans le dos, mais je m'en fous, on est ensemble.*

*À partir de demain, c'est promis, je travaille bien. Tant pis pour samedi après-midi.*

*Hier*
*Juillet 1995*
*Agathe – 10 ans*

*Mima nous a réveillées très tôt pour aller à la Rhune. Apparemment, c'est une montagne sur laquelle on peut voir tout le Pays basque. J'aurais bien dormi encore, je termine ma nuit dans la voiture, mais, au bout d'un moment, il faut que je regarde la route à cause des virages qui font remonter mon petit-déj.*

*Papi a mis sa cassette de chants basques et il chante en prenant une grosse voix pour nous faire rigoler.*

*Il y a déjà du monde quand on arrive, on fait un peu la queue et on monte dans un train tout en bois. Il n'y a pas de vitres aux fenêtres, Mima nous laisse la place près de l'ouverture en nous disant qu'on aura la plus belle vue. Papi est derrière son caméscope, il filme le paysage.*

*Sur notre banc, il y a une dame avec ses deux filles, ça me fait penser à Maman. J'aimerais bien qu'elle soit avec nous. Elle est restée en Bretagne plus longtemps que prévu, elle nous envoyait des lettres et de temps en temps elle nous téléphonait. Quand elle est revenue, on a dormi toutes les trois ensemble pendant une semaine. Elle nous a promis qu'elle ne partirait plus jamais.*

*Pendant que le train monte, je prends des photos avec l'appareil jetable. C'est très beau, on croise des poneys, Mima nous explique qu'on les appelle les pottoks.*

*Quand on arrive en haut, il fait un peu froid, heureusement Mima a prévu des vestes. Je sais pas pourquoi, ça me donne envie de lui faire un gros câlin, alors je me jette dans ses bras, ça la fait rigoler. Quelques gens sont déjà sur place, apparemment ils sont montés à pied (ils sont fous !) (ou peut-être qu'ils savaient pas, pour le train).*

*Je n'ai jamais rien vu d'aussi beau. À droite, on voit toute la côte, l'océan au loin, le Pays basque intérieur. Avec Emma, on regarde dans les jumelles de Mima et on essaie de reconnaître les villages. On voit Ciboure, Saint-Jean-de-Luz, Bidart, Ascain, Nivelle, on arrive même à apercevoir le rocher de la Vierge à Biarritz. Ça a l'air minuscule, c'est comme un pays de poupées !*

*À gauche, on voit les Pyrénées, et, plus bas que nous, des nuages blancs qui avancent comme les vagues de l'océan. Je prends plein de photos, c'est magnifique, et à un moment je me rends compte que les larmes coulent sur mes joues, mais je ne sais pas si c'est le vent ou la beauté. Papi me filme, alors je me cache sous ma veste.*

*On va un peu se balader, pas trop parce que ça monte beaucoup pour Mima, on voit un berger qui appelle ses moutons, on voit aussi des pottoks, mais on ne s'approche pas pour ne pas leur faire peur, et après on rentre dans le restaurant et je bois le meilleur chocolat chaud que j'ai jamais bu, mais je ne le dis pas à Mima pour ne pas la vexer.*

*Finalement, je suis bien contente de ne pas avoir dormi. Je crois que, quand je serai grande, je voudrais vivre au Pays basque. Il faut juste que j'arrive à convaincre Maman et Emma, parce que je ne partirai pas sans elles.*

# Aujourd'hui
# 7 août
# Agathe

11 h 06

J'ai toujours adoré aller dans le garage. C'était le repaire de Papi. Il y passait du temps, à bricoler, à peindre, à imaginer toutes les nouvelles choses qu'il pourrait créer. Il était particulièrement fier de la travailleuse en bois dans laquelle Mima rangeait ses affaires de couture, du tonneau aménagé en bar qui s'éclairait quand on en ouvrait la porte, et de l'étagère tournante installée dans la cuisine.

Rien n'a bougé. Ses cannes à pêche sont posées contre le mur, près de la glacière. Ça sent encore la peinture. Les outils sont accrochés au mur, au-dessus de l'établi. Comme s'il venait d'en sortir.

— Tu trouves ? demande Emma en me rejoignant.

— Pas encore, je réponds en ouvrant un tiroir.

On cherche une ampoule, celle de la cuisine a grillé. Papi en avait des stocks, comme les stylos, les piles, les multiprises. Il ne parlait jamais de son enfance, mais Mima nous avait raconté un jour que ses parents avaient été tués pendant la guerre, et qu'il avait été élevé par ses grands-parents très sévères. J'en avais déduit qu'il avait manqué de tout, et que ses accumulations étaient une réparation.

En ouvrant un nouveau tiroir, je tombe sur un bout d'enfance.

Un petit magnétophone et des cassettes. Mon cœur se serre.

1991, peut-être 1992. C'est l'été. La veille, lors de la nuit des étoiles, Emma a repéré une forme étrange dans le ciel. J'ai demandé si ça pouvait être une soucoupe volante. Mima a ri et rétorqué que ça n'existait pas. Avec Emma, on n'était pas si sûres. On a préféré se dire que les extraterrestres étaient gentils et qu'ils étaient venus nous faire un signe. Toute la nuit, notre imagination a été en ébullition. Le lendemain matin, le sommeil encore accroché aux paupières, on a rejoint Papi qui nous attendait à la table du salon.

« Les filles, j'ai quelque chose pour vous. »

Il a poussé devant lui un magnétophone et enfoncé la touche lecture. Soudain, des bruits étranges, dissonants, puis une voix s'est élevée, nasillarde, presque métallique. On découvrait un langage incroyable, jamais entendu jusque-là. Je revois les yeux d'Emma, ronds comme des billes,

les miens ne devaient pas être en reste. Nous étions ébahies.

« Tu crois que c'est des extraterrestres ? » j'ai demandé.

Papi a hoché la tête :

« Tout à fait. La cassette était posée devant la porte de la maison. Par chance, j'ai un ami qui travaille dans une agence spatiale. Il a pu traduire le message, à la condition qu'on n'en parle jamais à personne. Vous promettez ?

— On promet, Papi ! on a répondu en chœur.

Il a sorti un papier de sa poche et l'a déplié, puis il s'est raclé la gorge, pour nous signifier que le moment était solennel.

— Message à l'attention d'Emma et Agathe Delorme. Nous vous observons depuis notre galaxie lointaine, et nous sommes venus sur Terre pour vous dire que vous êtes deux petites filles extraordinaires. Vous faites la fierté et le bonheur de vos proches. Bravo ! »

J'ai gardé le secret, et je ne doute pas qu'Emma aussi. On n'en a jamais reparlé, d'abord par crainte de représailles extraterrestres, puis, les années passant, par peur de toucher à la magie de cette scène. Certains souvenirs d'enfance sont comme les tableaux anciens, ils s'abîment quand on les expose à la lumière. Alors on les garde quelque part en nous, à l'abri des regards, intacts.

Je prends le petit magnétophone dans mes mains et une vague d'émotion me submerge. Dans la pénombre de son garage, j'imagine Papi en train d'inventer un charabia, se pinçant le nez et tapant des objets métalliques pour ajouter des effets sonores, juste pour que ses deux petites-filles se sentent uniques au monde.

— J'ai trouvé une ampoule !

Je rejoins Emma, on quitte le garage, et on referme la caverne de Papi.

13 h 01

— Tu peux venir vider le lave-vaisselle ?

Je surfe sur mon téléphone en attendant que les pommes de terre aient fini de bouillir. J'ai mis la table et coupé tomates et oignons, mais Emma a manifestement décidé de mettre un terme à la relation entre le fauteuil et mon cul. Je me lève avec l'entrain d'une algue et la rejoins dans la cuisine.

— J'imagine que je ne mets pas de jambon dans la salade ? demande-t-elle en préparant la vinaigrette.

— Tu peux en mettre, mais j'en mangerai pas.

— Ça ne te dérange pas s'il touche tes aliments ?

— C'est une vraie question ou tu te fous de moi ?

Elle ne répond pas. Je range les verres, les assiettes, je la vois m'observer en coin, j'arrive aux couverts, fourchettes, cuillères, couteaux…

— Au fait, pour info, il faut les mettre la tête en bas dans le panier.

Je m'interromps et la regarde :

— C'est-à-dire ?

— Les couteaux. Hier soir, tu ne les as pas rangés la tête en bas dans le panier, on peut se couper en les attrapant.

— Il suffit de faire attention. La tête en bas, ils sont pas bien lavés.

— Bien sûr que si. Et puis, il faut regrouper les couverts. Les couteaux dans un panier, les fourchettes dans un autre, ainsi de suite.

Elle parle en remuant la vinaigrette, les yeux plongés dans le bol.

— Emma, tu as ta façon de faire, j'ai la mienne.

— La mienne est plus logique.

— Plus rigide, c'est sûr.

Elle suspend son mouvement.

— Tu cherches quoi ? demande-t-elle.

— T'es sérieuse ? C'est moi qui cherche quelque chose ? T'es sur mon dos depuis tout à l'heure, je fais que te répondre.

Elle part d'un rire exagéré :

— Évidemment, ça vient forcément d'Emma la chiante ! Agathe est bien trop cool pour créer des embrouilles !

— T'as pété les plombs ou quoi ? Emma, arrête, t'es vraiment en train de me prendre la tête.

— Et alors ? Tu vas faire quoi ? Claquer la porte, m'insulter, faire une crise ? Comme d'habitude ? T'as le don pour gâcher la fête, j'avais oublié.

La colère forme une boule dans mon ventre. Je pourrais presque la tenir entre mes mains, elle est compacte, lourde, oppressante. Tout mon corps tremble, ma respiration s'accélère. Les mots se bousculent dans ma tête, je lutte pour ne pas les lui jeter au visage. Je balance les couteaux dans le tiroir et je me barre dans la chambre avant d'avoir des paroles que je regretterais.

14 h 05

— Agathe ?

C'est la troisième fois en une heure qu'elle frappe à la porte. Je l'ai fermée à clé. Je réponds pas. Qu'elle aille se faire foutre.

15 h 12

— Agathe, il faut que tu manges.

— Fous-moi la paix.

— Ton assiette est prête, je t'attends pour manger.

— …

— J'ai pas mis de jambon.

— …

— Je t'ai servi un Coca.

Ce sont des excuses qui ne disent pas leur nom.

Ma colère est retombée. On a perdu assez de temps. J'ouvre la porte, elle se tient derrière, un sourire gêné aux lèvres.

— Tu sais ce qu'on dit, ma Gagathe : qui aime bien châtie bien.

— Ouais, ben châtie-moi encore, et c'est pas le couteau qui finira la tête en bas.

## *Hier*
## *Novembre 1996*
## *Agathe – 11 ans*

*L'infirmière du collège m'a dit que ce serait bien que j'aille voir un psy. Quand j'en ai parlé à Maman, elle a dit pas question, que les psys c'était pour les fous. Emma dit que c'est surtout parce qu'elle a peur que je lui raconte des trucs compromettants.*

*Je voudrais bien réussir à m'endormir le soir. Chaque fois que je me couche, c'est la même histoire, je pense à la mort, à la mienne, à celle d'Emma, de Maman, de Mima, de Papi, et mon cœur bat trop vite pour que je puisse dormir. J'ai peur des incendies, aussi. Y en a eu un dans l'immeuble d'à côté, le soir de Noël. On était chez Mima, donc on n'a pas vu, mais quand on est rentrées, le crépi était tout noir et le balcon avait brûlé. Apparemment, c'est le sapin qui a mis le feu. Emma m'a dit que c'était rare, qu'il n'y avait pas de raison que ça arrive chez nous. Tous les soirs depuis que j'ai cette peur, elle m'aide à vérifier que tous les radiateurs de l'appartement sont découverts et que le gaz est bien fermé. Ensuite, elle vient dans ma chambre et elle répond à mes questions jusqu'à ce que mon cœur se calme. Si ça revient, je peux aller dormir avec elle dans son lit. Maman ne veut pas entendre parler de mes angoisses. Elle dit que je fais du cinéma pour me faire remarquer. Elle a sans doute raison, mais je sais pas pourquoi je fais ça.*

*Je préférais quand j'étais plus petite, j'avais moins de questions qui tapaient dans ma tête. Et puis, je préférais l'école primaire. J'avais mes copines. Céline est en $6^e$ A3 alors que je suis en $6^e$ A5. On se voit à la récré, mais, le reste du temps, je suis toute seule. Elle est gentille de rester avec moi quand même, malgré les autres qui m'embêtent. Elles pourraient s'en prendre à elle aussi. Je sais pas pourquoi elles me font ça. C'est surtout Noémie et Julia, deux filles de $5^e$A4. Elles ont décidé que je les avais mal regardées, et, depuis, elles me piquent mon goûter et elles se moquent de moi dans la cour, à cause de mon grand nez.*

*Céline m'a conseillé d'en parler à ma mère, mais ça va l'inquiéter, je ne préfère pas.*

*Ce matin, c'était la rentrée après les vacances de Toussaint, j'avais pas du tout envie d'y aller. J'ai fait croire que j'avais mal au ventre, ça m'arrive tous les mois depuis que j'ai mes règles, mais Maman n'a rien voulu savoir, et j'ai dû prendre le bus. Ça a été, finalement, elles m'ont juste coupé une mèche de cheveux. Ça aurait pu être pire.*

*Emma m'attend devant le portail du collège. Tout de suite, mon cœur s'emballe. C'est pas normal, il a dû se passer quelque chose. Elle me fait la bise, et me dit de lui montrer Noémie et Julia. Je lui demande comment elle sait, et Céline arrive à ce moment. J'ai pas le choix, je montre les filles quand elles sortent, ma sœur s'éloigne vers elles, je reste plantée, j'ai peur que ça se passe mal. J'entends pas ce qu'elle leur dit, elle a l'air calme, Noémie cache son nez dans son écharpe, Julia hoche la tête, et puis voilà, elles s'en vont, et Emma revient me voir, et me dit que c'est réglé, qu'elles ne m'embêteront plus jamais.*

## *Hier*
## *Décembre 1996*
## *Emma – 16 ans*

*Je déteste ma sœur. J'aurais aimé qu'elle ne naisse jamais. Ma vie est vouée à faire attention à elle. J'ai joué à la Barbie jusqu'à quinze ans pour l'occuper, je passe mes nuits à la rassurer, je la colle devant un dessin animé pour qu'elle ne voie pas les crises de Maman, je lui fais faire ses devoirs, et, malgré ça, elle trouve le moyen de me gâcher la vie.*

*Elle n'a pas fait exprès, mais quand même. Sans elle, ça ne serait pas arrivé.*

*Tout a commencé quand j'ai couché avec Arnaud. J'avais prévu d'attendre d'être sûre que c'était le bon, mais il m'a dit qu'il ne voulait pas une gamine, qu'il avait besoin d'une vraie femme, que si je ne voulais pas il me quittait. Ça m'a fait super mal, je me suis mordu les joues pour ne pas crier. Au bout d'un mois, il m'a dit qu'il fallait que je prenne la pilule, parce qu'il ne supporte pas les capotes. Je lui ai dit que j'étais pas trop d'accord, à cause du sida, tout ça, mais apparemment il a fait un test et il ne l'a pas. Évidemment, hors de question de parler de ça à ma mère, alors je suis allée au planning familial. Margaux m'a accompagnée, on se reparle depuis quelque temps. La dame était gentille, elle m'a tout bien expliqué, mais j'ai dû lui mentir, parce qu'elle insistait pour qu'on utilise des préservatifs quand même. Elle m'a prescrit une pilule, je suis allée la chercher à la pharmacie, et j'ai planqué la boîte dans mon sac à dos koala posé sur l'armoire de ma chambre. Personne ne l'a touché depuis des années, il y avait peu de chances que ça arrive. J'ai écrit un P au feutre sur l'interrupteur de ma chambre, comme ça je pense à la prendre tous les soirs en me couchant.*

*Après le lycée, on a traîné dans le parc avec Stéphanie, on avait apporté des magazines, on les a lus. Dans* Star Club, *il y avait deux pages sur G-Squad, je les adore, surtout Gérald, mais je ne le dis à personne, c'est mieux d'écouter Nirvana. En couverture de* Jeune et Jolie, *c'était Cindy Crawford, elle est belle, j'aimerais lui ressembler. La vie doit être plus facile quand on est belle.*

*Ma mère était dans la cuisine, en train de préparer à manger quand je suis rentrée. Elle m'a dit bonjour normalement, je ne m'attendais pas à ce qui allait suivre. Sur la table basse du salon, j'ai vu mon sac koala ouvert, et ma plaquette de pilules entamée qui dépassait. J'ai senti mon sang monter direct dans ma tête. Je suis allée faire mes devoirs dans ma chambre en redoutant que ma mère débarque à tout moment, mais rien. Au repas, elle avait l'air normale, elle a même rigolé plusieurs fois. C'était bizarre. Il fallait bien que je lui en parle, alors j'ai attendu le dessert. J'avais préparé le discours dans ma tête pendant toute la soirée, mais tout ce que j'ai réussi à dire, c'est « pourquoi t'as fouillé dans mes affaires ? »*

*C'était la plus grosse raclée de ma vie. Elle m'a attrapée par les cheveux et a enchaîné les coups pendant plusieurs minutes. Agathe pleurait, les mains sur les oreilles.*

*Plus tard, elle est venue me parler dans ma chambre, me dire qu'elle n'aimait pas faire ça, mais que c'était pour mon bien. Elle m'a fait un bisou sur la joue, là où je commençais à avoir un bleu. Agathe a vérifié qu'elle était couchée avant de venir se glisser dans mon lit. Elle s'est excusée, c'est elle qui a trouvé ma pilule, elle voulait jouer avec mon sac. Elle a cru que c'étaient des médicaments, que j'étais malade, elle a eu peur, alors elle en a parlé à Maman. Je l'ai foutue dehors. Je la déteste. Le jour de mes dix-huit ans, je partirai.*

# Aujourd'hui
# 7 août
# Emma

17 h 54

— C'est la nuit des étoiles, m'a dit Agathe.

— Je vais chercher le télescope, ai-je répondu.

Nous avons préparé un sac, mangé un bout, accroché quelques avis de recherche de Robert Redford dans le quartier, sonné en vain chez le voisin du 14, puis on a pris la route.

C'est une tradition. Mima nous y emmenait chaque année. Début août, pendant plusieurs nuits, les étoiles filantes pleuvent. Pour les observer dans les meilleures conditions, il est préférable de s'éloigner de la pollution lumineuse des villes. Notre coin à nous se trouve à Itxassou, le village où notre grand-mère a grandi. Petite, je rêvais de ville et d'agitation. Je voulais toujours voir du monde, bouger, sentir que je faisais quelque chose de la vie, plutôt que le contraire. Pourtant, ici, dès la première fois, entourée de collines vertes, avec les montagnes pour horizon, dans ce patelin planté au beau milieu de l'arrière-pays basque, j'ai ressenti une grande sérénité. Comme s'il ne pouvait rien m'arriver.

Mima était passionnée d'astronomie. Elle nous y a initiées très tôt. Sur la table du salon, recouverte de l'increvable toile cirée jaune, elle ouvrait de grands livres illustrés dont les pages dégageaient une odeur familière de vieux papier. Alors, elle pouvait nous parler pendant des heures de planètes, de constellations, de galaxies, et, pendant des heures, nous étions pendues à ses lèvres. Elle avait le don de rendre n'importe quel sujet fascinant. Je suis à peu près certaine que je me serais passionnée pour l'histoire des clous de girofle dans la France de l'entre-deux-guerres si elle me l'avait racontée. Régulièrement, quand la nuit était propice à l'observation, elle trimbalait son vieux télescope dans le jardin et le pointait vers le ciel, elle effectuait quelques réglages et nous invitait à coller notre œil émerveillé contre la lunette. On découvrait alors Saturne, la Lune, Vénus, Jupiter en poussant des « hooo » et des « haaaa ».

La voiture franchit l'entrée du village. Depuis notre départ, on écoute les sons de notre passé, et la playlist ne sait pas où donner de la tête : on passe sans vergogne d'Ophélie Winter à No Doubt, de Ménélik à Britney Spears, d'Offspring à Lara Fabian.

— Tu peux te garer au parking avant le Pas de Roland, me dit Agathe en baissant le son.

— OK.

La route nous conduit devant la maison où a grandi Mima. La nostalgie l'envahissait chaque fois qu'elle l'apercevait. Elle commentait les changements, le mur récemment repeint, la nouvelle balançoire, le chêne qui avait été élagué. Dans ce jardin, insignifiant aux yeux des passants, dansaient ses souvenirs.

Elle les égrainait, on les écoutait distraitement, sans mesurer l'importance qu'ils revêtaient. Pour nous, c'étaient des mots, des images abstraites, pour elle, c'était une partie de sa vie qui s'était accrochée au présent. Je m'en rends compte maintenant. La personne qui évoque un souvenir le voit, l'entend, le sent même. Elle le revit pleinement. La personne qui écoute ce souvenir ne peut que tenter de le visualiser, et encore, si elle est dotée d'empathie ou si le sujet l'intéresse. Sinon, elle attend patiemment la fin de l'anecdote pour en livrer une à son tour ou passer à autre chose.

Elle racontait son père qui l'emmenait à la ferme, sa mère qui lui apprenait à tricoter au coin du feu, sa grand-mère qui ne parlait qu'italien, et, surtout, son petit frère chéri. Il figurait dans tous scs souvcnirs. Jusqu'à ce qu'elle décède, il est resté son plus grand ami. Il était parti vivre près de Marseille, mais, tous les dimanche soir, pour contrer les assauts de la mélancolie, c'était leur rituel : ils s'appelaient.

Au dernier moment, sans l'avoir prémédité, je quitte la route qui mène au Pas de Roland et prends la direction du bourg. Du coin de l'œil, je vois Agathe sourire.

18 h 06

Ce n'est pas la première fois que je franchis le muret en pierre du cimetière d'Itxassou. Les parents de Mima reposent ici, elle nous y a emmenées plusieurs fois. Elle nettoyait la tombe et remplaçait le seul pot de fleurs qui l'ornait. Cette Mima fragile, vulnérable, n'apparaissait que dans ce petit cimetière isolé, comme si l'endroit l'emportait dans un voyage dans le passé, et qu'elle se retrouvait, l'espace d'un instant, la jeune orpheline qu'elle avait jadis été.

C'est aussi ici que Papi a été enterré. Mima demeure désormais à ses côtés. C'est à Itxassou que leur histoire avait commencé, à Itxassou qu'ils avaient décidé de la terminer.

— Prends ton temps ! me lance Agathe en s'arrêtant à l'entrée.

— Tu viens pas ?

— Vous avez des choses à vous dire.

La tombe est couverte de bouquets, fanés pour la plupart. Je les jette dans la poubelle et mets de l'ordre dans les plaques funéraires. Je ne ressens rien. Je m'emploie à faire monter les larmes, je convoque des souvenirs heureux, je lis le nom de ma grand-mère adorée sur la pierre, je me surprends même à grimacer pour faire fonctionner les glandes lacrymales – on dit bien que l'appétit vient en mangeant, peut-être le chagrin vient-il en pleurant –, mais rien ne sort.

Pendant de longues minutes, je fixe la tombe de ma grand-mère, impassible. Agathe finit par me rejoindre. Elle passe son bras autour de ma taille et pose sa tête sur mon épaule :

— On a de la chance de s'avoir.

Je penche la tête et la pose doucement sur la sienne.

J'ignore comment j'aurais traversé tout ça sans ma sœur. Je mesure ma chance de ne pas être seule à porter mes chagrins. Je mesure ma chance de ne pas être seule à voir, entendre et sentir mes absents. Je mesure ma chance d'avoir une tête sur laquelle poser la mienne.

On reste là un moment, la chaleur est écrasante. Hormis quelques bruits de moteurs, le silence règne sur Itxassou. Les volets sont fermés, ils s'ouvriront plus tard, quand la fraîcheur apparaîtra.

— On y va ? lâche Agathe.

— J'arrive pas à pleurer.

Elle me regarde, ses joues à elle sont inondées.

— C'est pas grave. Toi, t'as toujours pleuré dedans.

On quitte le cimetière, je me retourne une dernière fois vers la tombe. Je prends la main de ma sœur. Et on poursuit notre route.

19 h 14

Le Pas de Roland se situe dans une gorge creusée par la Nive. C'est une roche percée dont Mima nous racontait chaque année la légende. Roland, le fils de Charlemagne, était poursuivi par des troupes ennemies et un rocher lui barrait le passage, alors, ni une, ni deux, il l'a transpercé avec son épée. On longe la rivière à pied pour l'atteindre, chargées de deux sacs à dos pleins et du télescope. On le dépasse pour rejoindre la petite plage qui se trouve à quelques mètres, et on s'assoit à l'ombre. C'est l'itinéraire que nous faisait emprunter Mima. Nous avons découvert bien plus tard que l'on pouvait s'y rendre en voiture, mais la magie n'est pas la même si elle n'est pas chargée du passé.

— On va se tremper ? propose Agathe.

L'eau vive dégringole sur les roches, je n'ai pas besoin d'y tenter un orteil pour savoir qu'elle est gelée.

— Il en est hors de question.

— Moi, j'y vais ! lance-t-elle en se levant.

Elle ôte ses sandales, sa robe, se retrouve en sous-vêtements. Je vérifie que personne ne peut nous voir. Héritage de ma mère. Ne pas se faire remarquer, faire en sorte de ne pas gêner. Si la transparence se trouvait en magasin, elle nous l'aurait offerte en cadeau de naissance. Mais ce n'est pas le cas, alors Agathe s'élance vers la rivière en insultant les galets qui lui blessent les pieds.

## *Hier*
## *Octobre 1997*
## *Agathe – 12 ans*

*J'avais pas du tout envie d'aller à Londres avec ma classe, je voulais pas partir loin de ma mère et de ma sœur, mais finalement, c'est génial. Avec Mélanie, on est tombées dans une famille sympa, sauf qu'ils mangent de la gelée dégueu et des chips au vinaigre encore plus dégueu. Avec Mélanie, on ne s'était jamais adressé la parole, tout le monde se moque d'elle dans la classe, un peu comme moi, mais elle c'est parce qu'elle bégaye. Moi ça me dérange pas, et puis, même si elle me parle bizarrement, au moins elle me parle, c'est pas le cas de tout le monde.*

*J'étais sûre d'avoir des crises d'angoisse loin de chez moi, mais, à part sur le ferry quand j'ai cru qu'on allait couler, tout va bien.*

*On a assisté à la relève de la garde à Buckingham Palace (chiant), on a visité le Museum of London (chiant), on s'est baladés dans Westminster (pas mal), et surtout on a eu quartier libre pour faire du shopping (génial). Maman m'a donné un peu d'argent de poche, Mima m'en a envoyé, et ma sœur a cassé sa tirelire pour me donner un billet. Je comprends pas grand-chose aux prix, c'est pas en francs, mais tout a l'air hyper cher. J'ai quand même assez pour rapporter des cadeaux à tout le monde. J'ai pris à ma mère un stylo avec un bus rouge à étage qui bouge dedans, à Mima un carnet avec la reine Elizabeth en couverture, et surtout à Emma un classeur rempli de cartes postales des Spice Girls. Elle va être contente, elle les adore !*

*C'est le dernier soir. Ma famille commence à me manquer, j'ai hâte de rentrer demain. On fait une partie de cache-cache avec les deux petits garçons de la famille anglaise, ils sont rigolos, ils nous regardent comme si on venait d'une autre planète, ils nous posent plein de questions, le plus grand m'a demandé si, en France, on avait l'électricité. Je leur ai expliqué que non, et pas la water non plus, qu'on se washait dans la river avec les fishes.*

*Ensuite, on discute un peu avec les parents, mais je ne comprends pas tout, parce que l'anglais et moi ça fait quinze, alors je dis « yes » à tout en hochant la tête et en souriant, comme les chiens sur la plage arrière des voitures. C'est comme ça que je me suis retrouvée avec une deuxième ration de gelée dégueulasse.*

*Quand on va se coucher, Mélanie ouvre la petite fenêtre de la chambre et sort un paquet de cigarettes. Elle m'en propose une, mais je lui dis qu'on n'a pas le droit, qu'ils vont le sentir, qu'on va se faire engueuler. Elle s'en fout, elle s'assoit sur le rebord de la fenêtre et elle fume, tranquille. La mère de la famille arrive, elle lui demande calmement de l'éteindre. Je sais pas où me mettre, j'ai envie de disparaître, j'ai le cœur qui bat dans mes oreilles. Mélanie écrase la cigarette et ferme la fenêtre.*

*Demain, les profs vont nous punir, c'est sûr. Ils vont le dire à Maman. Elle va être déçue de moi. Tout se mélange dans mon ventre. Je sais pas si je suis triste, en colère, angoissée. Je sors de la chambre et je m'enferme dans les toilettes. Je sais quoi faire pour me calmer. Je le fais depuis quelque temps, ça marche bien. J'attrape le compas dans ma poche, je baisse mon pantalon, et je raye la peau de ma cuisse avec la pointe.*

*Hier*
*Décembre 1997*
*Emma – 17 ans*

*On devait passer Noël chez Mima et Papi, mais tonton Gencive a tout gâché. Il les a emmenés en Espagne pour les fêtes, sans nous.*

*J'ai compté les jours pour rien.*

*Je les déteste tous.*

# Aujourd'hui
# 7 août
# Agathe

23 h 43

C'est magnifique. Sublime. Extraordinaire. Il n'y a pas assez de mots.

Petite, j'attendais la nuit des étoiles avec une impatience presque insupportable. J'attendais à peu près tout avec une impatience insupportable. Tout me semblait mieux que le présent. Il ne servait qu'à attendre ou à regretter, c'était une sorte de pont entre hier et demain, entre le passé et le futur, entre la nostalgie et l'impatience. Avant même d'avoir atteint le moment tant attendu, avant même de l'avoir vécu, j'étais déjà envahie par une irrépressible mélancolie. J'ai tenté d'y remédier, de m'adonner à la méditation, d'ingurgiter des livres de développement personnel, mais, si j'ai appris à apprécier l'attente comme un prologue du moment espéré, les lendemains me filent toujours la gueule de bois.

Chaque été, donc, j'attendais avec impatience la nuit des étoiles. C'était la promesse d'heures partagées avec Mima, mais aussi celle d'un spectacle éblouissant : le ballet des étoiles filantes. Mima nous emmenait ici, d'abord au Pas de Roland pour se rafraîchir et prendre un goûter, puis au sommet d'une colline d'Itxassou, loin de toute pollution lumineuse, pour y planter son télescope. On observait des planètes, des nébuleuses et des galaxies, avant de s'allonger au sol. Je formulais toujours le même vœu quand une étoile lacérait le ciel. Dans ma tête, pour qu'il ne perde pas son pouvoir : « Je souhaite que ma sœur, ma grand-mère et ma mère soient heureuses toute leur vie. »

Plus tard, à l'âge où les nuages de la lucidité viennent charger le ciel de l'enfance, l'angoisse s'est incrustée dans nos observations. Je me figurais, minuscule, insignifiante, sous cette immensité. Ces étoiles, disparues depuis longtemps pour la plupart, ne faisaient que me rappeler notre fugacité. Au milieu de l'adolescence, j'ai abandonné la tradition et, malgré moi, j'ai mis fin au plaisir de ma grand-mère de nous enseigner sa passion. Il y a trois ou quatre ans, je suis passée chercher Mima un soir d'août, et je l'ai emmenée à Itxassou. Elle n'a pas eu l'air surprise, comme si elle m'attendait. Arrivée sur place, malgré ses efforts pour être discrète, je l'ai trouvée en train de pleurer.

C'est toujours vertigineux, il faut que je m'empêche de trop penser, mais la magie opère de nouveau.

— Encore une ! s’exclame Emma en pointant son doigt vers le ciel.

— Je sais plus pour qui faire des vœux !

— Fais-en un pour moi.

— Déjà fait. J’ai demandé que tu te réincarnes en lave-vaisselle. Comme ça, tu pourras lancer les couteaux mal rangés dans les yeux de celui qui les a mal rangés.

Elle se redresse :

— Je sais, je suis un peu rigide sur certains trucs.

— Meuf, plus rigide que toi, y a que le titane.

— Non mais, tu sais que les couteaux sont beaucoup moins bien lavés la tête en bas. C’est comme les assiettes, si tu ne les espaces pas suffisamment, l’eau ne peut pas passer, c’est juste logique !

— Je crois même que tu surpasses le titane.

Elle éclate de rire.

— Tu sais qui était comme ça ? demande-t-elle.

— Hitler ?

— Pffff… Papa. Quand on allait chez lui, il fallait qu’on range nos chaussures perpendiculaires au mur, sinon il était obligé de les aligner.

— Je ne me souviens pas du tout de ça.

Une vague de tristesse me traverse.

— Je me souviens pas de grand-chose de lui, en fait.

— Normal, t’avais six ans. J’en avais onze, ça laisse plus de temps pour remplir la mémoire.

— Raconte-moi.

Elle se verse un verre de vin et se rallonge face aux étoiles :

— Il conduisait vite. Je me souviens que j'avais peur, surtout quand il prenait le virage juste avant d'arriver dans notre rue. J'étais persuadée que c'était à cet endroit que je mourrais un jour. Il écoutait Johnny Hallyday, il connaissait ses chansons par cœur, il n'arrêtait pas de chanter « Que je t'aime » à Maman.

— Oh oui ! Je me souviens de ça !

L'image se forme dans mon esprit, d'une netteté impressionnante. Je suis assise à la table en mélaminé blanc, je peux presque sentir le froid du pied en métal contre mon tibia. On vient de finir de manger, ma mère vide une assiette dans la poubelle. Mon assiette est encore pleine (je n'aimais déjà pas les haricots verts). Je dois finir si je veux sortir de table, c'est mon père qui l'a dit. Il se lève, enlace ma mère et se met à chanter « Que je t'aime, que je t'aime, que je t'aime ! » Ma mère lève les yeux au ciel, mais il continue de plus belle, et elle finit par rire aux éclats.

— Je me souviens de son blouson en cuir, je dis. J'adorais son odeur quand il venait me faire un bisou en rentrant du travail.

— Quand il rentrait.

— Il ne rentrait pas toujours ?

— Non. Maman l'attendait parfois toute la nuit. Je me levais plusieurs fois pour voir s'il était arrivé, elle était toujours assise sur le canapé. Elle m'engueulait, elle ne voulait pas que je la voie pleurer.

— Tu crois qu'il la trompait ? je demande.

— Je ne sais pas… Je vois pas ce qu'il pouvait faire d'autre. Oh ! Encore une étoile filante !

Je n'ai jamais envisagé que mon père puisse avoir des mauvais côtés. C'est l'apanage des morts, ils emportent leurs défauts dans la tombe.

Cet homme que je connais finalement si peu a habité chaque jour de ma vie.

Je n'ai pas grandi sans père. J'ai grandi avec un père mort. Je me suis construite sur le manque. Son absence marquait mon identité, comme un deuxième prénom ou un grain de beauté. C'était l'une des premières choses que j'annonçais quand je rencontrais quelqu'un : « Mon père est mort. » C'était gênant, surtout quand ce quelqu'un était un vendeur qui avait eu la politesse de me saluer dans un magasin. À la maison, on n'avait pas le droit d'en parler. C'était un sujet tabou, comme les règles, le sexe et le foot. Une fois, j'ai tenté d'accrocher une photo de lui au-dessus de mon lit, elle a disparu dans la journée.

J'ai grandi en étant la fille qui avait perdu son père. J'inspirais curiosité, parfois pitié. À l'approche de la fête des pères, certaines conversations cessaient à mon arrivée. C'était rare, la plupart des enfants avaient leurs deux parents bien vivants. À une période où la moindre différence enferme dans une case, je me trouvais entre les roux et les homosexuels.

Ça n'avait pas que des inconvénients. Ça m'a servi de caution, parfois. Quand je me comportais mal, quand je déconnais, je dégainais mon immunité : « Faut me comprendre, j'ai perdu mon père. »

Je m'en suis même servie pour me donner bonne conscience, je me suis persuadée que tout venait de là, que mes angoisses, mes douleurs, ces émotions qui me faisaient me sentir à part étaient dues à ce deuil précoce. Tout le monde y croyait, c'était une excuse intouchable.

Je ne me trompais pas totalement. Mon mort a toujours été beaucoup trop vivant.

— J'ai reçu une goutte, dit Emma.

— Un oiseau a dû te pisser dessus.

Je n'ai pas le temps de finir ma phrase, la pluie décide de se joindre à nous. Elle n'arrive pas sur la pointe des pieds, en postillonnant une goutte par-ci, une goutte par-là, non. Elle ouvre les vannes à fond et nous déverse tout son stock sur la tête, tenez, c'est cadeau, ne me remerciez pas.

J'aime la pluie, mais faut pas abuser.

On remballe plaid, pique-nique et télescope, on court jusqu'à la voiture, qu'on regrette finalement d'avoir garée aussi loin, on saute à l'intérieur, on se regarde, trempées, dégoulinantes, hilares.

— Le parfum du bonheur est plus fort sous la pluie, glousse Emma.

— Je crois que t'as jamais dit un truc aussi con.

*Hier*
*Février 1998*
*Agathe – 12 ans*

*Emma m'emmène voir* Titanic. *C'est la troisième fois qu'elle le voit. J'avais moyennement envie de voir un film sur un bateau qui a coulé, avec des gens en costume d'époque, mais, vu que tout le monde en parle, j'avais l'impression de louper un truc énorme, et j'en ai marre de passer pour une fille larguée.*

*On a pris des M&M's et du Coca à la maison, parce qu'au cinéma c'est trop cher. Ma sœur est avec son copain, Loïc. Ça fait plusieurs mois qu'ils sont ensemble, et il a l'air moins con qu'Arnaud. Je croyais qu'elle s'en remettrait jamais, quand cette tête d'ampoule l'a plaquée pour Alexia. Elle lui a écrit des lettres, elle allait sonner chez lui, et, le reste du temps, elle était en boule dans son lit. J'allais la rejoindre toutes les nuits pour me blottir contre elle, mais là, c'était pas à cause de mes angoisses.*

*On se met au dernier rang, en plein milieu, Loïc dit que c'est là qu'on a le meilleur son. Emma pleure dès le générique. Je lui demande ce qu'elle a, elle répond « c'est parce que je sais que Jack va mourir ».*

*J'y crois pas.*

*Je vais passer trois heures et quatorze minutes enfermée dans une salle noire, juste derrière un mec qui a un nid d'aigle à la place des cheveux, tout ça pour voir un film dont ma sœur vient de me balancer la fin. Je la préfère au fond de son lit, finalement.*

## *Hier*
## *Juillet 1998*
## *Emma – 18 ans*

*Emmanuel Petit vient de marquer le troisième but. Loïc me saute dans les bras en criant sa joie. La France est championne du monde. On a regardé le match dans son studio, avec tous ses copains.*

*On est une vingtaine, tous maquillés et habillés en bleu-blanc-rouge. J'ai fait l'aller-retour pour la finale, je retourne chez Mima dès demain.*

*Dehors, les klaxons fêtent la victoire et les gens commencent à affluer. On descend se mêler à la foule, Loïc ne me lâche pas la main. Je n'ai jamais vu autant de joie concentrée au même endroit, ça s'enlace et ça sourit, personne ne se connaît mais tout le monde vibre ensemble.*

*— Viens vivre avec moi, me dit soudain Loïc.*

*Je le fais répéter, je ne suis pas sûre d'avoir bien entendu avec tout ce bruit.*

*— Viens vivre avec moi. On fera nos études ensemble. Ça va être trop dur de se voir que le week-end.*

Un mouvement de foule me fait lâcher sa main, j'en profite pour rassembler mes esprits et les morceaux que mon cœur a foutus partout. J'en crève d'envie. Si j'étais seule, je quitterais Angoulême et ma mère et je viendrais faire ma licence de lettres à Bordeaux. J'ai eu mon bac avec mention, mon rêve de devenir maîtresse d'école n'a jamais été aussi proche. J'emménagerais dans l'appartement que les parents de Loïc louent pour ses études, on ferait des soirées étudiantes et d'autres sous la couette, à regarder Buffy ou Ally McBeal en mangeant des pâtes. Margaux a choisi les mêmes études que moi, on pourrait être ensemble. On passerait nos journées à la bibliothèque et sur les bancs de la fac, on se ferait de nouveaux amis, on rentrerait les week-ends à Angoulême pour voir nos familles, et puis, le dimanche soir, on s'envolerait vers notre liberté.

La foule est devenue compacte. Écrasante et lointaine à la fois.

« Et un, et deux, et trois zéro ! Et un, et deux, et trois zéro ! »

Ma vie est un match nul. Je me penche à l'oreille de Loïc :

— Tu sais que je ne peux pas.

— Pourquoi ? Encore à cause de ta sœur ?

Je hoche la tête. Il secoue la sienne :

— Elle est assez grande, tu sais. Elle n'a plus besoin de toi pour la protéger.

*Il n'attend pas la réponse, il frappe dans ses mains et se met à chanter avec les autres.*

*« Et un, et deux, et trois zéro ! Et un, et deux, et trois zéro ! »*

# Aujourd'hui
# 8 août
# Emma

7 h 56

C'est en train de devenir un rituel. Je renoue avec l'océan comme avec un vieil ami dont je m'étais éloignée pour une querelle oubliée. Tous les matins, sa vigueur me donne le courage qui m'a manqué la veille. Je ressors décidée à faire ce pour quoi je suis venue cette semaine, mais, irrémédiablement, le retour à la maison de Mima fait fondre mes résolutions.

L'océan est agité, aujourd'hui. Encouragé par le vent, il gonfle, enfle, se dresse, se courbe, puis se fracasse dans une explosion d'écume. Je me fais malmener, je suis plusieurs fois projetée sous l'eau, j'ai à peine le temps de reprendre mon souffle qu'une nouvelle vague m'oblige à plonger.

Le vieil homme s'avance vers moi quand je sors. Je m'allonge sur ma serviette, exténuée. En passant à ma hauteur, il me gratifie d'une salutation amicale :

— Trou d'balle.

Je me redresse et lui offre mon plus beau sourire :

— Bonjour, monsieur. Heureuse de voir que notre relation évolue.

11 h 43

Quand je suis rentrée, Agathe était non seulement réveillée, mais habillée et surexcitée.

— J'ai eu une idée de génie ! a-t-elle lancé, en toute modestie.

— Ah.

(Il est rare que les idées de génie de ma sœur portent bien leur nom.)

— On va surfer ! Lucas nous attend à la côte des Basques avec des planches.

J'ai essayé d'argumenter, d'expliquer que l'océan était déchaîné, qu'ils avaient prévu des orages (ce qui était faux, mais doit-on vraiment toujours s'encombrer de la vérité ?), que je n'avais pas assez dormi, Agathe avait réponse à tout, et surtout un enthousiasme communicatif.

Me voilà donc, après un trajet en scooter qui a fait chuter mon espérance de vie (Agathe considère manifestement les panneaux de signalisation comme des décorations urbaines), à chevaucher une planche de surf, elle-même chevauchant un océan toujours aussi hargneux que ce matin.

Je devais avoir vingt ans la dernière fois que j'ai surfé. Je me souviens d'un garçon présent lui aussi chaque été, il avait l'âge de ma sœur et il m'agaçait prodigieusement par sa propension à terminer les phrases du prof et à réussir absolument tout ce que je loupais. Il est devenu le fameux Lucas qui vient de nous prêter planches et combinaisons, et pour cause : il a monté son école de surf à son tour.

— On prend la prochaine ! annonce Agathe en désignant la vague qui arrive.

Je m'allonge sur la planche et m'élance. Je tente de rester debout, mais mon sens de l'équilibre n'est pas d'accord. J'ai à peine parcouru un mètre que je m'écrase comme une crêpe dans sa poêle, la joue claquée par la vague, les sinus nettoyés par un pschitt d'eau de mer.

Alex va se marrer quand je vais lui raconter ça.

C'est la première fois depuis longtemps que j'ai hâte de lui parler. Je le sens depuis hier, ce sentiment que je n'éprouvais plus. Il me manque. Pas seulement pour ce qu'il m'assure et m'apporte, pas seulement pour tout ce qu'il est pour moi. En cet instant, je sens qu'il me manque, lui. Avec le temps, on a formé une entité, Emma-et-Alex, Alex-et-Emma, Papa-et-Maman, les-parents-d'Alice-et-Sacha. Il est devenu ça au fil des ans : une partie de moi. Je n'imagine pas ma vie sans lui, comme je n'imagine pas ma vie sans ma main droite. Mon cœur se compacte dans ma poitrine. Je réalise que je n'ai jamais retourné la question. Et lui, alors ? Que ressent-il ? Peut-il marcher sans moi ? Sous cette combinaison de surf, je comprends viscéralement ce que je fais ici.

J'ai agrippé la main d'Alex quand j'ai lâché celle de ma petite sœur. Je ne lui ai pas laissé d'autre choix que de m'aider à avancer. J'ai imposé cette dépendance, car j'en avais besoin. Si cette semaine m'était nécessaire pour retrouver Agathe, elle l'était tout autant pour apprendre à desserrer mes doigts d'Alex.

Je sais qu'il a compris. Ce n'est pas son genre de ne pas m'appeler. Son genre à lui, c'est de m'envoyer un message parce qu'il vient d'entendre notre musique à la radio ou de me téléphoner pour me dire que le restaurant dans lequel il a mangé était délicieux. Chaque soir, il me raconte sa journée et me demande comment s'est passée la mienne. Son silence est un effort.

— À quoi tu penses ? m'interrompt Agathe entre deux vagues.

— À rien.

— On peut pas penser à rien. Enfin, sauf notre oncle. Il lui manque le matos principal.

— C'est clair. Son cerveau est porté disparu.

— Un grain de sable est entré dans son oreille en 1990, il est encore en train de tomber.

— Pire qu'un trou noir : le crâne de tonton Jean-Yves.

— On ne l'a jamais vu dans la même pièce que le Triangle des Bermudes.

J'ai mal au ventre tellement je ris. On laisse passer une série de vagues avant de se décider à en surfer une. Les gestes reviennent naturellement, je m'accroupis, me dresse sur mes jambes, trouve mon équilibre, et me laisse porter par le courant. C'est bref, trois secondes tout au plus avant que je ne me retrouve la tête dans l'eau, mais le sentiment de liberté que je ressens alors connaît peu d'équivalents.

*Hier*
*Août 1999*
*Agathe – 14 ans*

*Je suis crevée. On s'est couchés hyper tard à cause de la nuit des étoiles filantes, y en avait tellement qu'on aurait dit un feu d'artifice (tonton Jean-Yves dit « un feu d'artifesse », ça nous fait rire avec Jérôme, mais tatie pas du tout) (je crois que je ne l'ai jamais vue rire) (elle doit avoir des fuites urinaires, comme la dame de la pub). Je me suis endormie dans la voiture au retour, Papi m'a portée jusqu'à mon lit. Je pensais que ça me donnerait droit à une grasse mat', que dalle, Mima nous a sorties du lit aux aurores (dix heures) pour qu'on aille au cours de surf.*

*Le mec du Nord est là, il a changé depuis l'année dernière. Il a les cheveux longs et des boutons sur le front (il doit pas connaître l'Eau Précieuse) (moi oui, et ça schlingue). Il me dit qu'il s'appelle Lucas, comme si j'avais oublié. J'ai pas oublié non plus qu'il avait promis de m'écrire après m'avoir fait un smack derrière la cabane l'été dernier. Pour lui faire payer, je lui cause pas de la matinée, je reste avec Joachim, le fils de madame Garcia (la voisine de Mima). Il est sympa mais un peu collant (comme ses cheveux) (jamais vu des cheveux aussi gras) (je pense que ses cheveux peuvent faire des frites). Je fais la fière, mais j'ai passé des heures près du téléphone à attendre le coup de fil de l'autre nase. Ma mère me disait que j'étais ridicule, pendant plusieurs semaines je suis pas sortie au cas où il appellerait. Je vois vraiment pas comment j'ai pu croire qu'il pouvait s'intéresser à moi, je ressemble à un brouillon. Je suis frisée comme un mouton, j'ai des œufs au plat à la place des seins, des cure-dents à la place des jambes et le ventre qui fait des vagues, même Picasso n'aurait pas osé. C'est simple : j'ai encore jamais vu une fille plus moche que moi, je cherche bien, mais mon miroir est sans appel. Pourtant, j'ai trouvé des photos de mes parents quand ils étaient jeunes, ils étaient beaux (sauf leurs coiffures, au secours !), et ma sœur est canon.*

*Je dis que je m'en fous, mais en vrai j'aimerais être belle. Ça a l'air plus facile, tout le monde a envie d'être l'ami des belles, tout le monde écoute ce qu'elles disent comme si c'était plus intelligent, alors que c'est juste mieux emballé.*

*À la fin du cours de surf, Joachim me propose d'aller ramasser des coquillages. À marée basse, y en a plein, et il sait que je les collectionne. J'en ai une boîte pleine dans ma chambre chez Mima (l'ancienne chambre de Papa), je les peins à la gouache, c'est joli. Je dis oui.*

*Pendant que j'enlève ma combi, Lucas vient me parler. Il a l'air mal à l'aise, il regarde le sable, ça m'arrange, comme ça il voit pas mes cicatrices sur les cuisses. Il dit qu'il voulait m'appeler, mais que mon numéro s'est effacé avant qu'il ait eu le temps de l'écrire sur un papier (je l'avais noté sur sa main). Il dit qu'il est désolé, qu'il a cherché sur l'annuaire, qu'il a appelé les renseignements, et qu'il n'a rien trouvé, qu'il a pensé à moi toute l'année. J'ai envie de pleurer et de rire en même temps. Il me demande si je veux aller manger une glace au casino, je regarde Joachim qui m'attend au bord de l'eau, et dis d'accord.*

## *Hier*
## *Septembre 1999*
## *Emma – 19 ans*

*Il y a ce mec qui vient tous les midis. Il prend un poulet-crudités et un Orangina, puis il s'assoit sur le fauteuil vert devant Sephora pour manger. Je crois qu'il travaille dans la boutique de fringues tout au bout de la galerie. Il a un petit air de Matt Damon, surtout quand il sourit, je me crois dans* Will Hunting.

*Il y a la bijoutière, elle c'est jambon-beurre, le mercredi elle ajoute un éclair au chocolat. Elle a toujours l'air pressée, même pendant sa pause.*

*Il y a mon chouchou, un papy qui vient une fois par semaine. Il prend juste une tarte au sucre, et un peu de mes nouvelles. Chaque fois, il me raconte qu'il travaillait là avant, qu'il était même présent à l'ouverture de Carrefour.*

*Mon responsable est toujours sur mon dos, mais heureusement, il y a les clients. Franchement, je ne m'imaginais pas bosser dans une sandwicherie en plein milieu d'une galerie marchande. Je me rêvais plutôt à la fac, mais je ne me plains pas, les deux premiers mois j'ai distribué les prospectus au feu rouge, et, entre les gens qui n'ouvraient pas leur vitre et le taré qui passait trois fois par heure le zguègue à l'air dans sa Twingo, je préfère largement mon nouveau job.*

*J'aime bien le sosie de Matt Damon. J'attends sa venue, je prépare la phrase que je lui dirai. C'est à lui que je pense quand je me maquille le matin. C'est la première fois que quelqu'un me plaît depuis que c'est fini avec Loïc.*

*Ce midi, il a prononcé autre chose que sa commande : il m'a demandé mon prénom. Il tremblait vachement, il s'est lancé au moment où je lui rendais la monnaie sur son billet de vingt francs. En quittant le boulot ce soir, j'avais une erreur de caisse et un rencard pour ce week-end.*

*J'ai souri bêtement tout le trajet, les gens du bus ont dû me trouver bizarre.*

*Je perds mon sourire au deuxième étage. Il m'en reste deux à monter, et j'entends déjà les cris.*

*Agathe est dans la cuisine, accroupie, recroquevillée. Elle se protège la tête avec les bras. Maman est face à elle, dos à moi. Elle ne me voit pas arriver. « Si tu crois que tu vas me parler comme ça, ma petite, elle dit à Agathe. T'es mal tombée, c'est pas une gamine qui va faire la loi sous ce toit. » Ma sœur gémit : « Je suis désolée, Maman », mais ça ne suffit pas. Elle lève le bras, autour de sa main est enroulée sa ceinture, qu'elle s'apprête à abattre. C'est de plus en plus fréquent, de plus en plus fort. Elle s'excuse toujours après, nous explique que c'est difficile de nous élever seules, qu'on n'est pas faciles, qu'on pourrait y mettre du nôtre, et puis elle nous fait un câlin, nous appelle ses filles chéries, nous répète qu'on est tout pour elle, que sans nous elle n'aurait plus de raison de vivre. Jamais on n'a eu l'idée, ni même l'envie de se défendre, de la repousser. On encaisse.*

*Pas cette fois.*

*La colère me projette vers elle, je saisis son poignet et stoppe le coup.*

*Son regard se déporte sur moi. Elle est rouge de rage. Durant plusieurs secondes, elle reste figée, le bras en l'air. Je me dis que c'est bon, que mon intervention lui a permis de prendre conscience de la situation, qu'elle va remettre sa ceinture là où elle est censée être : dans les passants de son pantalon, et que la soirée va se poursuivre avec des pardons et quelques sourires. Le claquement du cuir sur ma joue met fin à mes fantasmes.*

# Aujourd'hui
# 8 août
# Agathe

13 h 19

Emma surfe aussi bien qu'une boule de pétanque. Elle était la plus douée de nous deux, à l'époque, comme quoi rien n'est jamais acquis. Elle s'acharne, par fierté ou par entêtement j'en sais rien, et, chaque fois, elle finit par tomber à l'eau dans une position qui défie les lois de la gravité. Elle me fait penser à ces espèces de bonshommes en plastique qui dégringolent sur les vitres grâce à leurs ventouses. Je me garde bien de lui avouer que je surfe régulièrement avec Lucas, pour une fois qu'elle a une raison de m'admirer, je ne vais pas la lui voler.

La marée est descendue, la plage est de nouveau accessible. On sort de l'eau et on se pose sur le sable pour sécher.

— Tu te débrouilles toujours aussi bien, me dit-elle. Tu surfes souvent ?

— Jamais.

— Arrête, ça se voit que tu t'entraînes régulièrement !

— Fais gaffe, j'ai lu récemment que la jalousie filait des hémorroïdes.

Elle éclate de rire :

— N'importe quoi !

— Ne culpabilise pas, c'est tout à fait normal d'envier ma grâce naturelle. T'as passé plus de temps sous l'eau que sur la planche, t'étais plus proche de l'éponge que de la surfeuse.

Lucas nous rejoint le temps de s'en griller une. Ses joues et son nez sont couverts d'écran total vert.

— Alors, les sœurs Delorme, c'était bien cette session de surf ?

Emma se tape la cuisse :

— Ah, c'était du surf ? Je pensais qu'on faisait de la plongée !

Lucas se marre :

— Faut dire que les conditions n'étaient pas top, c'était plus sympa la semaine dernière. Pas vrai Agathe ?

Le con.

14 h 56

On rend les combis et les planches, Lucas nous propose de revenir demain. Ma sœur décline, tu m'étonnes, va lui falloir du temps pour digérer l'Atlantique qu'elle a avalé.

Elle parle de lui tandis qu'on grimpe sur le scooter. « Il est plus sympa que quand on était gamines », elle dit. « Plus mignon, aussi. »

Il est le seul mec avec lequel je suis restée amie après avoir tenté plus. Après s'être loupés à l'adolescence (deux bisous sans langue et sans suite), on a vécu une histoire dans la vingtaine. Elle a connu la même courbe que les autres : un décollage fulgurant, des promesses d'amour toujours, puis le crash, lui aussi fulgurant, lui aussi radical. C'est bien simple : une paire de collants fins a une espérance de vie plus longue que mes histoires d'amour. J'aime aussi vite que je désaime. J'ai vécu avec deux d'entre eux, été fiancée une fois, j'y ai cru chaque fois, j'ai été déçue chaque fois. Avec Lucas, c'est resté un début, un frémissement, on s'est arrêtés avant d'avoir vraiment commencé. Il m'a confié un jour être comme moi, un amoureux des extrêmes, adepte du tout ou rien, effrayé par le tiède. Il y a des ressemblances qu'il vaut mieux ne pas associer, on est restés amis, même si, occasionnellement, il arrive qu'on se retrouve dans le même lit ou la même position.

J'espère que je trouverai un jour quelqu'un qui saura retenir mon amour. Mais le problème ne vient pas des autres. Il m'aura fallu un peu de temps, quelques médecins et sans doute le départ de ma sœur pour le comprendre.

J'ai été bercée, comme toutes celles de ma génération, par des amours éternelles que seule la mort interrompait. Les couples impérissables sont érigés en modèles, les ruptures considérées comme des échecs. J'aimerais vivre ça. Une part de moi l'espère toujours. Mais peut-être que je suis faite pour aimer souvent, pas pour aimer longtemps. Peut-être que mon cœur préfère sprinter que tenir la distance.

J'ai longtemps essayé de me mouler dans les cases, de m'encastrer dans les modèles, avant de me rendre à l'évidence : je me reconnais plus souvent dans l'exception que dans la règle. Quand je fais les tests dans les magazines, il n'y a jamais la proposition qui me correspond. Un jour Mima m'a dit que c'était la norme qui n'était pas assez large, qu'elle avait la taille d'un ruisseau en pleine sécheresse alors qu'elle devrait être aussi vaste que l'océan. Elle avait raison. Les normes ne sont que des carcans, juste bons à se rassurer en se comparant. Je ne suis pas normale, je suis une édition limitée. Ça a quand même plus de gueule.

— Agathe ! Fais attention ! hurle Emma dans mon oreille.

Elle est vraiment insupportable. Ce n'est quand même pas ma faute si le feu passe au rouge au moment où je suis dans mes pensées.

15 h 19

Y a un truc que j'aimerais qu'on m'explique. Pourquoi on tombe toujours sur les gens qu'on n'a pas envie de voir, alors qu'on tombe jamais sur ceux qu'on rêve de voir ? Par exemple, là, en rentrant chez Mima, j'aurais adoré trouver Brad Pitt (à dos de cheval, torse nu et cheveux longs de préférence, mais je me serais contentée de lui tout court, je ne suis pas difficile). Mais non, c'est Joachim Garcia qui semble attendre devant le portail. J'envisage de lui rouler dessus, je me défendrai en affirmant l'avoir pris pour un dos-d'âne, mais je doute que ma sœur approuve, donc je me gare sagement.

— Tu viens de me rouler sur le pied, dit-il quand je descends.

— Ah, j'ai pas vu. Faut pas les laisser traîner partout. Un peu comme ta bite.

— Salut Joachim, intervient poliment ma traîtresse de sœur.

On passe le portail, je le referme avant qu'il ait eu le temps de nous suivre.

— On peut discuter ? demande-t-il.

— Non merci.

— Agathe, je voudrais vraiment te parler.

Je lève ostensiblement les yeux au ciel et lance les clés à Emma :

— J'en ai pas pour longtemps.

Il porte un jean délavé, un tee-shirt blanc et des lunettes de soleil. Je déteste les gens qui n'enlèvent pas leurs lunettes de soleil quand ils parlent à quelqu'un. J'ai l'impression de parler à un miroir sans tain. Il se tient comme s'il était totalement détendu, les mains dans les poches, sourire en coin, il ne lui manque plus que le chewing-gum.

— Je t'ai sentie un peu tendue, hier. Je croyais que c'était oublié, mais visiblement non, alors je tiens à te présenter mes excuses si je t'ai blessée.

Je m'esclaffe :

— Blessée ? Tu te donnes bien trop d'importance. Je suis désolée si tu m'as trouvée froide, c'est juste que je ne t'ai pas reconnu. Tu avais disparu de ma mémoire.

— Agathe…

— C'est bien mon prénom. Et le tien, c'est… ?

— On était jeunes, j'étais immature, ça arrive à tout le monde.

— La mort aussi, c'est pas acceptable pour autant.

Il ôte ses lunettes. Son regard est exagérément triste, il surjoue, on dirait un basset ground.

— C'était mieux avec les lunettes.

— Je te vois mieux sans. T'es toujours aussi belle.

— Si tu pouvais éviter de me faire vomir.

Loin de se laisser démonter, il poursuit :

— J'ai appris que tu l'avais mal vécu, que t'avais fait une connerie. J'ai pas osé t'appeler. Ta grand-mère m'a pas loupé, j'ai cru qu'elle allait m'en mettre une. Ma mère m'a dit qu'elle était morte récemment. Je suis désolé.

Les larmes envahissent mes yeux, il est hors de question que je pleure devant lui. Je m'apprête à rentrer quand une voix de femme l'appelle depuis la maison voisine.

— J'arrive, chérie ! Je... Je suis allé chercher un truc dans la voiture, je fais vite ! (Il se tourne vers moi.) C'est ma femme, elle est enceinte. Je préfère éviter de... T'as des enfants, toi ?

— Oui, j'en ai sept, un pour chaque jour de la semaine, comme les culottes.

Je n'attends pas sa réaction, je tourne les talons et rentre chez Mima. Emma est sous la douche, je prends une poignée de céréales et m'assois sur le fauteuil, face au ventilateur.

## *Hier*
## *Avril 2000*
## *Emma – 20 ans*

*Maman a poussé les meubles et accroché des ballons. Tout le monde est là pour fêter mes vingt ans. Mima et Papi sont venus depuis Anglet, Margaux depuis Bordeaux, même Cyril a été invité, pourtant Maman ne peut pas le voir (elle trouve que les gens trop gentils sont suspects). Il y a aussi les copines de la gym, je ne les avais pas vues depuis que j'ai arrêté d'y aller après le bac.*

*Maman m'avait envoyée lui acheter des cigarettes en insistant bien pour que je prenne mon temps. C'était pas hyper discret, je me doutais de quelque chose, mais je ne m'attendais pas à autant. Quand je suis rentrée, ils ont tous crié « Surprise ! », comme dans les films. Agathe et Mima ont apporté le gâteau : une forêt-noire.*

*« Ta grand-mère voulait faire son tiramisu, explique ma mère en voyant que je suis heureuse de*

*leur choix, mais je savais que tu préférerais la forêt-noire. Je connais bien ma fille ! »*

*Mima lève les yeux au ciel, je lui fais un clin d'œil. On sait elle et moi que j'aurais préféré son tiramisu, c'est mon gâteau préféré de l'univers. Un jour j'ai essayé de le refaire. J'ai appliqué pas à pas la recette qu'elle m'avait donnée, le résultat était pas mal, mais ce n'était pas le tiramisu de Mima. Elle a ce truc qui rend le plat le plus simple délicieux. Je souris à Maman en hochant la tête, la vérité gâcherait la fête.*

*C'est l'heure des cadeaux. DU cadeau, plus exactement. Une enveloppe bleue, sur laquelle est écrit : « Joyeux anniversaire Emma ! »*

*J'ouvre en me demandant ce que ça peut être et en me préparant à faire semblant, si jamais je suis déçue. Tous les regards sont sur moi, et ils ont l'air impatients de découvrir ma réaction. Je me rends compte que je m'extasie avant même d'avoir lu la carte.*

*« Bon pour le permis de conduire »*

*Pas besoin de faire semblant, je n'ai jamais eu un si gros cadeau. C'est fou ! Ils se sont tous cotisés pour me l'offrir. J'ai mis un peu de côté, mais entre le loyer que Maman me demande et les courses, mon salaire part vite, et ma responsable ne veut toujours pas me passer à temps plein. Dès demain, je vais m'inscrire à l'auto-école !*

*Agathe m'entraîne dans sa chambre, elle a un autre cadeau et ne veut pas me le donner devant tout le monde.*

*Elle sort de derrière son lit un grand tableau qui représente deux personnages. Je nous reconnais immédiatement. Ma petite sœur et moi, sa tête sur mon épaule, ses yeux fermés, les miens sur elle. « C'est ma première peinture », elle me dit. Elle glousse, comme chaque fois que l'émotion est trop forte : « J'ai signé en bas, qui sait ? Peut-être qu'un jour ça vaudra des millions ! » Je ne peux pas détacher mon regard de la toile. « Ça vaut plus que des millions pour moi », je réponds.*

*On frappe à la porte. C'est Mima et Papi, ils doivent partir, ils ont près de quatre heures de route. Mima s'assure que la chambre est bien fermée et me tend une petite boîte. Je sais ce que je vais y trouver, je reçois exactement la même boîte chaque année depuis ma naissance. À l'intérieur, une perle de culture.*

*« C'est la plus importante, murmure Mima en caressant le collier autour de son cou, car c'est la dernière. Je suis très émue, ma chérie. »*

*Je le suis aussi. C'est une tradition que Mima tient de sa propre grand-mère. Chaque année, jusqu'à la vingtième, elle lui a offert une perle. Les vingt perles ont ensuite été montées en collier.*

*« Il ne me quitte jamais », m'a souvent répété Mima.*

*Elle me caresse la joue. « Ma première petite-fille, ma chérie. Vingt ans, déjà. Tu sais que, quand tu es née, j'avais quarante-huit ans ? Quand je te promenais dans ton landau, les gens me prenaient pour ta mère, et je dois avouer que je ne les détrompais pas toujours. »*

*Je me jette dans ses bras. Je l'aime tellement. Sans elle, sans Papi, je ne sais pas à quoi aurait ressemblé ma vie. Les étés chez eux ont toujours été la parenthèse de couleur dans la grisaille. Je ne leur raconte pas l'enfer du quotidien, pour ne pas les inquiéter, pour protéger Maman, mais je sais qu'ils savent, qu'ils sentent. Qu'ils voient les marques. Plusieurs fois, Mima m'a posé des questions. J'ai menti. Elle a respecté, mais, sur un ton grave que je ne lui connaissais pas, elle m'a dit « un mot, un geste, et vous venez vivre ici ».*

# *Hier*
# *Août 2000*
# *Agathe – 15 ans*

*Papi est mort hier. Maman a décidé que je devais rentrer à la maison pour laisser Mima tranquille, mais c'était hors de question que je l'abandonne. Emma est en vacances avec Cyril, elle est en route pour nous rejoindre.*

*J'ai le cœur en bouillie. J'arrive pas à croire que je ne le reverrai jamais. Surtout, j'arrive pas à croire que Mima ne le reverra jamais. Il est parti hier matin, et voilà, crise cardiaque, terminé. C'est à elle que je pense depuis que j'ai appris. Je ne suis même pas tombée dans les pommes, alors que ça m'arrive à la moindre émotion forte, et que là, niveau émotion forte, on est au max.*

*Le docteur lui a donné un médicament pour dormir. J'ai passé la nuit à côté d'elle. Elle a dit le prénom de Papi plusieurs fois dans la nuit, et aussi celui de Papa. Je me suis rendu compte que j'avais jamais vraiment pensé à ce qu'elle avait ressenti quand il est mort.*

*Elle dort encore quand je me lève, ça n'arrive jamais. Je lui prépare un petit-déj, le même qu'elle nous fait tous les matins : tartines de pain grillé et beurre salé. Je lui fais couler un café (j'ai déjà goûté, c'est dégueu) (comme la clope, mais je fume quand même, je pique des Peter Stuyvesant dans le sac de ma mère).*

*La chambre est dans le noir, je laisse la porte ouverte pour laisser entrer la lumière du couloir. Le parquet grince, Mima ouvre les yeux. Elle est encore habillée, la tenue qu'elle portait hier. Je pose le plateau au pied du lit et me glisse à côté d'elle. Elle me sourit, me caresse la joue, et puis, d'un seul coup, je vois la sidération dans son regard. Pendant quelques secondes, elle avait oublié, et la réalité vient de la rattraper.*

*Je me blottis contre elle, comme quand j'étais petite et qu'elle consolait mes chagrins. Elle pleure, tout son corps est secoué. Je ne sais pas quoi faire pour l'apaiser, je caresse ses cheveux, j'essuie ses joues, c'est la première fois que je dois consoler quelqu'un d'autre que moi, et ça tombe sur Mima. Je savais pas qu'on pouvait autant ressentir la peine de quelqu'un d'autre. Je sais pas quoi faire de toute cette douleur, je voudrais la foutre dehors, revenir en arrière, ramener Papi et le sourire de Mima. Je suis prête à tout pour qu'elle aille mieux, pas que pour elle, mais pour moi aussi, parce que je peux pas imaginer qu'elle ne se relève pas, qu'elle disparaisse à son tour. Je ne pourrais pas supporter de devoir me passer d'elle un jour.*

*Je me relève et lui tends son café. Elle se calme un peu, le respire, ferme les yeux. Je lui pique une tartine. Elle me serre contre elle.*

*— Merci, ma petite chérie.*

*— J'ai pas mis de sucre, t'en veux un ?*

*— C'est pas pour le café que je te remercie. C'est pour ton amour. Tu as déjà tout compris, tu sais que c'est l'unique remède au chagrin. C'est tout ce qui compte, finalement : se faire une place dans le cœur des autres et accueillir du monde dans le sien. Tu es spéciale, ma chérie. Tu fais passer tes émotions avant ta raison, ne perds jamais ça.*

*J'essaie de pas pleurer, mais elle m'aide pas.*

*— Merci Mima. Mais quand même, je suis pas sûre de vouloir être spéciale. Maman dit que la vie est plus facile quand on n'a pas de cœur, peut-être qu'elle a raison. Au moins, si t'aimes personne, tu perds personne et t'es jamais triste.*

*Elle sourit, je pensais que ça n'arriverait plus jamais.*

*— Ma chérie, je préfère souffrir jusqu'à la fin de mes jours parce que j'ai perdu ton grand-père plutôt que ne jamais l'avoir connu.*

*— Mais si tu ne l'avais jamais connu, tu ne serais pas triste.*

*— Je serais triste de ne pas l'avoir connu.*

*— Tu n'en saurais rien puisque tu ne le connaîtrais pas.*

*— Tu comprendras quand tu seras plus grande.*

*Je déteste cette phrase que les adultes dégainent quand ils n'ont plus d'arguments. J'espère que Mima a raison, que c'est une bonne chose d'être comme je suis, parce que parfois j'ai l'impression d'avoir le cœur qui prend toute la place dans mon corps, et c'est pas pratique pour respirer.*

# Aujourd'hui
# 8 août
# Emma

17 h 06

Un mur entier de l'ancienne chambre de mon père est couvert de cassettes vidéo. Papi était passionné de cinéma. Chaque début de semaine, quand ils recevaient le programme télé auquel lui et Mima étaient abonnés, il repérait les films qui l'intéressaient. Il programmait l'enregistrement sur son magnétoscope, puis découpait dans le magazine l'encart contenant le résumé, l'avis et une photo d'illustration, avant de glisser ces informations dans la jaquette de la cassette. Sur la tranche, il inscrivait le titre et un numéro. Alors, le protocole était presque terminé. Lui restait à ouvrir son cahier noir à la page de la première lettre du titre et à ajouter le film et le numéro correspondant à la suite de ses prédécesseurs. Le cahier – et l'étagère – contenait plusieurs centaines d'œuvres, la plupart amputées du début ou de la fin, malgré la marge d'erreur que prévoyait Papi en programmant l'enregistrement. Je le revois râler contre cette satanée publicité qui mettait les programmes en retard.

Tout en bas de l'étagère, des cassettes plus petites sont classées par année. Je saisis la 1996.

— Tu sais ce que c'est ? je demande à Agathe.

— Les vidéos de Papi. Tu te souviens pas qu'il filmait tout avec son caméscope ?

Le souvenir me revient, comme tiré d'un long sommeil. Le visage buriné de notre grand-père, son œil rieur derrière son caméscope noir.

— Tu crois qu'on peut les regarder ?

— Je sais que Mima le faisait parfois, répond ma sœur. Elle glissait la petite cassette dans une plus grande. Tiens, regarde, elle est là !

Elle tire une cassette VHS de l'étagère. En son centre, une case rectangulaire accueille parfaitement la cassette de 1996 à l'intérieur.

— Tu crois que le magnétoscope fonctionne encore ?

— On va essayer !

18 h 01

Il nous aura fallu près d'une heure. Le magnétoscope n'avait manifestement pas été utilisé depuis un moment, sa télécommande était portée disparue et la télé ne reconnaissait pas l'engin. Mais ça y est. L'image est datée, le cadrage aléatoire, l'intérêt du sujet relatif : le passé apparaît sur l'écran.

Le Colisée de Rome, et la voix de Papi en fond.

« 14 janvier 1996. Nous sommes arrivés ce matin à Rome après un long voyage en autobus. La première visite organisée est le Colisée, et je dois dire que je n'imaginais pas que ce serait aussi impressionnant. Voyez un peu cette architecture, ah tiens, pourquoi le caméscope fait ce bruit ? Ah non ! Il ne va pas me lâcher dès le premier jour ! Je l'ai payé une petite fortune en plus. Chérie, tu as vu ça ? Le vendeur m'a dit qu'il était increvable, et il commence déjà à faire des siennes. »

La voix de Mima.

« Mon chéri, je vais te le dire une seule fois : je ne veux pas t'entendre râler à propos de tes appareils. Tu sais ce que j'en pense, ça tombe toujours en panne, ça te contrarie, et ça te gâche le plaisir. Profite donc avec tes yeux. »

« Je savais que je pouvais compter sur toi. »

« À ton service, mon chéri. »

On éclate de rire. J'avais oublié combien ces deux-là aimaient se taquiner.

— Reviens en arrière, je veux encore entendre Mima ! dit Agathe.

On l'écoute trois fois, avant de poursuivre la visite de Rome. Puis l'écran devient noir et on se retrouve en mars. Mima est attablée au salon, tonton Jean-Yves sort de la cuisine, un gâteau piqué de bougies allumées dans les mains. Tout le monde entonne « Joyeux anniversaire », la voix de Papi couvre les autres, c'était son truc, de chanter comme un ténor pour amuser tout le monde.

Agathe s'enfonce dans le fauteuil et regroupe ses jambes contre elle.

De nouveau l'écran noir, on se retrouve en juillet. Depuis le jardin, plan fixe sur la porte-fenêtre du salon. Papi soupire : « Tu crois qu'elles en ont pour longtemps ? J'utilise de la bande en les attendant. » Mima répond : « Je te rappelle que tu as filmé le discours du maire après son élection, même un mur crépi a plus d'intérêt. Ah, les voilà ! »

En effet, nous voilà. Je porte un jean déchiré aux genoux et un haut rose qui dévoile mon nombril, Agathe une jupe à volants jaune et un haut en crochet. « Vas-y, lance la musique », me dit l'Agathe de onze ans. La moi de seize ans appuie sur le bouton du poste, Ophélie Winter se met à chanter, et nous à danser.

« J'étais assise sur une pierre / Des larmes coulaient sur mon visage / Je ne savais plus comment faire / Où trouver en moi le courage… »

Je suis partagée entre l'envie de disparaître dans le sol et celle d'aller faire un câlin à ces deux gamines qui sont encore assez innocentes pour faire passer leur plaisir avant le regard des autres.

— Mon dieu, on a vraiment fait ça ? s'esclaffe Agathe en regardant l'écran entre ses doigts.

— On était les reines de la chorégraphie, on en faisait à la moindre occasion, tu te souviens pas ?

— Bien sûr que si, à mon grand regret. Il y a des choses qu'il vaut mieux oublier. Comme ce haut en crochet, sérieux on dirait un napperon. Qui porte ça, à part un guéridon ?

— Regarde-moi la bouille que t'avais, avec tes boucles blondes. T'étais trop mignonne ! Parfois, j'aimerais bien revenir à cette époque.

Agathe étend ses jambes et pose ses pieds sur la table basse :

— Pas moi.

Je prends soudain conscience que c'est l'âge auquel elle a commencé à aller vraiment mal. Peu de temps après, elle a arrêté de porter des jupes. J'ai découvert un jour, en entrant dans sa chambre sans frapper, qu'elle cachait les blessures qu'elle s'infligeait sur les cuisses.

Je change de sujet :

— Tu sais que j'ai appris récemment que je me plantais sur les paroles d'Ophélie Winter ? Pendant des années, j'ai chanté « Dieu m'a donné la foi, un qui je ne sais quoi ». En réalité, elle dit « un p'tit je ne sais quoi ». Quand je revois le nombre de soirées où je l'ai chantée à tue-tête, je n'ose pas imaginer toutes les personnes auprès de qui je me suis ridiculisée.

Comme je m'y attendais, ma sœur ne se prive pas de rire.

— M'en parle pas, moi c'est une chanson d'Axelle Red que j'ai massacrée pendant des années. Elle dit : « Laisse-moi rester femme », et jusque très récemment je disais : « Laisse ma raie, Stéphane. »

Je manque de m'étouffer :

— Mais tu te doutais bien qu'elle ne disait pas vraiment ça ?

— Bah, je vois pas pourquoi ! Ça m'est déjà arrivé de dire un truc du genre.

J'ai mal au ventre tellement je ris. Agathe en pleure. Quand on finit par reprendre notre sérieux, plusieurs minutes plus tard, on lance la cassette 1990. On ne la choisit pas au hasard, on sait ce qu'on va y trouver. On sait QUI on va y trouver.

Il apparaît dès les premières secondes, en slip de bain sur la plage. Il joue aux raquettes avec son frère, tonton Jean-Yves. La balle atterrit toujours trop loin, il fait semblant de râler. « Je sais pas pourquoi je m'acharne à jouer avec lui, il a deux mains gauches », dit-il à Papi qui filme.

— J'avais oublié sa voix, murmure Agathe.

Moi aussi. J'en entendais une, dans mes souvenirs, mais elle ne ressemble pas à celle de la vidéo.

Je suis heureuse de l'entendre, de le voir. J'ai un instant l'impression qu'il n'est pas loin. Puis la mort de Papa me revient, je sais le vide qu'elle m'a laissé. C'est compliqué, de pousser droit, quand les fondations sont absentes.

Je pense alors à mes enfants. Ils me manquent. C'est brutal, immédiat, j'ai un besoin d'eux physique.

Ça part du ventre et ça me déborde, tout se confond, l'émotion qui m'envahit est tout à coup indémêlable.

Depuis que je suis mère, je jette sur mon enfance un regard différent. Plus doux, plus compatissant. Plus admiratif, aussi. Je ne me suis jamais plainte, jamais émue de tout ce que j'avais traversé, je n'ai jamais trouvé ma vie plus difficile qu'une autre. C'est en transposant mes enfants à ma place que je ressens la peur, la tristesse, l'injustice de certaines scènes. En les couvrant d'amour, une part de moi console l'enfant que j'étais.

— On n'irait pas en boîte, ce soir ? lance Agathe.

Elle m'arrache à mes pensées. Mon cœur reprend son rythme.

— En boîte ? De nuit ?

— Non, de conserve. Bien sûr en boîte de nuit ! Ça fait des années que j'y suis pas allée. Ça te dit ?

Ça ne me dit absolument pas. Je n'ai jamais aimé ça, même à l'époque où j'étais censée aimer. J'y accompagnais mes copines, et je finissais invariablement par m'endormir sur une banquette, malgré la musique et la fumée de cigarette. Je m'apprête à dire non, et, comme chaque fois que c'est le cas, je songe aux raisons qui m'ont poussée à proposer à Agathe cette semaine de vacances, et j'accepte.

*Hier*
*Septembre 2001*
*Agathe – 16 ans*

*J'ai pas réussi à me lever ce matin. C'est la troisième fois depuis la rentrée. Je mets deux réveils, dont un à l'autre bout de ma chambre, mais je les éteins avant de me rendormir. Je peux dormir jusqu'à midi, voire plus quand je me rends compte de ce que je fais. Le sommeil est mon oubli.*

*Heureusement que ma mère part tôt, sinon ce serait la guerre. J'imite sa signature sur le carnet de correspondance, mais je sens bien que le proviseur commence à se poser des questions. Faudrait pas qu'il la convoque, parce que j'ai beau m'entraîner, je sais pas imiter son physique.*

*Je ne comprends pas pourquoi je suis comme ça. La fatigue engourdit mon cerveau et mon corps, je suis incapable de bouger et de réfléchir, tout ce que je veux c'est dormir. Peu importent les conséquences. J'ai pris deux heures de colle parce que je me suis endormie en cours de géo. J'avais demandé à Sonia de me réveiller si la prof se rendait compte que je pionçais, mais, vu que je ronflais et que ça faisait marrer tout le monde, elle m'a laissée me faire gauler (la prochaine fois qu'elle aura un truc entre les dents, je lui dirai rien).*

*Il est plus de quatorze heures quand j'émerge. Je m'habille, me sers un bol de Chocopops, je range tout pour ne laisser aucune trace, et je me pose devant la télé. Je zappe, y a rien à part des trucs pour les vieux, et je finis par mettre un feuilleton sur TF1. Souvent, je regarde des trucs nuls, mais je veux quand même connaître la fin, alors je suis condamnée à rester jusqu'au bout. Mais là, je ne connaîtrai jamais la fin. Au moment où j'allais savoir si Brenda allait enfin se taper Jason, une édition spéciale coupe le programme et une journaliste annonce qu'un accident a eu lieu aux États-Unis. Les images sont horribles. Une tour est en flammes, une grosse fumée noire s'en échappe. Tout à coup, un avion s'encastre dans la seconde tour, qui explose aussi. Je n'en reviens pas, je suis tétanisée. Je regarde les images en boucle, j'arrive pas à détacher mon regard de l'écran. Je peux pas me lever, j'ai du mal à respirer. Je tremble de tout mon corps. Ils annoncent un autre avion, au Pentagone. Puis un quatrième, dans un champ. Ils parlent d'une attaque. Je ne sais pas combien de temps je reste là, choquée, mon bol de céréales ramollies intact sur la table basse. Les deux tours se sont effondrées.*

*Emma rentre du travail, elle sait déjà. Elle a couru dès la fermeture de la sandwicherie. « Je voulais être avec toi », elle me dit. Maman rentre plus tard, elle pleure, elle nous prend dans ses bras. Elle ne remarque pas que mes chaussures et mon sac à dos n'ont pas bougé depuis hier.*

*La nuit tombe. On mange des céréales devant la télé. Il y a de nouvelles vidéos, des gens pleins de poussière, des cris, des morts. Je ne suis pas prête à ça. Je ne suis pas prête à regarder ce monde-là. Je veux retourner en enfance, même si elle n'était pas parfaite, quand ma préoccupation principale était la tenue de Barbie, quand les adultes parlaient à voix basse pour que je n'entende pas les drames, quand je croyais que les morts habitaient dans le ciel, quand le monde s'arrêtait à ma famille. Je ne me sens pas de taille. Vivre ressemble parfois à un effort insurmontable. Je retourne dormir.*

## *Hier*
## *Novembre 2001*
## *Emma – 21 ans*

*Cyril m'a plaquée. J'étais en train de jouer au serpent sur mon Nokia quand j'ai reçu un SMS.*

*« C fini »*

*Je n'avais plus de forfait pour l'appeler et Maman ne voulait pas que je l'appelle depuis le fixe, donc je suis allée chez lui pour discuter. Il était avec son pote Kader, mais il m'a laissée rentrer. Il était distant, comme si c'était un étranger, alors que moi je faisais tout pour ne pas pleurer, et c'était pas un succès.*

*J'ai demandé pourquoi, ce que j'avais fait de mal, il a juste répondu qu'il en avait marre, qu'il avait envie de passer à autre chose. Je suis sûre qu'il a quelqu'un d'autre, c'est pas possible autrement. On a fêté nos 1 an récemment, il voulait vivre avec moi et, encore la semaine dernière, il me disait qu'il m'aimait pour la vie. J'étais l'un des trois numéros favoris de son forfait millenium, c'est un engagement, quand même.*

*J'ai tenté de le faire changer d'avis, mais il avait clairement plus envie de jouer aux Sim's avec Kader que de m'offrir une explication. Il ne s'est même pas aperçu que j'étais partie.*

*Je rentre à pied, je pleure trop pour prendre le bus et risquer de croiser quelqu'un. Il pleut, j'ai les doigts gelés et mal au ventre. J'ai rarement eu autant envie d'être à la maison.*

*Je ne sais pas si je pourrai m'en remettre. Je n'ai jamais aimé quelqu'un comme je l'aime. Je me suis même entraînée à signer avec son nom. On travaille au même endroit, moi à la sandwicherie, lui à la boutique de fringues, je vais le croiser tous les jours, ça ne va pas aider à la cicatrisation.*

*Maman est au travail. Je fonce directement dans la chambre d'Agathe. Elle est en train de se décolorer la moustache à l'eau oxygénée en écoutant Britney Spears. Elle remarque tout de suite mon état, elle pose son coton et me prend dans ses bras.*

*— Qu'est-ce qui se passe ?*

*— Cyril m'a larguée.*

*— Tu veux que j'aille lui casser la gueule ?*

*Je dis non, elle serait capable de le faire. Je pleure des litres, j'ai l'impression que ça ne s'arrêtera jamais, on dirait qu'un nuage m'a suivie à l'intérieur et a décidé de ne plus me quitter.*

*Agathe regarde son radioréveil et enfile son bomber.*

*— Tu t'en vas ?*

*— Oui, Sonia m'attend devant la presse. On va chez Benoît, y a toute la bande. Tu veux venir ?*

*— J'ai pas envie de voir du monde. Ça te dit pas qu'on aille au ciné toutes les deux ? J'aimerais voir* Le Journal de Bridget Jones*, il paraît qu'il est super.*

*Elle attache ses cheveux en une queue de cheval serrée, puis fait tomber deux fines mèches le long de son visage.*

*— Je suis désolée, Emma, j'ai vraiment envie d'y aller.*

*J'y crois pas. Elle n'a pas dû comprendre à quel point j'ai mal, elle ne peut pas me laisser seule alors que j'ai le cœur en mille morceaux, juste pour aller voir les copains qu'elle voit tous les jours.*

*Jamais je ne pourrais lui faire ça.*

*— Gagathe, s'il te plaît. Tu peux rester avec moi ?*

*Elle s'arrête, réfléchit, et elle s'assoit à côté de moi sur son lit :*

*— Sonia m'attend, ça va pas fort avec son mec. Elle a besoin de moi. Je rentre tôt, promis.*

# Aujourd'hui
# 8 août
# Agathe

23 h 30

Je me suis rarement sentie aussi vieille. La boîte où j'avais l'habitude de sortir n'existant plus, on a cherché sur Internet un endroit où danser. On a choisi le mieux noté, un club en plein cœur de Biarritz, on s'est préparées (pour ma part, j'ai tout donné niveau make-up) (j'ai tellement de highlighter sur les pommettes que Thomas Pesquet me voit de l'espace), et on s'est pointées innocemment, sans se douter du coup de vieux qu'on allait prendre.

— Ça fait vingt ans que je ne suis pas allée en discothèque, lâche Emma en passant la porte.

Les videurs se marrent.

— Emma, on ne dit plus « discothèque » depuis le siècle dernier.

— Ah ? On peut encore dire « dancing » ?

Je dois faire une drôle de tronche, parce qu'elle se sent obligée de préciser qu'elle plaisante.

La piste est vide quand on arrive. On s'approche du bar, un serveur vient prendre notre commande.

— Il n'y a personne ? l'interroge Emma.

— Vous êtes les premières ! il répond. Il est super tôt, les gens arrivent plus tard.

J'avais laissé ce détail dans le passé. Et encore, si j'avais écouté Emma, on se serait pointées à vingt-deux heures. Le serveur dépose nos verres sur le comptoir et repart faire sa mise en place.

— Je suis sûre qu'il te plaît, me glisse Emma avec un clin d'œil.

— Arrête, il a douze ans, je suis sûre qu'il a un double-décimètre dans la poche. Tu pourrais être sa grand-mère.

Elle ne réplique pas. Ce n'est pas son genre, de laisser passer une si belle occasion. Depuis la fin de la journée, je la sens ailleurs, absente.

— Tu veux qu'on parte ? je demande.

Elle hésite quelques secondes, j'ai l'impression qu'elle dialogue avec elle-même, puis elle se dirige vers la piste :

— Hors de question. Mon corps grabataire a besoin de danser !

Je la suis. Je ne connais pas le titre qui passe, c'est une sorte de musique électronique avec un beat rapide, un son sur lequel je ne sais absolument pas danser. Je suis habituée au rock, au RnB, à la pop, je remue la tête et les bras en essayant de suivre le rythme. Emma semble encore plus perdue que moi. Elle se dandine timidement, on dirait qu'elle a envie de pisser. Je regrette mon idée, je sais pas ce qu'on fout là. On ne va pas rester longtemps, un titre ou deux et on y va.

0 h 53

Emma est en transe. Si je n'avais pas été à ses côtés toute la soirée, je jurerais qu'elle a pris un truc (et pas de la camomille). Au milieu de la piste désormais bondée, elle danse sans s'arrêter depuis plus d'une heure. Ses mouvements sont amples, étonnamment fluides, comme si elle réapprivoisait son corps. Pour ma part, mon cœur m'impose des pauses régulières et me fait comprendre que, si je le sollicite trop, il pourra user de son droit de grève.

Un type m'accoste tandis que je descends un verre, assise sur un coin de fauteuil :

— Salut. Je peux m'asseoir avec toi ?

Je remarque la délicatesse de l'approche, mais je ne peux décemment pas envisager de me laisser accoster par un gamin.

— C'est gentil, mais je vais retourner danser, je réponds.

— On peut danser ensemble ?

— Tu t'appelles comment ?

— Léo.

— Léo, je suis touchée que tu t'intéresses à moi. Mais je ne sors qu'avec des hommes qui sont passés au lait troisième âge.

Il rigole, me tape dans la main et s'éloigne. Le DJ enchaîne un nouveau titre, Emma danse toujours, les yeux fermés, transportée par la musique, imperméable à ce qui se passe autour d'elle. Quand un rai de lumière tombe sur son visage, j'aperçois un sourire. Je pose mon verre et la rejoins.

— Ça va ? je demande à son oreille.

Elle ouvre grand les yeux, surprise de me trouver là.

— Oh, Agathe, tu as eu une merveilleuse idée, ça me fait tellement de bien !

— Tu as besoin de te faire du bien en ce moment ?

Elle s'interrompt un instant, elle me fixe avec douceur, elle prend ma main :

— Danse avec moi, Gagathe. Ce soir, on oublie tout.

Il y a quelque chose dans sa voix, dans son ton, qui ne me laisse pas le choix. Alors, je danse. Je ne ferme pas les yeux, je les garde sur elle, et l'émotion m'étrangle. C'est comme si, sous la musique assourdissante, sous les lumières aveuglantes, après trois jours à se renifler, à se tourner autour, je la voyais vraiment. Dans son abandon, Emma est là. Cinq années sont passées. Cette nuit, je retrouve ma grande sœur.

## *Hier*
## *Mai 2002*
## *Agathe – 17 ans*

*La prof principale me convoque à la fin du cours. Je m'attends à ce qu'elle me prenne la tête au sujet de mon absence de la semaine dernière, mais non, elle veut me féliciter. « Depuis deux semaines, tous tes professeurs remarquent un changement dans ton comportement. Tu participes, tu fais preuve de bonne volonté, et tes notes s'en ressentent. Monsieur Loste m'a dit que tu avais eu 18 en maths, ça va remonter ta moyenne. »*

*Je rentre la première, Emma est encore au travail, et Maman encore en cure. Elle dit que, cette fois-ci, c'est la bonne. Moi, j'ai décidé d'arrêter d'espérer. Au bout de l'espoir, y a que la déception. Enfin, tout au fond de moi, j'y crois quand même un peu. Elle rentre demain, j'ai hâte, même si c'est plus calme quand elle n'est pas là. Je range l'appartement, je passe l'aspirateur, et, tant que j'y suis, je fais les vitres. Elle sera contente.*

*Je suis super en forme depuis quelque temps. Je crois que ça y est, l'adolescence est terminée ! Ou alors, c'est parce que je sors avec Kamel. J'ai jamais été amoureuse comme ça, c'est ouf, j'ai tout le temps envie d'être avec lui. Il habite loin, il faut que je prenne trois bus pour le voir, mais ça vaut le coup. Il m'a offert le CD de* Moulin Rouge*, je l'écoute en boucle et je pense à lui. Je suis sûre que c'est l'homme de ma vie.*

*Je vais l'encourager tous les samedis pendant ses matchs de rugby, et après on fait la troisième mi-temps avec l'équipe et leurs copines. Tout le monde m'adore, je lance des jeux, je fais l'animation, ça les fait marrer. On finit souvent en boîte, et je danse des heures, sans m'arrêter, jusqu'à la fermeture, et si je le pouvais je continuerais encore. Je suis toujours la dernière à sortir, les videurs m'appellent par mon prénom.*

*En attendant Emma, je lance les clips à la télé, je prends un paquet de cookies, du gruyère, des Chipster et un verre de Coca, et je m'installe dans le salon pour avancer sur mon projet. Je bosse dessus depuis trois semaines, tous les jours et une partie de la nuit. Jusqu'à ce que je tombe de sommeil, quoi. Je dessine des silhouettes, des robes, des pantalons, des bustiers, des escarpins, des bottes. C'est en voyant Jean-Paul Gaultier à la télé que j'ai eu l'idée. Il a l'air tellement sympa ! Quand j'aurai fini, je lui enverrai mes dessins, je suis sûre qu'il m'appellera pour qu'on travaille ensemble. Je sais pas comment je n'y ai pas pensé avant, c'est évident que je suis faite pour ça.*

*Emma rentre à dix-huit heures. Il y a des feuilles volantes partout dans le salon. Elle lève les yeux au ciel et va direct sous la douche. Je sais ce qu'elle pense, mais elle a tort. Elle dit que Jean-Paul Gaultier se fout de mes dessins, qu'il ne les verra même pas. Elle dit que c'est pour mon bien, qu'il ne faut pas avoir des rêves trop grands, sinon ils prennent plus de place que la vraie vie. Elle dit qu'elle ne veut pas que je sois déçue. Elle est jalouse. Je ne serai pas déçue, je suis sûre que j'ai raison. Jean-Paul Gaultier va kiffer mes dessins, il va me supplier de travailler avec lui, je partirai vivre à Paris avec Kamel, et ma mère, Mima et Emma seront fières de moi.*

*Hier*
*Août 2002*
*Emma – 22 ans*

*J'ai quitté mon job. Ma responsable m'imposait de prendre mes congés en septembre, ce qui impliquait l'annulation de l'été chez Mima. L'année dernière, je n'ai eu que deux semaines, c'était dur, mais mieux que rien. Toute l'année, je compte les jours qui me séparent de ma grand-mère, il était inenvisageable que j'attende septembre pour y aller.*

*Ma mère l'a hyper mal pris, elle m'a menacée de me foutre dehors si je ne peux pas payer ma part du loyer. Je lui ai promis de trouver autre chose à la rentrée, mais, la vérité, c'est que je ne rêve que d'une chose : partir. Je ne supporte plus ses crises de colère. Elle ne m'a pas levé la main dessus depuis un moment, il semble qu'être passée dans le camp des adultes m'ait donné une sorte d'immunité, mais elle ne se gêne pas avec Agathe. Toute ma vie, j'ai eu peur d'elle, je lui ai trouvé des excuses, mais je sens la colère prendre le dessus. Je ne sais pas combien de temps je peux encore tenir. C'est insupportable de dépendre de ses humeurs, d'appréhender son retour chaque soir, de faire attention à tout ce qu'on dit, à comment on le dit, à comment on la regarde, à comment on marche.*

*— Tu veux un bout de gâteau ? me demande Mima.*

*Toute la famille est attablée sous le tilleul pour fêter l'anniversaire de tonton Jean-Yves. Mima me tend une part de tiramisu, elle sait que je ne peux pas résister.*

*— Agathe devrait en prendre aussi, remarque tatie Geneviève.*

*— J'ai déjà dit que j'en voulais pas, rétorque ma sœur.*

*— Tu n'es pas obligée de parler sur ce ton, c'était pour te rendre service. Tu es maigre comme un cure-dent et tu ne manges rien.*

*Agathe lève les yeux au ciel. Je pose ma main sur son bras pour lui faire comprendre que je suis avec elle, même si je commence à en avoir marre de son caractère. Le début des vacances était parfait, mais, depuis quelques jours, elle est exécrable avec tout le monde.*

*— Allez, ma chérie, intervient Mima. Une petite part et on t'embête plus.*

*Agathe se lève brusquement :*

*— Foutez-moi la paix !*

*— Tu peux répéter ? rugit mon oncle en se levant à son tour.*

*— Tu crois que tu me fais peur ? ricane Agathe. J'ai dit : « Foutez-moi la paix » ! Je fais chier personne, je suis dans mon coin, et vous êtes tout le temps en train de me chercher. J'en ai plein le cul de vous ! Lâchez-moi, putain !*

*Elle part en courant et claque le portail. Le silence tombe sur la table. Pendant plusieurs secondes, tout le monde semble abasourdi.*

*— J'ai toujours pensé que cette gamine serait compliquée, finit par dire Jean-Yves en se rasseyant.*

*— Elle n'a pas une vie facile, tempère Mima.*

*— Maman, arrête de lui trouver des excuses ! Ce n'est pas lui rendre service. Dans notre famille, on ne se comporte pas comme ça, ce n'est pas aujourd'hui que ça va commencer.*

*— Elle me fait penser à sa mère, lâche Geneviève.*

*Elle coule un regard vers moi, puis me dit :*

*— Heureusement, toi tu n'es pas comme elles.*

*Je baisse la tête, j'ai honte. Honte de ne pas défendre ma sœur, de ne pas leur expliquer qu'elle est géniale, quand on la connaît vraiment. Que je ne connais personne de plus généreux, sensible et empathique qu'elle. Que parfois, ça déborde, et qu'elle ne sait pas comment faire. Honte de ne pas leur hurler qu'elle n'a rien à voir avec notre mère, qu'elle n'a jamais fait de mal à personne, que la seule personne qu'elle blesse, c'est elle-même. Honte, surtout, parce que, tout au fond de moi, je commence à penser comme eux.*

# Aujourd'hui
# 8 août
# Emma

3 h 14

Je laisse l'eau brûlante couler sur ma nuque. Je suis frigorifiée, je ne parviens pas à me réchauffer. Pourtant, au milieu de la nuit, le thermomètre de Mima indique encore 28 °C.

Agathe s'est endormie. J'ai cru qu'elle n'y parviendrait pas. Engager une discussion sérieuse à deux heures du matin n'était pas exactement une brillante idée.

Elle était déjà contrariée en quittant la boîte. Au vestiaire, elle a croisé un copain, qui, à peine les présentations faites, a tenu à lui apprendre que son ex, Mathieu, était en couple. Au retour, elle était en boucle. « Le salaud, il a pas perdu de temps. Je suis sûre qu'il était déjà avec elle, c'est pour ça qu'il m'a plaquée, mais il est tellement lâche qu'il préférait me mettre la faute dessus. J'espère qu'elle va lui filer plus de champignons qu'une regina. » Tout en conduisant, je tentais de dédramatiser :

— Peut-être que ton copain s'est trompé.

— Pas du tout, il m'a dit le nom de la fille, je suis même pas étonnée. Je connais pas plus chaude qu'elle. Elle dégivre son pare-brise en s'asseyant dessus.

— Calme-toi, Agathe, tu te fais du mal.

— Je dis juste la vérité. Je juge pas, chacune fait ce qu'elle veut, mais c'est un fait : cette meuf a connu plus de saucisses qu'un barbecue.

— Alors c'était pas le bon. Tu sais ce qu'on dit ? Un de perdu, dix de retrouvés.

À l'instant où les mots ont franchi mes lèvres, je me suis demandé pourquoi je les avais prononcés. Je connais peu d'expressions aussi stupides que celle-ci. Mais je n'imaginais pas qu'ils puissent rendre Agathe à ce point furieuse. Sa voix est montée d'un cran, elle criait presque :

— Sérieusement, Emma ? C'est tout ce que t'as trouvé ? Tu crois vraiment que les gens sont interchangeables ? Tu penses vraiment que dix mecs me feront oublier celui que j'aime ? Je sais même pas pourquoi ça m'étonne, c'est tellement logique que tu penses ça.

Je n'ai pas répondu, je savais précisément ce qu'elle sous-entendait. Elle a laissé passer un silence, peut-être pour tenter de retenir ce qui lui brûlait les lèvres, et elle a lâché :

— C'est ça que tu t'es dit, quand tu m'as sortie de ta vie ? Que je n'avais qu'à te remplacer ?

Elle a éclaté en sanglots et frappé violemment le tableau de bord.

— Arrête la voiture, je veux descendre.

J'ai fait comme si je ne l'entendais pas. Il était hors de question que je la laisse en pleine nuit sur le bord de la route. Elle s'est mise à hurler :

— EMMA ! LAISSE-MOI SORTIR PUTAIN !

— Calme-toi, Gagathe.

— NE M'APPELLE PAS COMME ÇA ! TU M'AS ABANDONNÉE, FAIS PAS COMME SI ON ÉTAIT TOUJOURS PROCHES !

Je me suis tue. Ses colères m'ont toujours tétanisée, je sais que le mieux à faire est d'attendre qu'elles passent.

Elle s'est éjectée de la voiture à peine garée devant chez Mima. Elle est rentrée dans la maison, a claqué la porte et a filé dans sa chambre. Du jardin, je l'entendais pleurer.

J'ai attendu que le silence revienne, et je l'ai rejointe. Elle était en boule sur son lit, le visage couvert de mascara.

— Je suis désolée, a-t-elle dit.

— Ce n'est pas ta faute, Gagathe.

— T'es au courant ?

J'ai hoché la tête :

— Mima me l'a dit.

Elle se redresse :

— Ça fait trois ans que le diagnostic est tombé. Ça a pas été la surprise du siècle, je savais ce qu'ils allaient m'annoncer. Trouble bipolaire de type 2.

— Tu as réagi comment ? Ça a dû être un choc.

— Un peu, bien sûr. J'aurais préféré ne pas avoir à prendre un traitement à vie, et quand je dis que je suis bipolaire, les gens ont peur. Mais ça a surtout été un immense soulagement. Déjà, parce que ça expliquait les périodes où j'avais à peine la force de sortir du lit, puis les périodes où j'étais surexcitée, et mes colères aussi, bref, ça m'a allégée d'une lourde culpabilité. Et surtout, ça voulait dire qu'il y avait un traitement, et que, s'il fonctionnait, j'allais peut-être avoir une vie plus normale. On a mis du temps à trouver le bon dosage, au début c'était pire, et y a pas mal d'effets secondaires et encore quelques turbulences, mais je revis.

Elle a marqué une pause, m'a fixée du regard. Elle attendait ma réaction. Quand Mima m'a annoncé le trouble de ma sœur, je n'ai pas été surprise non plus. J'ai toujours su. Ce n'était pas conscient, plutôt de l'ordre du viscéral ou de l'animal, mais, dès sa naissance, j'ai perçu chez Agathe une faille, une fragilité. Elle marchait au bord de l'abîme. Elle était dominée par ses émotions, à la merci de ses humeurs. C'est sans doute la raison pour laquelle, naturellement, je me suis placée en rempart. Je craignais que le moindre impact ne la brise. Mettre des mots sur le trouble d'Agathe me permet de mieux la comprendre, mais, à mes yeux, le diagnostic ne change rien. La bipolarité ne la définit pas, elle est une part d'elle.

J'ai posé ma tête sur son épaule :

— Je suis heureuse que tu sois apaisée. Je le vois, je le ressens. Mais avoue que t'as surtout trouvé un bon prétexte pour pouvoir me crier dessus.

# *Hier*
# *Avril 2003*
# *Agathe – 18 ans*

*J'ai dix-huit ans aujourd'hui. Romain m'attend à la sortie du lycée. Je l'entends de loin, il écoute 50 cents à fond dans sa Clio. J'ose pas lui dire que c'est pas ma came, je préfère Kyo (j'écoute « Dernière danse » en boucle depuis sa sortie). J'ai pas envie de le décevoir, c'est l'homme de ma vie. J'ai jamais ressenti ça. Emma affirme que je disais la même chose pour Kamel et Manu, peut-être, mais ça n'avait rien à voir. Lui, il est parfait.*

*Je n'en reviens pas qu'il se soit intéressé à moi. Il est canon, sérieux, il pourrait sortir avec des bombes. Je vois pas ce qu'il me trouve. J'ai un nez tellement long que je me demande comment je ne penche pas en avant, j'ai les cheveux de Nellie Oleson et les dents en quinconce. En plus, j'ai repris deux kilos depuis l'été dernier, je suis énorme, je suis obligée de mettre du 38. Maman me surveille quand je mange, elle m'a grillée pendant que je vidais mon assiette par la fenêtre. Elle en a parlé au docteur, je sais pas ce qu'il lui a dit, mais elle me lâche pas. C'est quand même dingue de ne pas pouvoir faire ce que je veux de mon corps !*

*Je ne savais pas que Romain viendrait me chercher, il m'a fait la surprise. Il me dit de monter, qu'on va chez lui. J'y vais, mais faut que je fasse gaffe à l'heure, Maman a prévu un gâteau, avant ça on ira au resto comme chaque année et elle va me prendre la tête si je rentre en retard.*

*Il m'offre un CD deux titres d'Avril Lavigne. « J'aimerais bien que tu portes des hauts courts, comme elle », il dit.*

*On couche ensemble. Ça me fait toujours un peu mal, j'arrive pas à être détendue. J'aimerais bien qu'il prenne le temps, que ce soit moins vite expédié, mais j'ose pas lui dire.*

*Il me ramène à l'heure. Maman et Emma sont là, elles chantent « Joyeux anniversaire ».*

*Après le resto, Maman sort les albums photos, elle se met à pleurer en me voyant bébé.*

*— Je sais que j'étais moche, mais quand même, retiens-toi ! je dis en riant.*

*— C'est vrai que t'étais moche, confirme Emma. C'est ce que je me suis dit en te voyant pour la première fois.*

*— C'est passé tellement vite, gémit ma mère. J'aimerais revenir en arrière, je ferais les choses différemment.*

*On passe un moment à regarder les photos, et le gâteau arrive. J'ai droit à un millefeuille à partager.*

*« La plus grosse part pour la star du jour ! » dit Maman en me servant.*

*Elle ne me lâche pas des yeux, je mange jusqu'à la dernière bouchée. Il est délicieux. Ce que je préfère, c'est le dessus. Je pourrais manger des dessus de millefeuille toute la journée.*

*Mais si je fais ça, je ne pourrai pas porter de haut court.*

*Maman allume la musique. Emma se sert une autre part de gâteau. Je vais aux toilettes, je pense à mon ventre plat, et j'enfonce les doigts au fond de ma gorge.*

*Hier*
*Juin 2003*
*Emma – 23 ans*

*On est parties.*
*C'était la fois de trop.*
*Maman était incontrôlable.*
*J'ai cru qu'elle allait tuer Agathe.*
*J'ai jeté les affaires dans un sac.*
*On a pris le bus, puis le train.*

*Mima nous ouvre la porte.*
*Agathe se met à pleurer, moi aussi.*
*« Rentrez vite, mes petites chéries. »*

# Aujourd'hui
# 9 août
# Agathe

9 h 23

Je n'ai pas envie de sortir du lit. Il ne reste que trois jours et ce sera fini. Emma n'arrête pas de venir frapper à ma porte, et je ne lui offre pour seule réponse qu'un grognement.

Je ne sais pas comment j'ai fait tout ce temps sans elle.

Quand j'avais quinze ans, je me suis cassé le poignet. Je suis tombée, j'ai mis mes mains en avant pour me rattraper, et j'ai entendu « crac ». La douleur était tellement forte que je n'ai rien senti. Il paraît que ça fait ça, quand c'est trop douloureux, le cerveau bloque l'information. Mon cerveau a bloqué le manque de ma sœur. J'ai passé cinq ans à pouvoir vivre sans elle tellement je ne pouvais pas vivre sans elle.

Quand elle m'a proposé cette semaine ensemble, ma première réaction a été de penser « hors de question ». J'ai mis cinq jours à lui répondre, à me persuader que c'était peut-être une bonne idée. Les jours précédents, je me suis motivée, comme avant une épreuve dont on se passerait bien. Finalement, je suis arrivée en jouant la joie, même si elle sonnait faux. Quand je l'ai vue, mon armure s'est effritée. Elle a aujourd'hui complètement disparu. Ma sœur et Mima sont les deux seules personnes avec lesquelles je me suis autorisée à être moi. Aucune maîtrise, aucun artifice. À poil. Ce naturel est de retour. Hier soir, sur la piste de danse, j'ai ressenti cette connexion que nous avions toujours eue. Je ne veux plus jamais la perdre.

9 h 42

Elle passe une tête dans l'entrebâillement.

— Debout, feignasse !

— Hmmm.

— Allez, j'ai une surprise pour toi !

Elle entre dans la chambre et ouvre les volets. J'enfouis mon visage dans l'oreiller :

— Hors de question que j'escalade la Rhune.

Elle rit.

— Promis, ce sera plus sympa. Allez, sors du lit, on va être en retard.

10 h 15

On roule vers Biarritz, Emma est au volant. Je tente depuis mon réveil de savoir où elle m'emmène.

— C'est quelque chose qui se mange ?

— Je ne te dirai rien.

— Qui se suce ?

— Agathe !

— Je pensais à une glace, espèce de dévergondée.

— Bien sûr.

— C'est un sport ?

— Je ne sais pas.

— On va au ciné ?

— Tu perds ton temps.

Je renonce, j'aurais plus de chances de faire parler Bernardo.

La vue d'une énorme araignée progressant sur le tableau de bord m'arrache brutalement à mes questions.

Que dis-je, une araignée ?

Un monstre.

Un tourteau.

Marron avec de grosses pattes. Elle se dirige droit sur moi.

Je hurle, Emma sursaute.

— ARRÊTE-TOI ! ARRÊTE-TOI TOUT DE SUITE !

— Hein ? Mais pourquoi ?

— ARRRRÊÊÊÊÊTE-TOIIIIIII !

Inconsciente du danger, elle prend le temps de sortir du rond-point et se gare sur le bord de la route. En personne pondérée et responsable, je m'éjecte comme un toast, et me retrouve sur le trottoir, les jambes en mode vibreur. Je ne parviens pas à détacher mon regard de la bête, qui continue tranquillement sa visite de la caisse. Ma sœur la repère, pousse un cri qui ressemble à un dernier râle et se catapulte à son tour.

— On fait quoi, maintenant ? demande-t-elle, cachée derrière moi.

— On met le feu à la voiture.

Son silence me laisse penser qu'elle l'envisage sérieusement.

— Je ne retourne pas dedans tant qu'elle ne descend pas. C'est elle ou moi.

— Dis-le-lui, peut-être qu'elle t'entendra.

Je disais ça pour rire, mais l'humour d'Emma est manifestement resté sur le siège conducteur. Elle fait un pas vers la voiture et fixe la bestiole, qui ne bouge plus. Un duel s'engage, la tension est à son comble :

— C'est toi ou moi, bitch. Et je suis plus forte que toi.

— Si avec ça elle n'est pas impressionnée…

L'araignée n'a pas dit son dernier mot et avance vers la portière. Ma sœur fait un bond en arrière et, presque en larmes :

— S'il te plaît, descends ! Je ferai tout ce que tu voudras !

C'en est trop pour moi, j'éclate de rire. Elle tente de garder son sérieux, mais ne résiste pas longtemps.

On se retrouve à pleurer de rire sur le trottoir, face à une araignée qui nous toise.

10 h 29

Grâce à l'intervention d'une passante, qui a poussé l'araignée hors de la voiture avec un livre, on a pu poursuivre notre chemin. On arrive pile à l'heure au centre de thalasso où Emma nous a réservé un modelage.

— J'ai pensé que c'était exactement ce dont nous avions besoin, elle dit.

Je me laisse entraîner dans une cabine tandis qu'elle part dans une autre. C'est la première fois de ma vie que je vais me faire masser. La praticienne m'indique que je dois enfiler le slip en papier posé sur la table et m'allonger, puis elle me laisse seule. Je me déshabille, j'accroche mes vêtements au portemanteau, je mets mon téléphone sur silencieux, et je sors ledit slip de l'emballage. Le problème m'apparaît immédiatement : je ne sais pas dans quel sens mettre ce truc. Je veux dire, j'ai pas loin de quarante ans, j'ai porté pas mal de culottes dans ma vie, des gainantes, des strings ficelle, des ventre plat, des pur coton, des dentelles, des shorties, des tangas, des bodies, mais, cette chose, jamais. Les deux côtés sont de la même largeur, et, apparemment, les fabricants n'avaient plus de budget. C'est un double string, qui pourrait convenir aux personnes ayant un double cul, mais ce n'est malheureusement pas mon cas. Je suis sûre que, si je pète, ça siffle, comme quand on colle une feuille d'acacia contre sa bouche. Je me demande quelle partie de l'anatomie c'est censé cacher. Peut-être que j'ai mal compris, qu'elle n'a pas dit « slip » mais « serre-tête ».

On toque à la porte. Il est temps de me préparer.

J'enfile tant bien que mal mon serre-tête pubien et la praticienne revient.

— Vous préférez un modelage relaxant ou énergisant ?

— Quelle est la différence ?

— Le modelage relaxant relaxe, et le modelage énergisant énergise.

J'opte pour celui qui « énergise », en me demandant si c'est moi qui ne connais pas ce mot ou si c'est elle qui ne connaît pas le dictionnaire.

À la seconde où elle commence, je regrette de ne pas avoir choisi le relaxant.

## *Hier*
## *Octobre 2003*
## *Emma – 23 ans*

*L'amphi est immense, mais on est tellement nombreux que des étudiants sont assis par terre. C'est le deuxième jour de cours, et je me suis déjà fait une copine. Elle s'appelle Maria, et elle vit dans le studio au-dessus du mien. Elle a parlé de moi à son manager, demain je passe un entretien pour bosser à McDo. J'ai hâte de le dire à Mima. Je sais qu'elle le fait de bon cœur, mais je sais aussi que le loyer est énorme pour sa petite retraite.*

*Je galère à tout noter, le prof d'histoire de la littérature parle beaucoup trop vite. Il nous a prévenus au début du cours : il ne faut noter que l'essentiel, mais tout me semble l'être.*

*« T'emmerde pas à noter, j'ai déjà les cours », me souffle mon voisin.*

*Il doit lire l'interrogation dans mon regard, alors il ajoute « c'est ma deuxième première année ». Puis « Je m'appelle Alex, et toi ? »*

*Hier midi, j'ai avalé un sandwich pain de mie jambon sur un banc, aujourd'hui c'est grand luxe : je mange à la cafèt'. Maria m'accompagne. Elle me raconte son parcours, son départ d'Espagne pour faire ses études, je l'écoute d'une oreille en regardant autour de moi. Je n'en reviens pas. J'y suis. Après des années à en rêver, je le vis.*

*Mon téléphone sonne. Je ne réponds pas, je sais qui c'est. Ma mère nous laisse dix messages par jour chacune depuis qu'on est parties. Elle s'est excusée, nous a menacées de venir nous chercher « par la peau du cul », de se suicider, elle a pleuré, crié, mais ni moi ni ma sœur ne l'avons jamais rappelée. C'est dur. J'ai souvent envie de lui pardonner, de la croire quand elle jure avoir compris, quand elle promet qu'elle a changé. Quand on aime quelqu'un, il est plus facile de le croire que de croire la réalité. Je finirai par lui reparler, mais j'ai besoin de temps.*

*Alex fume à la sortie de la cafèt'. Il se veut sans doute discret, mais je l'ai vu ralentir quand il m'a repérée.*

*— Tu viens d'où ? il me demande.*

*— Anglet.*

*— Cool ! J'adore le Pays basque.*

*— Cool.*

*— Super. Tu veux une clope ?*

*— Je ne fume pas.*

*— OK. Bon, ben, à plus !*

*— Salut !*

*Il s'éloigne, Maria se marre :*

*— Ça, c'était une conversation passionnante !*

*Je ris à mon tour, sans pour autant quitter des yeux le charmant petit cul d'Alex.*

*Agathe est déjà là quand je rentre, vautrée sur le clic-clac dans lequel nous partageons nos nuits, occupée à descendre un paquet de Chipster en regardant* Friends.

*— Alors, cette deuxième journée ? elle demande.*

*— Super ! Et toi ?*

*— Top ! J'ai trouvé un job ! Je vais faire le ménage dans une boîte d'informatique quatre soirs par semaine.*

*Ses cours à l'IRTS ont commencé le mois dernier, et ils semblent lui plaire. Elle s'est fait une bande de copains, je ne l'ai pas vue aussi épanouie depuis longtemps. L'été chez Mima a été compliqué, sans doute le contrecoup du départ de chez Maman. Elle a passé beaucoup de temps dans sa chambre, à écouter la musique et dessiner. Joachim et Lucas avaient beau venir la chercher pour aller surfer, comme ils le font tous les jours de tous les étés, elle préférait rester enfermée. Ce nouveau départ est plein de promesses, j'ai envie d'y croire avec elle. Je me vautre à côté d'elle, lui pique une poignée de biscuits, et je regarde Rachel annoncer à Ross qu'elle est enceinte.*

## *Hier*
## *Mai 2004*
## *Agathe – 19 ans*

*Emma dort de plus en plus souvent chez Alex. Elle me propose toujours de rester avec moi, mais je lui fais croire que je n'en ai pas besoin. La vérité, c'est que je n'ai jamais vécu seule, et que je n'aime pas ça.*

*J'arrive au refuge à l'ouverture. Mon stage en IME s'est terminé hier, j'ai passé six semaines avec des enfants présentant des troubles du spectre de l'autisme, et ça m'a confortée dans ce que je pensais : je suis faite pour m'occuper des autres. Je reprends les cours lundi, je vais profiter du week-end de trois jours pour accueillir mon nouveau compagnon.*

*Les aboiements me brisent le cœur. Je parcours les allées en résistant à l'envie d'ouvrir toutes les cages et de libérer tous les chiens.*

*Quand Papa est mort, je me suis persuadée que Maman avait eu raison de remettre Snoopy dans un refuge. Ça m'a longtemps empêchée de dormir, je l'imaginais seul, se demandant pourquoi il ne nous voyait plus, je parlais au ciel pour que quelqu'un lui envoie de nouveaux maîtres.*

*Je repère un labrador magnifique, il me lèche la main à travers la grille. La fiche indique qu'il s'appelle Sultan et qu'il a trois ans. Son compagnon de cellule nous rejoint. J'ignorais qu'autant de laideur pouvait être réunie dans un seul être. Y a rien qui va dans cet animal, on dirait que tous les éléments ont été montés au hasard. C'est un Monsieur Patate canin. Selon sa fiche, il s'appelle Joey et il a huit ans. Il reste en retrait, ma présence semble lui passer totalement au-dessus du museau.*

*Quand Emma rentre, j'entends son cri avant de la voir :*

*— Qu'est-ce que c'est ?*

*— Je dirais un chien, mais je ne veux pas m'avancer.*

*L'animal est allongé sur le dos sur le tapis du salon.*

*— Mais qu'est-ce qu'il fout là ?*

*— Je l'ai adopté.*

*— Hein ? Mais Agathe, tu déconnes ou quoi ? Qui va s'occuper de lui ? On est absentes toute la journée, il va rester seul ?*

*— Il sera toujours mieux qu'au refuge. Il a huit ans et il ressemble à un porc-épic, personne n'aurait voulu de lui. Tu sais que ça faisait trois ans qu'il y était ?*

*Elle le regarde. Il remue la queue.*

*— Tu vois, en plus il fait métronome. Je pouvais pas ne pas le prendre.*

*Elle s'accroupit en soupirant, le chien se lève et vient coller ses poils contre son pantalon noir.*

*— De toute manière, je n'ai pas le choix. Comment il s'appelle ?*

*— Monsieur Patate. Monsieur Patate Delorme.*

## Aujourd'hui
## 9 août
## Emma

11 h 40

— Alors, ce massage ? je demande à Agathe.

— Je peux pas te dire, j'ai pas été massée, j'ai été labourée.

— Ta masseuse n'était pas douce ?

— La douceur incarnée. On aurait dit Maman un soir de cuite.

C'est censé être drôle, mais la blague tombe par terre.

— En vrai, ça m'a fait du bien, se rattrape Agathe. Merci pour cette surprise.

Elle écrase une bise sur ma joue et sort un sachet en plastique de son sac :

— J'ai piqué un string jetable. Ça me fera un souvenir.

12 h 02

Je passe le trajet à remuer bruyamment sur mon siège, au cas où une autre araignée aurait l'idée de se pointer. Papi m'avait appris ça, petite, quand on cherchait des cèpes dans la forêt : « Il faut que tu fasses du bruit en marchant, ça éloigne les serpents. »

— T'as des vers au cul ? demande Agathe.

Je souris en entendant cette vieille expression de nos parents.

Ma sœur tend son bras et monte le son. La voix de Céline Dion emplit l'habitacle.

— Tu te souviens ? elle me demande.

— Tu parles si je me souviens.

Quand j'ai traîné ma sœur au cinéma pour voir *Titanic*, elle m'a suivie à contrecœur. Je l'avais déjà vu cinq fois au cinéma et j'avais pleuré pas loin de l'équivalent de l'Atlantique Nord. J'en parlais tout le temps, j'étais dévastée par cette histoire tragique et obsédée par l'histoire d'amour de Rose et Jack. Je n'aspirais qu'à une chose : aimer un jour aussi intensément. Dans ma fougue, j'avais raconté la fin à Agathe, qui ne voyait plus aucun intérêt à aller voir le film. En sortant, elle m'a demandé quand on y retournait. Elle était piquée. On l'a revu la semaine suivante, puis la suivante, puis la suivante. Chaque fois, on ressortait les yeux rouges et la morve au nez. Le caissier du cinéma a fini par avoir pitié et nous faire entrer gratuitement.

Quelques mois plus tard, le jour de la sortie du CD de la bande originale, je l'ai acheté. On l'a écouté en boucle pendant des semaines. Je nous revois, assises sur mon lit, à traduire les paroles du livret avec un dictionnaire anglais-français pour comprendre ce que disait Céline Dion, donnant un résultat pour le moins approximatif.

La phrase « You're safe » était ainsi traduite « Tu es coffre », et ça n'étonnait personne.

On n'a pas oublié les paroles. Dans la voiture, on s'égosille, vitres ouvertes. Les gens se retournent sur notre passage, et on s'en fout. On est dans notre chambre d'ados, avec Rose et Jack.

— Tu sais que Jack aurait pu vivre ? demande soudain Agathe. Il y avait largement la place pour deux sur la porte. Ça a été prouvé par des experts.

— Arrête. On me l'a déjà dit, mais je refuse cette théorie.

— Pourquoi ?

— Parce que ça changerait l'image que j'ai de Rose, et on ne touche pas à Rose DeWitt Bukater.

— OK, donc on ne parle pas du fait qu'elle laisse Jack menotté pendant des plombes avant de réaliser qu'il a été victime d'un complot ?

— Non plus.

— D'accord. Rien sur le bijou hors de prix jeté au fond de l'eau ?

— Je ne t'écoute pas. Youuuu're heeeeere, theeere's nooooothing I fear.

12 h 23

On a ouvert le cahier de recettes de Mima et entrepris de préparer des pâtes aux courgettes. Ce n'est pas compliqué, tout réside dans la cuisson des courgettes. Elles doivent être légèrement grillées à l'extérieur et fondantes à l'intérieur. Agathe se charge de la découpe, tandis que je râpe le parmesan.

— Maman a appelé, lâche-t-elle soudain.

— Ah.

— Elle m'a demandé si elle pouvait passer. Elle aimerait te voir.

Je frotte frénétiquement le fromage contre la grille.

— Tu sais que je ne veux plus la voir.

— Je sais. Mais elle vieillit, elle n'est pas immortelle. Faudrait pas que tu regrettes un jour.

— Je savais pas que tu lui reparlais.

— J'ai jamais vraiment réussi à couper. C'est ma mère.

— C'est la mienne aussi. Je déteste le reproche que j'entends dans ta voix.

Elle pose le couteau (ça m'arrange) et plante son regard dans le mien :

— Aucun reproche, Emma. Je me dis juste que, parfois, il faut laisser couler. Franchement, y a pire qu'elle. Elle n'est pas si terrible que ça.

J'ouvre la bouche pour répondre, lui rappeler les monumentales fessées, les crises de furie, les objets explosés contre le mur, les chantages au suicide, les reproches, mais je me ravise. Nous avons vécu dans le même appartement, avec la même mère, pourtant

Agathe et moi n'avons pas les mêmes souvenirs, et c'est précisément ce que j'espérais. Dès que je le pouvais, je l'isolais dans sa chambre, la musique suffisamment forte pour masquer les cris. Elle n'a malheureusement pas échappé à tout, parfois, quand elle était la destinataire de la colère de notre mère, je ne parvenais pas à la détourner vers moi. Mais, par rapport à la mienne, son enfance a été un peu plus douce.

— Ça fait combien de temps que tu l'as pas vue ? demande Agathe.

— Sept ans. La dernière fois, c'était pour les trois ans de mon fils.

— Je me rappelle.

Elle laisse passer un silence, pendant lequel elle plonge les courgettes dans l'huile, puis :

— T'as déjà levé la main sur tes enfants ?

— Jamais. Mais ça me demande un effort énorme. Parfois, la colère me tord le ventre, mon sang bouillonne dans mes veines. Quand ils répondent mal, quand j'ai déjà répété trois fois, quand on est en retard. Il m'arrive de gueuler. Si je laissais faire mon naturel, je crois que je pourrais les frapper. Mais je lutte contre. Je refuse que mes enfants tremblent devant moi comme nous devant Maman. Je refuse d'être comme elle. Je lui en veux pour cet héritage, qui m'oblige à être dans le contrôle pour ne pas céder à mes pulsions. Je lui en veux de nous avoir abîmées.

Agathe remue les rondelles de courgettes dans la poêle.

— Je veux pas d'enfant, lâche-t-elle.

— Ah bon ? Mais… jamais ?

Elle rit :

— Quand j'aurai quatre-vingt-dix ans, j'y réfléchirai. Mais avant, c'est non.

— Mais pourquoi ?

— Je vais te répondre, parce que c'est toi, mais faut que je te dise : je trouve ça insupportable d'avoir à me justifier. Les femmes ne peuvent pas annoncer qu'elles ne veulent pas d'enfant sans avoir à expliquer leur choix. J'ai pas forcément besoin d'une raison ! J'en ai pas envie, déjà. Ça ne me dit rien. J'ai jamais été gaga devant un bébé, j'ai jamais rêvé d'avoir une famille nombreuse, ce genre de truc. En plus, honnêtement, je suis pas sûre de vouloir faire atterrir quelqu'un dans ce monde. Je veux dire, entre le climat, les guerres, la violence, la misère, les virus et le reste, si j'avais eu le choix, je ne pense pas que j'aurais passé ma tête dans le trou. Et puis, surtout, je suis pas comme toi. Quand ma colère monte, j'ai beau essayer, je ne peux pas la contenir. Je ne serais pas une bonne mère. Mais, si tu veux de moi, je peux être une bonne tante.

Je suis un peu sonnée par ces confidences. Je ne m'étais jamais posé la question, pour moi il était évident qu'Agathe aurait des enfants. Ce schéma est tellement ancré dans mon esprit que je ne l'ai pas remis en question, comme si le dessein de chaque humain était de se reproduire. Je verse de l'eau dans une casserole et la pose sur le feu :

— Je veux de toi, mais il faut que tu me promettes quelque chose.

— Quoi ?

— Ne leur dis jamais pour Rose et Jack.

# *Hier*
# *Juillet 2005*
# *Agathe – 20 ans*

*J'ai sauté dans un train pour aller passer mes courtes vacances avec Mima. Depuis que j'ai commencé mes études, je ne la vois plus assez. Pendant deux semaines, je me suis gavée d'elle et de lasagnes, et je rentre avec deux kilos et des tonnes d'amour en plus.*

*Dans le train retour, Monsieur Patate à mes pieds, je caresse le collier de perles que j'ai enroulé autour de mon poignet en luttant pour ne pas pleurer. Je regarde le paysage, qui défile aussi vite que le temps. Les jours s'enchaînent, deviennent des mois, des années. On traverse l'existence à toute allure, on passe son temps à se dire qu'il faut le prendre, mais c'est lui qui nous embarque. Le temps de le dire, maintenant est devenu hier. Toute mon enfance, j'entendais « comme elle a grandi, ça passe tellement vite ». À mes oreilles, c'était une phrase bateau, une phrase d'adulte, dont la seule utilité était de remplir le silence. Ça passe tellement vite. Elle sonne autrement, maintenant que je la ressens. J'aimerais figer le temps. Rester « la petite ». Enfermer Mima dans mon existence. Partager le clic-clac avec Emma pour toujours. Si je peux le faire sans avoir à les empailler, ça m'arrangerait.*

*Emma m'a prévenue qu'elle serait chez Alex à mon retour, pourtant, je la trouve à l'appart. Je m'apprête à lui sauter au cou, avant de remarquer qu'elle pleure.*

*— Qu'est-ce qui se passe, Emma ?*

*— Il m'a quittée.*

*Elle m'explique que c'est arrivé il y a trois jours. Elle ne m'a rien dit pour ne pas gâcher mes vacances.*

*— Il dit qu'on est trop jeunes pour être un couple de vieux, il a besoin d'air, il étouffe.*

*— Il serait temps de s'en rendre compte.*

*La phrase est partie trop vite. Emma ruisselle de larmes.*

*— Ça peut peut-être s'arranger ?*

*Elle se mouche dans sa manche :*

*— Non, il a l'air sûr de lui. Je lui ai demandé s'il m'aimait encore, il n'a pas répondu.*

*— Quel con.*

*— Je sais pas comment je vais m'en remettre. Je l'aime tellement… Il faut que j'aille récupérer mes affaires chez lui, j'ai pas eu le courage.*

*— Viens, on y va.*

*— Maintenant ?*

*— Maintenant.*

*J'ai merdé lors de sa dernière rupture. J'ai inventé ma copine Sonia que je devais consoler, en réalité j'ai paniqué, je ne l'avais jamais vue si fragile. Emma a toujours été la solide de nous deux, celle qui maîtrise les situations et prend les décisions. Je me suis sentie dépassée par sa peine, j'ai préféré fuir que voir mon pilier s'effondrer. Je compte bien me rattraper.*

*Alex n'est pas là, Emma a les clés. Je l'accompagne à l'intérieur. Pendant qu'elle rassemble les quelques affaires qu'elle a laissées chez lui, je visite l'appartement. Petit, lumineux, en bordel (un reste de hamburger et des frites froides gisent sur la table) (il n'y a rien de plus dégueulasse que des frites froides). Des photos de ma sœur et Alex sont accrochées au mur. Sur l'une d'elles, Emma fixe l'objectif, dans son regard je vois qu'elle est heureuse. C'est dommage, lui je l'aimais bien.*

*J'entends ma sœur pleurer dans la salle de bains. Il faut que je lui change les idées.*

*Quand elle sort, les yeux rougis, elle découvre mon œuvre. Je ne suis pas certaine d'assumer, c'est digne du collège, mais ça a le mérite de la faire rire. Avec le feutre noir que je trimballe toujours dans mon sac, j'ai écrit sur le mur – en très grands caractères – la première insulte qui me passait par la tête :*

ESPÈCE DE FRITE FROIDE

*Hier*
*Octobre 2005*
*Emma – 25 ans*

*Agathe a encore déplacé tous les meubles. C'est la troisième fois cette année, j'ai beau lui expliquer que je n'aime pas le changement, c'est plus fort qu'elle. OK, je passe deux soirs par semaine chez Alex, mais c'est aussi chez moi.*

*« Regarde, comme ça on voit le ciel depuis le clic-clac ! » elle me dit pour me convaincre.*

*Je m'allonge à côté d'elle, les étoiles brillent au-dessus de nos têtes.*

*— Tu vois ? C'est magnifique !*

*— Je te l'accorde, Agathe, mais on ne peut plus ouvrir la porte des toilettes.*

*— Que tu es pointilleuse.*

*J'abandonne, elle rechangera tout de place quand elle aura la vessie pleine.*

*J'essaie de fermer les yeux sur les inconvénients de la cohabitation en songeant qu'un jour je repenserai à cette période avec nostalgie. La plupart du temps, on s'entend bien. On rit beaucoup, on se fait des soirées couette-télé, on prend soin l'une de l'autre. J'ai un paquet de défauts, je l'admets volontiers. Mais Agathe est épuisante. J'ai l'impression d'être sur des montagnes russes. Elle oscille entre le tout et le rien, elle ne connaît pas l'entre-deux. Elle se balade toutes émotions dehors, et ceux qui la côtoient doivent composer avec. Il faut la suivre, dans ses très haut, dans ses très bas. Depuis peu, elle a une nouvelle lubie : écrire une bande dessinée. Elle y consacre tout son temps libre, a dépensé tout son argent et une partie du mien en carnets, feutres et guides. Elle parvient toujours à me contaminer de son enthousiasme, alors je l'encourage, je l'écoute m'en parler pendant des heures, mais, au fond, je crains que sa passion ne finisse par s'évaporer comme ce fut le cas avec Jean-Paul Gaultier, les tatouages ou l'aquarelle.*

*On frappe à la porte.*

*— J'y vais ! lance Agathe en se propulsant vers l'entrée.*

*Notre mère se tient dans l'encadrement.*

*— Bonjour, mes petites. Je suis désolée de venir à l'improviste, mais je ne supporte plus de vivre sans vous. Si vous ne voulez pas me voir, je peux partir.*

*Agathe m'interroge du regard. Je n'ai aucune réaction. On n'a pas vu notre mère depuis qu'on a quitté son appartement. Elle a laissé passer deux ans sans chercher à nous contacter, et la voilà, comme une fleur, attendant qu'on lui ouvre les bras.*

*— Comment tu as su où on habitait ?*

*Ma voix est plus sèche que je ne l'aurais souhaité. Agathe la fait entrer, Monsieur Patate lui fait la fête. Elle s'accroupit pour le caresser :*

*— C'est ta sœur qui m'a donné l'adresse.*

*Cette dernière évite mon regard.*

*Le parfum au patchouli de ma mère embaume le studio. Mon ventre se noue. Elle a les cheveux courts, ses mains tremblent un peu. Je voudrais être suffisamment en colère pour la chasser, pour ne pas ressentir son désarroi. Mais, en réalité, j'éprouve de la peine à la voir si vulnérable. À l'instant où elle se relève, où elle cesse de focaliser son attention sur le chien pour ne pas affronter ses filles, je suis dans ses bras.*

## Aujourd'hui
## 9 août
## Agathe

15 h 17

Elle fait une sieste. Manifestement, son massage à elle était vraiment relaxant. Le mien a révélé des parties de mon corps que je ne connaissais pas, et j'aurais volontiers poursuivi ma vie dans l'ignorance. Je tente de trouver une position acceptable pour m'assoupir dans le fauteuil quand la sonnette retentit. Emma se lève d'un coup, le regard plein de sommeil :

— Hein ? Quoi ?

J'éclate de rire :

— C'est bien, tu es complètement détendue.

Je vais ouvrir pendant qu'elle reprend ses esprits. Un homme se tient derrière le portail. Il porte des cheveux blancs et un chat dans les bras.

— Robert Redford !

J'invite l'homme à entrer. Il pousse le portail et me rejoint. Le chat n'a pas un regard pour moi. S'il lui était physiquement possible de se dévisser la tête pour me montrer son désintérêt, il le ferait.

— J'ai vu les affiches, dit l'homme. Apparemment, vous le cherchez.

— Oui, c'est le chat de ma grand-mère.

— Je sais. Nous étions amis.

Les paroles de madame Garcia, la voisine me reviennent. Elle avait parlé d'un voisin dont Mima était proche. Instantanément, sa manière de parler d'elle me le rend sympathique. Je le fais entrer. Emma est totalement réveillée, ce qui n'est pas le cas de ses cheveux.

— C'était un ami de Mima, je dis à ma sœur. Vous vous appelez comment ?

— Georges Rochefort. Je vis au 14 de la rue.

Emma lui propose un café, qu'il accepte. Je la soupçonne d'avoir, comme moi, envie d'entendre cet homme nous parler de notre grand-mère. La faire vivre dans ses mots.

Le chat sur ses genoux, Georges Rochefort plonge un demi-sucre dans son café :

— Vous connaissiez Mima depuis longtemps ? interroge Emma.

— Depuis vingt ans.

Je masque ma surprise. Je n'ai jamais entendu parler de lui.

— Vous vous connaissiez bien ?

Il sourit :

— Nous étions bons amis, oui.

Tout à coup, un souvenir me percute. À l'enterrement de Mima, un homme m'avait paru particulièrement affecté. Je ne m'y étais pas attardée, trop étouffée par mon propre chagrin, mais ça m'avait touchée. Je n'étais pas la seule à pleurer bruyamment. Il portait un chapeau, mais je crois le reconnaître.

— Je suis venu vous demander si je pouvais garder Robert Redford, dit Georges en caressant le chat, qui n'a pas bougé de ses genoux. Nous étions en route pour le marché de Quintaou quand nous avons trouvé ce chat, blessé par une v…

— Vous étiez ensemble ? je m'étonne.

L'histoire du sauvetage de Robert Redford que m'avait racontée Mima accueille un nouveau personnage.

— Nous allions toujours au marché ensemble.

Emma m'adresse un regard entendu. Je ne peux y croire.

— Nous avions ce que l'on peut appeler une garde alternée, plaisante l'homme. Le chat allait et venait entre nos deux maisons. Il passait la journée chez moi et, le soir venu, rentrait chez votre grand-mère. Pendant qu'elle était hospitalisée, il est resté une nuit, puis une deuxième. Je le lui ai raconté, par téléphone. Elle a ronchonné, elle craignait qu'il ne l'abandonne. Je lui ai promis qu'il reviendrait dès qu'elle rentrerait.

Il s'interrompt, détourne le regard. Sa peine est palpable. Emma forme discrètement un cœur avec ses doigts. Je secoue la tête. Mima n'était pas en couple, je l'aurais su.

— Vous pouvez garder le chat, répond-elle. On décrochera les affiches.

— C'est bien qu'il soit avec vous, j'ajoute. J'ai une petite question, Georges. Vous vous voyiez souvent, avec Mima ?

Son regard s'illumine, il sourit franchement :

— Aussi souvent que possible, oui. On aimait être ensemble… Elle me manque atrocement.

Il baisse la tête, semble hésiter, puis inspire un grand coup :

— J'ai autre chose à vous demander. C'est un peu délicat, mais je suis sûr que vous comprendrez.

## *Hier*
## *Juillet 2006*
## *Emma – 26 ans*

*On fait un dernier tour du studio et on ferme définitivement la porte.*

*— C'était vraiment bien de vivre avec toi, murmure Agathe.*

*Je la prends dans mes bras. Elle est la seule personne avec laquelle je sais faire ça.*

*J'ai eu mon diplôme, elle le sien. En septembre, je rentrerai à l'IUFM pour réaliser mon rêve de devenir instit. Elle part vivre chez Mima, elle a une piste pour être éducatrice dans un foyer.*

*La voiture est chargée au max. Alex nous a bien aidées, c'est un champion de Tetris. Au retour, j'emménage avec lui. Je l'ai fait ramer avant d'accepter. Je voulais être sûre qu'il n'avait plus de doute après son craquage. Il est vite revenu, il avait eu peur, mais il a pris conscience qu'il ne voulait pas vivre sans moi.*

*— Faites attention sur la route, dit-il en claquant ma portière.*

*— T'inquiète pas pour nous, Frite froide ! réplique Agathe.*

*Dans la voiture, on écoute RTL. Il est très facile de dater précisément l'instant où on entre dans l'âge adulte : c'est quand on passe des radios musicales aux radios généralistes.*

*On arrive à la nuit. Mima nous accueille avec une omelette aux pommes de terre, on la dévore comme si on n'avait pas mangé depuis des mois. On reporte le rangement des cartons d'Agathe à demain, préférant nous lancer dans une partie de dames chinoises que Mima gagne, fidèle à la tradition, puisqu'elle s'arrange avec les règles et qu'on n'ose pas lui dire qu'on l'a remarqué, puis chacune va se coucher dans sa chambre. J'hérite de l'ancienne chambre de mon père, comme toujours, et Agathe s'installe dans celle de tonton Jean-Yves.*

*Je suis dans un demi-sommeil quand la porte s'ouvre et que je sens ma petite sœur se glisser dans mon lit.*

# *Hier*
# *Décembre 2006*
# *Agathe – 21 ans*

*Décembre est mon mois préféré, ici. Les touristes ont déserté, la roche, le ciel et l'océan se confondent, et, surtout : Noël approche. Chaque année, j'attends les décorations comme une gamine, et je me rue dans les boutiques pour chercher les cadeaux parfaits pour ceux que j'aime. J'ai trouvé un foulard magnifique pour Mima. Elle s'est fait enlever la thyroïde le mois dernier, elle ne sort plus sans un accessoire pour cacher son cou.*

*Au chaud dans un café, les yeux rivés sur les illuminations extérieures, je goûte la mousse au chocolat que je partage avec Joachim.*

*— Elle est hyper bonne, je dis.*

*— C'est toi qui es bonne.*

*Faut-il que je l'aime pour accepter cette phrase de beauf.*

*C'était mal barré, entre nous. Il a longtemps été le voisin sympa aux cheveux gras, celui que j'allais chercher quand Lucas n'était pas disponible pour aller surfer, mais que j'oubliais le reste du temps. Avec les années, on est devenus amis, mais jamais l'idée ne me serait venue de tomber amoureuse de lui.*

*Et puis, cet été, bam, coup de foudre. La révélation. Il est revenu vivre chez ses parents après s'être fait larguer, et c'était comme si, tout à coup, je le voyais. Coup de bol, il me voyait aussi, et apparemment ça durait depuis un moment. Quand je l'ai embrassé, il a dit « Ah, quand même ! »*

*On a gardé notre relation secrète pendant un moment. J'en avais juste parlé à Mima, parce que je ne peux rien lui cacher. Madame Garcia, la mère de Joachim, n'est pas exactement folle de moi. Il m'a avoué qu'elle me surnommait « la petite délurée », tout ça parce que je ne porte pas des tenues de vieille comme elle. On la croirait tout droit sortie des pages mémères des 3 Suisses, je comprends qu'elle soit déroutée. Quand Lucas l'a su, il a eu la même réaction que Joachim : « Ah quand même ! » Apparemment, j'étais la dernière au courant que j'étais la première concernée.*

*On quitte le café et on rejoint mon scooter de délurée (il est rose fluo). Au passage, j'achète des marrons chauds et je me brûle la langue parce que je ne peux pas attendre pour les goûter.*

*— Tu veux un bisou magique ? se moque Joachim.*

*Je ne dis pas non, il m'embrasse, je frissonne, on grimpe sur le scooter et je grille les feux pour rentrer au plus vite lui sauter dessus.*

*C'est ma relation la plus longue. Ça fera six mois le mois prochain. Je sais que c'est le bon, et, cette fois, même Emma ne me détrompe pas. Elle a bien vu que c'était différent.*

*Il est le premier dont j'ai trouvé le cadeau. Pour Noël, je lui offre une vie avec moi.*

# Aujourd'hui
# 9 août
# Emma

15 h 45

Georges Rochefort nous attend en bas de l'échelle. Sa requête n'est pas aussi délicate qu'il l'a annoncée : il souhaite récupérer un tableau, peint par un artiste espagnol pour Mima et lui il y a une quinzaine d'années. Rien que de très légitime, en somme.

— C'est étonnant qu'elle ne l'ait pas accroché ! dit Agathe.

— Le tableau est un peu particulier, répond Georges. Il ne s'intègre pas facilement dans la décoration.

Agathe et moi ignorions que la maison possédait un grenier. Georges nous a indiqué la trappe qui permet d'y accéder (dans la buanderie, juste au-dessus du chauffe-eau), ainsi que l'endroit où se trouvait l'échelle (dans le garage). Fidèle à son courage, Agathe me laisse monter en premier.

— J'ai vu un film dans lequel un mec habitait dans un grenier pendant des années sans que la propriétaire s'en rende compte, dit-elle. Si tu vois quelqu'un, crie « Danger ! », je comprendrai.

— Tu es sûre de comprendre ? Ce n'est pas très clair, comme message.

Je pousse la trappe, elle résiste.

— Elle n'a pas dû être ouverte depuis un moment, je dis.

— C'est rassurant, répond Agathe. S'il y a un squatteur, il devrait être mort.

Il me semble entendre Georges glousser. La trappe finit par céder, et je me hisse dans le grenier.

— Tu peux venir, Agathe !

— T'es sûre ? Personne à l'horizon ?

— L'homme qui tient le flingue sur ma tempe m'ordonne de te dire qu'il n'y a personne.

— Ah ah, très drôle… Tu rigoles, pas vrai ?

Elle finit par me rejoindre. Une petite lucarne laisse entrer la lumière. Le grenier couvre toute la surface de la maison, qui n'est pas immense, et, à ma grande surprise, il est aménagé. Le sol est couvert de moquette, les murs tapissés. Des étagères ploient sous les objets divers et variés : assiettes, livres, vêtements pliés, grille-pain, chaussures, batteur électrique, coussins, carafe, sujets en porcelaine, draps, rideaux, boules de Noël, guirlandes, miroir, miniatures de parfum. Je reconnais l'encyclopédie en vingt-deux volumes dans laquelle Papi trouvait la réponse à toutes les questions qu'on lui posait, le rasoir électrique qu'il utilisait chaque matin devant le miroir de la salle de bains, ses charentaises.

— Viens voir, me dit Agathe face à un coffre ouvert.

On comprend sans avoir à fouiller. Les affaires de Papa sont conservées ici. Ses cahiers d'écolier, un train en bois, sa montre, ses chemises à carreaux, son parfum. Scorpio. Je le lui avais offert pour une fête des pères, ma mère m'avait orienté sur celui-là car il n'était pas cher, il était vendu au supermarché. Il l'avait gardé et le portait aux occasions. Agathe attrape le flacon rouge et appuie sur le vaporisateur. L'effluve s'insinue dans mes narines et me ramène mon père. L'espace d'une seconde, il est là, devant moi, ses épaules larges, sa moustache, son sourire, sa voix. La main d'Agathe se glisse dans la mienne.

Plus loin, on tombe sur ma Dictée Magique et la luciole d'Agathe. Notre mange-disque est posé à côté d'un Popples.

Dans son carnet de poèmes, Mima écrivait souvent le temps qui passe. L'un d'entre eux, datant de l'année de ma naissance, s'est imprimé dans ma mémoire.

*C'est là-bas que désormais mon père vit*
*Ici aussi que Maman est allée*
*J'y ai laissé les rires de mes petits*

*Et mes jeunes années y sont restées*
*Notre première danse y a disparu*
*Je me retourne, mais je ne les vois plus*
*Si seulement un instant je pouvais*
*Figer le temps et Hier retrouver*

Ce n'est pas un grenier, c'est un mausolée. Son temps qui passe, Mima le conservait là.

— Vous avez trouvé ? s'enquiert Georges.

— Je l'avais oublié, murmure Agathe.

— Pas encore ! je réponds. Vous vous souvenez où vous l'avez rangé ?

— C'était vers la droite. Près d'un tonneau, il me semble.

Agathe me montre le tonneau fabriqué par Papi, au fond de la pièce. On s'avance en courbant le dos, le plafond est en pente. Le tableau est bien là, appuyé face contre le mur. Je le saisis et le retourne.

— Oh mon dieu ! je m'exclame.

— Pas mieux, dit Agathe en se couvrant les yeux.

Georges n'a pas menti, il s'agit bien d'une peinture particulière. Un portrait de lui et Mima, très exactement. Souriants, bien coiffés, et totalement à poil.

21 h 32

Il décroche à la première sonnerie.

— Salut, mon cœur.

— Salut, ma puce. Comment tu vas ?

— Bien. Tu me manques.

— Je suis content d'entendre ça.

— Je suis contente de le ressentir.

Silence.

— Tu m'en veux ?

— Ce n'est pas facile, je vais pas dire le contraire. J'ai bien senti que tu étais distante ces derniers temps.

— Je suis désolée.

— Ne t'en fais pas, je comprends. Avec tout ce qui s'est passé, t'as le droit d'être chamboulée.

— Sans doute. Mais toi aussi.

Je devine à sa voix que sa gorge se serre.

— On n'a qu'à dire qu'on est à égalité. Souviens-toi, au début de notre histoire, c'est moi qui ai eu besoin d'air.

— C'est pas faux. J'espère qu'à mon retour je vais pas découvrir une inscription sur le mur.

Il rit.

— Promis. Je laisse ce privilège à ta sœur. Comment ça se passe, avec elle ?

— Bien. Très bien, même. C'est bon de la retrouver.

— Je suis heureux pour toi.

— Comment vont les enfants ?

— Ils rentrent du centre aéré crevés, ils s'amusent bien. Ils ont hâte que tu rentres. Alice te fait plein de dessins, on n'aura pas assez de murs pour tous les accrocher.

Je ris :

— N'en jette pas un seul !

— Oh, je risque pas ! Je sais que tu vas les garder, même ceux qui représentent un simple trait.

Je ris. Il me connaît parfaitement.

— Tu sais, l'autre soir j'ai réalisé que ça fera bientôt vingt ans, tu te rends compte ? On a presque passé plus de temps ensemble que séparés.

Il tousse, comme chaque fois qu'il est ému. Je sens la peine m'envahir, une vague immense. La digue va s'écrouler, je dois faire demi-tour.

— Je vais te laisser, mon cœur. Agathe m'attend pour faire une partie de dames chinoises.

— Vas-y mollo sur la verveine.

— Je préfère les shots de tilleul. Je sais, je suis une punk.

— Je t'aime, ma punk.

— Je t'aime aussi.

— Emma ?

— Oui ?

— Tu l'as fait ?

— Pas encore. Bientôt.

## *Hier*
## *Octobre 2007*
## *Agathe – 22 ans*

*Monsieur Patate est mort. Il m'a attendue, j'en suis sûre. Il n'était pas en forme quand je suis partie au boulot. Il traînait pendant la balade, alors que, tous les matins, il trottine d'un arbre à l'autre en reniflant et en remuant la queue comme si c'était un chiot. J'en ai oublié qu'il était vieux. Au retour, il s'est dirigé droit vers le placard pour recevoir sa friandise quotidienne, puis il est allé s'installer dans sa panière, aux pieds de Mima, qui lisait dans son fauteuil.*

*Je revenais tout juste de la pause déjeuner quand elle m'a appelée pour me dire qu'il allait mal. Ma patate ne se levait plus et respirait très vite. Je suis passée en mode pilote automatique, j'ai sauté sur mon scooter et je suis rentrée. Il a poussé son dernier souffle dans mes bras.*

*Je suis dévastée.*

*Dans ma tête, les images des trois dernières années défilent comme un diaporama.*

*On appelle les animaux des compagnons, ce n'est pas pour rien. Monsieur Patate était un prolongement de moi, le bruit de ses pattes sur le sol me suivait partout, il ressentait mes émotions, parfois avant même que je les perçoive. Quand j'étais triste, il posait sa tête sur ma cuisse, et l'amour que je lisais dans ses yeux, cet amour inconditionnel et sans jugement que seuls les animaux peuvent offrir, me consolait un peu. Je ne savais pas qu'on pouvait aimer un animal plus fort qu'on aime les humains. Il est là, dans mes bras, encore chaud, mais déjà parti. Cette fois, il ne me consolera pas. J'ai le vertige.*

*Mima me câline. Elle contient son chagrin, elle laisse toute la place au mien. Pourtant, je sais combien elle aussi aimait la compagnie de Monsieur Patate. Toute la journée, c'est avec elle qu'il restait. Elle lui a tricoté un pull pour les jours froids, et, malgré mon interdiction, elle versait souvent les restes de nos repas dans sa gamelle.*

*Je ne sais pas comment je vais me passer de lui.*

*J'appelle Emma, j'ai besoin de lui parler, comme chaque fois que je vais mal. Je tombe sur le répondeur, elle doit travailler. Je lui laisse un message.*

*On reste là un moment, une heure peut-être, à ne pas trop savoir quoi faire. Un peu sonnées.*

*— Tu veux qu'on aille chez le vétérinaire ? propose Mima. Il me semble que c'est lui qui s'occupe de la suite.*

*Elle ne prononce pas le mot. Incinération. C'est le genre de mot qu'on dit à voix basse ou qu'on glisse dans trois petits points.*

*— On peut l'enterrer dans le jardin ?*

*Un sanglot me coupe le souffle.*

*— Monsieur Patate reposera près des hortensias, répond Mima.*

*Je souris. Elle lui faisait la guerre pour qu'il arrête de lever la patte sur ses hortensias.*

*Mima m'apprend qu'il faut verser de la chaux vive dans le trou avant de le refermer. Je pars en acheter en lui faisant promettre de ne pas commencer à creuser. En regagnant mon scooter sur le trottoir, je remarque la voiture de Joachim stationnée devant chez lui. Je le croyais au boulot, je ne voulais pas le déranger, mais il est là, ses bras sont là, ses lèvres sont là, sa voix est là, il va me serrer fort, et ça va remettre en place tous mes morceaux éparpillés.*

*Je pousse le portail, ses parents travaillent à cette heure, je ne risque pas de me faire mordre par sa mère. Je frappe à la porte, personne ne répond. Je fais le tour de la maison, je regarde par les fenêtres. Mon visage est ravagé de larmes. Je n'ai jamais eu autant besoin de lui. C'est dans sa chambre que je le trouve. Nos regards se croisent à travers la vitre. Je ne sais pas ce qu'il lit dans le mien, mais je déchiffre parfaitement le sien. « Merde, je viens de me faire griller en train de baiser une autre femme que la mienne. »*

## *Hier*
## *Octobre 2007*
## *Emma – 27 ans*

*J'ai deux messages sur mon répondeur en sortant de la piscine.*

*Je ne les écoute pas tout de suite, j'appelle d'abord l'enseignante de la classe dans laquelle j'effectue mon stage, puis Alex.*

*— Je vais rentrer un peu plus tard, mon cœur. Je dois passer faire quelques courses. T'as besoin de quelque chose ?*

*— Ah oui ! répond-il. J'ai plus de yaourts, tu peux en prendre ?*

*— Vanille, c'est ça ?*

*— C'est ça. À tout à l'heure, ma puce. Dis, c'était bon, ce matin…*

*Je n'ai pas séché mes cheveux, ils dégoulinent dans mon dos. Il fait doux, pour une fin octobre, mais je frissonne.*

*J'achète tout ce que j'ai noté sur ma liste. Le sec d'abord, le frais ensuite, les surgelés pour finir. Je suis à la caisse quand je me rends compte que je n'ai pas pris le café. J'envisage un instant de faire comme si je n'y avais pas pensé, si je repars, je vais perdre ma place dans la file d'attente, il y a un monde fou, j'ai envie de rentrer. Mais je sais combien Alex aime son café. Je m'extrais de la file et pousse le charriot jusqu'au rayon petit-déjeuner.*

*J'ai deux paquets dans la main quand mon téléphone sonne. Je ne sais plus lequel il préfère, corsé ou doux. Je repose le doux et réponds.*

*C'est Mima. Je dois lui faire répéter plusieurs fois, je ne comprends pas un mot. On dirait qu'elle pleure. Elle prend une inspiration et parvient à articuler :*

*« Ma chérie, ta sœur est à l'hôpital. Elle a fait une bêtise. »*

*Le café corsé s'écrase à mes pieds.*

# Aujourd'hui
# 11 août
# Emma

7 h 52

Il n'y a pas une vague. L'océan sommeille, lisse comme un lac. Je fends l'eau au ralenti, en essayant de ne pas créer la moindre ondulation. Elle est limpide : immergée jusqu'aux épaules, je peux voir mes pieds. Mes orteils s'enfoncent dans le sable. La plage est déserte, mais, au loin, près du Rocher de la Vierge, j'aperçois un nageur matinal. Je décolle mes pieds du sol et me mets à nager la brasse. L'eau glisse sur mon corps, je plonge la tête, la ressors, j'inspire. J'avance vers le large sans me retourner. Tous les mardis matin, à la piscine municipale, j'enchaîne les longueurs sans faire de pause. Je m'y rends dès l'ouverture, à l'heure où le bassin est peu fréquenté, et, brasse après brasse, je dépose mes douleurs et mes angoisses. Mais j'avais oublié à quel point l'océan, ses remous, son immensité, son mystère, son goût salé, son danger peut-être, me faisaient sentir pleinement vivante.

Je viens de dépasser la roche percée quand une crampe au mollet me cloue sur place. J'étends la jambe, étire le pied, mais la douleur persiste, je suis incapable de nager. La panique me gagne, je m'essouffle, je cherche une solution autour de moi. Sur la plage, l'homme aux goélands vient d'arriver. J'imagine parfois ma mort, mais finir en nourriture pour poissons et oiseaux n'a jamais fait partie des options. Je bascule en arrière, j'allonge mon corps et le laisse flotter. Je ferme les yeux et me concentre sur ma respiration, sur la sensation de l'eau fraîche sur ma peau. Petit à petit, tout mon corps se détend. Je peux le sentir précisément, centimètre par centimètre. Les orteils, d'abord, les jambes qui s'allègent, le doux clapotis sur mes doigts, la caresse du soleil sur mon visage, mon dos qui se dénoue, mon souffle qui ralentit, mes pensées qui se taisent, le silence dans mes oreilles. Plongée dans les éléments, en apesanteur, chaque cellule de mon corps à l'écoute, je me sens vivante. Partie intégrante d'un grand tout, qui était là avant moi et se poursuivra après. Éphémère et éternelle. Une larme se faufile entre mes cils et roule sur ma joue, avant de rejoindre l'océan.

8 h 12

Je regagne la plage en prenant mon temps.

J'ai idéalisé cette semaine. Les jours qui la précédaient, pour contrer mes craintes, je me persuadais qu'elle allait être parfaite. Elle ne l'est pas. Elle est mieux que ça. Elle est bourrée d'imperfections, de silences sans gêne, de rires bruyants. Cette semaine nous ressemble autant qu'elle nous rassemble. Je retrouve Agathe, mais pas tout à fait où je l'avais laissée. Elle est fidèle à elle-même, ardente et excessive, mais je la sens plus assurée, comme sortie d'un épais brouillard. Pendant cinq ans, on a vécu à la première personne. Le temps d'une respiration, on avait quitté notre chemin pour avancer sur des routes parallèles. Cette déviation de cinq ans nous a réunies. On aurait pu changer, ne pas se reconnaître, ou ne pas changer du tout, et ne plus se supporter, mais il a fallu moins d'une minute pour reprendre la marche, côte à côte. Il existe entre nous quelque chose de plus puissant que toutes les disputes, de plus résistant que toutes les différences, je l'éprouve désormais, et je me sens forte de ça.

Un petit vent s'est levé quand je sors de l'eau. Je cours jusqu'à mes affaires pour m'emmitoufler dans ma serviette. L'homme au goéland, les deux pieds plantés dans le sable mouillé, lance de la nourriture dans l'eau. Je le salue d'un mouvement de tête.

— Casse-toi, tête de fion ! répond-il.

Je me sèche en me demandant pourquoi cet homme rejette agressivement les rapports humains. Peut-être est-il à ce point malheureux qu'il entend se protéger. Ou qu'il n'a connu que des déboires avec les personnes rencontrées. J'aimerais lui montrer que tout le monde ne lui veut pas de mal, qu'on peut être poli et amical sans rien attendre en retour, sans chercher à le blesser. J'enfile ma robe et je m'approche de lui, persuadée qu'il suffit d'y aller en douceur, de trouver les bons mots.

— Monsieur, j'admire la manière dont vous venez nourrir les goélands chaque matin.

Il ne décroche pas son regard de l'horizon et continue de jeter des poignées de nourriture aux oiseaux. De près, je constate qu'il s'agit de crevettes et de petits poissons. Aucun indice ne prouve qu'il m'a entendue. J'insiste :

— Il paraît que vous faites ça depuis longtemps ?

Il tourne lentement la tête vers moi et me dévisage. Les goélands tournent autour de nous en criant. Il a les yeux d'un bleu presque transparent et la peau anormalement lisse. Je souris et répète ma question :

— Vous faites ça depuis longtemps ?

Il plonge sa main dans son sac, la ressort pleine de crustacés et me les jette en pleine figure :

— T'es conne naturellement ou tu prends des cours du soir ?

## *Hier*
## *Décembre 2007*
## *Emma – 27 ans*

*Demain, c'est Noël, et j'ai mon cadeau en avance : Agathe sort de la clinique.*

*Les médecins se sont bien occupés d'elle. Ils disent qu'elle souffre de dépression et d'un trouble anxieux. Ils lui ont donné un traitement et elle va suivre une thérapie.*

*Elle m'a promis qu'elle ne voulait plus mourir.*

*Ça a été long. À son réveil, après sa « bêtise », elle regrettait de s'être loupée.*

*Écrire au feutre sur les murs, c'est une bêtise. Casser un verre, c'est une bêtise. Se couper la frange, c'est une bêtise. Mais avaler deux boîtes d'anxiolytiques, ça s'appelle une tentative de suicide.*

*Mima n'a jamais pu prononcer ces mots, elle préfère les maquiller. Elle a trouvé Agathe inerte dans son lit, elle l'a crue morte, elle a dû la laisser seule, marcher jusqu'au téléphone pour prévenir les pompiers, attendre d'interminables minutes, elle a vu le camion arriver, les hommes entrer dans sa maison, tenter de réveiller sa petite-fille, l'emmener, sans savoir si elle la reverrait, elle a dû suivre le camion au volant de sa voiture, s'arrêter aux stops, ne pas griller les feux rouges, elle a dû trouver une place sur le parking bondé, s'asseoir sur le siège en plastique, fixer l'horloge sur le mur blanc, chasser les pensées pessimistes, sursauter chaque fois que la porte s'ouvrait, négocier silencieusement avec Dieu, se rendre compte qu'elle n'avait pas ôté ses pantoufles, elle a dû entendre un médecin lui annoncer qu'ils avaient dû faire un lavage d'estomac, qu'Agathe était tirée d'affaire, qu'elle devrait aller dans une clinique. Elle a dû se demander un millier de fois pourquoi elle avait fait ça. Si elle aurait pu faire quoi que ce soit pour l'en empêcher. Alors, si elle veut appeler ça une bêtise, je ne vais certainement pas la contrarier.*

*Agathe m'attend dans sa chambre. Il fallait que quelqu'un vienne la chercher, ils ne la laissent pas sortir seule. Son sac est prêt, elle a déjà enfilé son manteau. Elle me saute dans les bras. Je ne l'ai pas vue depuis son admission. Elle me téléphonait tous les jours, mais préférait ne pas recevoir de visites. J'enfouis mon visage dans ses boucles, sous l'odeur de la clinique, celle de ma petite sœur. Je me suis promis de ne pas pleurer, pour ne pas gâcher ce moment de joie, mais la digue lâche, j'ai eu tellement peur. Je n'ai jamais été aussi terrifiée de ma vie, en réalité. J'ai effleuré la perspective de la perdre, j'ai aperçu les contours d'un monde sans elle. Au seuil du manque, déjà, c'était irrespirable. Je n'ose imaginer quand on y entre totalement.*

*Je ne lui pose aucune question, pourtant, elles sont des centaines à habiter ma tête depuis son geste. Tout ce qui compte, c'est qu'elle est là. Debout. Vivante.*

*Je crève de connaître ses raisons, de savoir si elle y avait déjà pensé, si c'était une impulsion. Si elle ne supportait plus de vivre ou si elle voulait mourir. Si elle voulait quitter la souffrance ou la vie. La nuance est gigantesque. Je ne cesse de penser au désespoir qu'il faut atteindre pour en arriver à vouloir tout arrêter. La douleur que je ressens en imaginant sa détresse est parfois physique. J'ignore si avoir partagé le même utérus nous confère le pouvoir de ressentir les émotions de l'autre, mais une chose est certaine : il existe un lien aussi inexplicable qu'impalpable entre frères et sœurs, le même qui nous permet de nous comprendre en un regard, de nous pardonner en une seconde, comme un pont sur lequel voyagent les sens, un lien qui nous lacère les entrailles quand l'autre souffre et nous transporte quand il est heureux.*

*Je jette son sac sur mon épaule, Agathe regarde la chambre une dernière fois, je lui prends la main, et je la ramène dans la vie.*

## *Hier*
## *Décembre 2007*
## *Agathe – 22 ans*

*Il fallait bien que je tombe sur lui un jour. Il rentre chez ses parents au moment où je sors acheter des clopes.*

*— Joyeux Noël, Agathe.*

*— Pas joyeux Noël, connard.*

*— J'ai essayé de t'appeler. Pourquoi tu n'as pas répondu ?*

*— J'ai rien à te dire.*

*— Je suis désolé. C'est pas ce que tu crois. Je n'éprouve rien pour elle. C'était un accident.*

*— Ah. Tu as écrit quoi sur le constat ? Qu'elle a malencontreusement glissé et qu'elle s'est empalée sur ta bite ?*

*— Arrête ton cynisme, ça voulait rien dire ! C'est toi que j'aime. Elle m'a chauffé pendant des semaines, n'importe quel homme aurait craqué. Elle savait que j'étais en couple, ça devait l'exciter.*

*— Oh, mon amour ! Quelle horrible sorcière ! Elle t'a forcé... Cela dit, elle a dû être surprise. T'as tendance à y aller comme un marteau-piqueur, elle a dû croire que tu cherchais du pétrole.*

*Il lève les yeux au ciel :*

*— C'est petit.*

*— Tu t'y connais en la matière.*

*— Ose me dire que tu ne m'aimes plus.*

*— J'aime celui que je croyais connaître. Pas le lâche qui est devant moi.*

*— Laisse-nous une chance. Ne sois pas si catégorique. Il y a plein de couples qui survivent à un petit coup de canif dans le contrat.*

*Il pose un genou à terre.*

*— Agathe, veux-tu être ma femme ?*

*— Relève-toi, Joachim. Ta dignité traîne par terre.*

*Il se relève.*

*— Je pensais que tu serais assez mûre pour qu'on surmonte ça ensemble...*

*— TU as choisi de t'envoyer en l'air, je ne faisais pas partie du projet, donc on ne va rien surmonter ensemble.*

*— Voilà pourquoi je suis allé voir ailleurs. T'es dure, Agathe, y a un mur entre toi et le reste du monde. J'ai tout fait pour le casser, mais tu laisses personne entrer.*

*— Allez, Joachim, faut que j'y aille.*

*— Tu vois, tu fuis. Comme d'hab.*

*Je m'éloigne vers mon scooter. Il me rattrape :*

*— Et me fais pas croire que t'as fait ça à cause de moi. Je vais pas me laisser culpabiliser pour ton hospitalisation. C'est un truc que t'aurais fini par faire de toute manière. On sait toi et moi que c'est plus profond que ça.*

*— OK, mec. Bonne continuation.*

*— Dernière chose : je déménage la semaine prochaine, j'ai trouvé un appart. Tu devrais être contente, on se verra plus. D'ici là, tu peux dire à ta sœur d'arrêter de rayer ma voiture ? Je l'ai vue, elle n'est pas discrète.*

*Je fais demi-tour, je traverse le jardin, j'ouvre la porte, je rejoins Emma dans le salon, et je la serre dans mes bras.*

# Aujourd'hui
# 11 août
# Agathe

9 h 03

Je me lève dès la première sonnerie du réveil. Je veux dévorer nos deux derniers jours. J'ouvre les volets, le soleil en profite pour me brûler tranquillou les yeux. J'aime pas la chaleur. J'aime pas le froid non plus, cela dit, mais il a un avantage non négligeable : on peut se couvrir, superposer les pulls, les vestes, les écharpes pour l'oublier. Quand il fait trop chaud, on ne peut pas faire mieux que nu, et encore, ça ne passe pas partout. Résultat : je me traîne et je transpire. À mon grand désespoir, ma sueur ne ressemble pas à celle des publicités, une légère moiteur que l'on peut masquer avec un déodorant à la vanille. Non, ma sueur peut décoller de la tapisserie. Je voudrais vivre sempiternellement en automne ou au printemps (ou être équipée d'un thermostat intérieur).

Je descends l'escalier, la maison est silencieuse. Emma est sûrement allée se baigner. Je fais couler le café et griller deux tranches de pain de mie, je sors le beurre (avec de vrais cristaux de sel) et la confiture de fraises. Quand j'étais petite, Mima me préparait pour le petit-déjeuner une recette que j'étais la seule à aimer. Elle battait des jaunes d'œuf et du sucre en poudre au bain-marie jusqu'à ce que le mélange devienne légèrement mousseux. Elle m'avait expliqué qu'il s'agissait d'une variante sans alcool d'une recette italienne, le zabaione, qui accompagnait normalement gâteaux ou fruits. Pour ma part, je le dévorais à la petite cuillère, puis je léchais le bol.

Je suis en train de tout installer sur un plateau quand j'entends un bruit dans le jardin. Je regarde par la fenêtre : un homme est posté près de la balancelle. Il regarde vers la maison. N'écoutant que ma bravoure, je plonge au sol et me retrouve à plat ventre. C'est toujours pareil, la peur envoie des ordres à mon corps sans passer par la case cerveau. J'entends mon cœur battre dans mes oreilles et je tremble à 7 sur l'échelle de Richter. L'alarme est désactivée et mon téléphone est resté dans la chambre. Il faut que je parvienne à monter, mais, auparavant, je dois trouver une arme. Il ne sera pas dit qu'Agathe Delorme a capitulé sans lutter. Je saisis la première chose qui me tombe sous la main. Il se trouve que c'est un couteau à beurre, ma chance est manifestement restée à l'étage avec mon téléphone, mais je n'ai pas le temps de chercher mieux. J'entends l'homme qui approche. Je rampe jusqu'à l'escalier. Dans ma tête, je suis John Rambo ; dans la réalité, je suis un éléphant de mer. Arrivée en bas des marches, je perçois des voix. Une femme parle avec lui. Je n'ai aucune chance face à deux agresseurs. Je m'accroupis et je m'apprête à monter quand une tête apparaît contre la vitre fumée de la porte d'entrée.

— HAAAAAAAAAAAAAAA !

— Y a quelqu'un ? demande la voix.

— NON ! je hurle.

— Vous pouvez ouvrir s'il vous plaît ? On est les nouveaux propriétaires.

— Prouvez-le !

J'entends la femme s'esclaffer. L'homme tente de me convaincre :

— On a trouvé l'annonce via l'agence immobilière des 5 Cantons, le vendeur s'appelle Jean-Yves Delorme, on a signé le compromis chez maître Etcheverry.

J'ouvre la porte, le couteau à beurre serré dans ma main. Ils sont jeunes, une petite trentaine d'années. La femme me tend la main :

— Marie Louillet, enchantée.

— Michaël Louillet, dit son mari en serrant ma main à son tour. On est désolés, on pensait qu'il n'y aurait personne. On a juste besoin de prendre quelques mesures dans le jardin pour la piscine. On ne doit pas se tromper, il y a des limites à respecter selon le PLU, sinon l'urbanisme pourra nous la faire détruire. Vous avez loué pour les vacances ?

— Je suis la petite-fille de la propriétaire. Enfin, de l'ancienne propriétaire. Agathe Delorme.

— Oh, désolée, fait la femme. J'ai perdu ma grand-mère récemment, je sais combien c'est dur. Dites, on ne veut pas vous embêter, mais puisque vous êtes là, ce serait possible qu'on prenne quelques mesures à l'intérieur ? On n'aura les clés qu'à la fin du mois, et j'aimerais commencer à acheter des meubles.

J'ouvre la porte en grand pour les laisser entrer. Aucun mot ne peut sortir de ma bouche. Je suis comme sonnée, ramenée brutalement dans une réalité que je m'emploie à snober.

La femme pose sa main sur mon épaule au passage. Le geste convoque les larmes dans mes yeux. Les gestes de réconfort me font toujours pleurer plus sûrement que les chagrins eux-mêmes.

Je les observe de loin. Mètre en main, ils vérifient la longueur du mur du salon, la hauteur au-dessus de l'évier. Des bribes de phrases me parviennent : « ce n'est pas un mur porteur, on pourrait le casser », « ce sera beaucoup plus spacieux sans le buffet », « je verrais bien le meuble télé ici ». Je me réfugie dans la cuisine et regarde mes tartines grillées qui ne me font plus envie.

— Agathe ?

Emma vient d'entrer. Je lui explique la situation en quelques mots.

— Ils sont en haut, si tu veux aller les voir.

— Tu viens avec moi ? elle demande.

— J'ai pas trop envie.

— Tu devrais. Tu pourras en profiter pour enfiler quelque chose.

Je baisse les yeux et réalise avec effroi que je suis en culotte. Elle rit tellement qu'elle me contamine. Je la suis à l'étage et, pendant qu'elle se présente, je passe une robe.

Quand je les rejoins, ils mesurent le placard dans la chambre de Papi et Mima. Sur la table de chevet, une photo de mes grands-parents nous surveille.

— C'est ma pièce préférée, nous dit Marie Louillet. Elle est très lumineuse, et on aperçoit les Pyrénées au loin. Ce sera la chambre de notre enfant.

Elle se caresse le ventre :

— Vous êtes les premières au courant, on ne l'a encore dit à personne.

— On va être heureux ici, ajoute son mari en l'enlaçant.

Ils sont mignons, mais ils vont finir par me filer du diabète.

— J'imagine que vous êtes attachées à cette maison, dit-elle. Quand je suis allée dans la maison de ma grand-mère pour la dernière fois, j'ai remercié chaque pièce pour les bons moments que j'y avais passés. Sincèrement, je crois que ça m'a aidée à lui dire au revoir. Si ça peut vous aider aussi…

— On verra ça, je réponds. On n'y est pas encore, il nous reste deux jours.

Elle hoche la tête, et ils retournent à leurs mesures.

10 h 14

Emma referme la porte. Ils viennent de partir.

— Une nouvelle famille va grandir ici, fait-elle. Ils me plaisent bien. Je suis sûre qu'ils seront heureux dans cette maison.

Je hoche la tête pour ne pas la laisser sans réponse, mais la vie m'a plusieurs fois prouvé qu'elle était imprévisible. J'imagine Mima et Papi, soixante ans en arrière, prenant les mesures des pièces pour y installer leurs meubles. Ils avaient la vingtaine et la certitude d'être heureux. Ils l'ont été, la plupart du temps, même s'ils ont dû affronter le plus profond des chagrins.

Mon café est froid, j'en fais couler un nouveau.

— Tu sais ce qu'on devrait faire ? demande Emma.

— Pas encore.

— Emballer des affaires de Mima et les donner à une association.

— Tu as oublié que notre cher oncle faisait vider la maison par une entreprise.

— Je n'ai absolument pas oublié. Mon projet a trois objectifs : faire une bonne action, offrir une belle seconde vie aux affaires de Mima, et emmerder tonton Gencive.

— Tu deviens pire que moi. Je t'adore.

11 h 30

On a rempli trois grands sacs. Chaque vêtement attirait un souvenir. La robe bleu ciel que Mima avait au mariage d'Emma. Le gilet écru de mon retour de la clinique. Le jean que je lui avais fait acheter. Le chemisier bleu roi qu'elle portait tout le temps. Les imaginer sur des personnes qui en ont besoin me réconforte un peu. Depuis toujours, j'ai un attachement démesuré aux objets. Comme s'ils étaient dotés de sentiments, je souffre pour eux quand ils sont abandonnés. À six ans, j'ai fait tomber par la vitre de la voiture une petite figurine que j'avais eue dans un paquet de lessive. Elle n'avait aucune valeur, et je n'y étais pas plus attachée que ça, pourtant, l'imaginer seule sur la route, au milieu des voitures qui roulaient, risquant à tout moment de se faire écraser, m'a empêchée de dormir pendant une nuit. À quinze ans, le chouchou qui tenait mes cheveux pendant un cours de surf a glissé et disparu dans l'océan. J'en ai pleuré pendant des heures. À vingt ans, j'ai eu de la peine pour un petit pois resté seul au fond de sa boîte, et je l'ai fait glisser dans la casserole où l'attendait sa famille. À trente ans, il restait deux brosses à dents à la pharmacie. J'ai d'abord choisi la rose, puis je l'ai reposée pour prendre la verte, avant de prendre conscience qu'il était inhumain d'abandonner la première après lui avoir fait une fausse joie. Les deux se sont évidemment retrouvées dans ma salle de bains. Mon cas est déjà intéressant quand il s'agit d'objets lambda, il devient fascinant quand on passe aux objets qui ont une valeur sentimentale. Ceux qui me sont offerts par des gens que j'aime, ceux qui ont appartenu à mes proches, ceux qui me rappellent un bon moment. Si je le pouvais, je conserverais toutes les affaires de Mima. Je garderais la maison, et je la mettrais sous cloche, pour qu'elle garde son odeur, sa voix et nos souvenirs. Mais c'est impossible.

Plus jamais je n'emprunterai cette rue ni ne passerai devant ce portail.

— On devrait choisir ce qu'on veut emporter.

— C'est-à-dire ? demande ma sœur, visiblement aussi remuée que moi par cette immersion dans le passé.

— Vu que la boîte à bijoux est vide, j'imagine que Jean-Yves et sa famille ont déjà pris ce qu'ils voulaient. Le reste va disparaître. Nous aussi on a le droit à nos souvenirs.

Elle réfléchit quelques secondes, je suis persuadée qu'elle se demande si c'est légal, si on peut nous le reprocher.

— T'as raison, finit-elle par dire.

12 h 54
On n'a pas pris grand-chose.
Le cahier de recettes.
Le carnet de poèmes.
Le parfum de Papa.
Le magnétophone de Papi.
Des albums photos.
La luciole.
Le Popples.
La montre de Papa.
Le mange-disque.
Le chemisier bleu roi.

Le dérouleur de papier-toilette. C'est Papi qui l'avait fabriqué dans du bois. Quand on déroulait le rouleau, il faisait un bruit sourd. On en prenait toujours trop quand on était petites, alors, systématiquement, Mima nous disait à travers la porte : « Doucement, le papier ! » C'était devenu un jeu. Il prendra place dans mes toilettes, et, chaque fois que je l'utiliserai, j'entendrai la voix de Mima.

# *Hier*
# *Avril 2008*
# *Agathe – 23 ans*

*L'autre soir, avec Mima, on est tombées sur une émission qui suivait plusieurs personnes passionnées de pâtisserie. C'est notre petit rituel : après le repas, on s'installe devant la télé. Notre préférence va aux programmes qui nous permettent de faire des commentaires acerbes, ça nous fait bien marrer. Ces soirées vont me manquer, quand j'aurai mon chez-moi. Mima dit que je peux rester autant que je veux, mais il va falloir que je prenne mon envol un jour ou l'autre. Je ne le lui ai pas dit, mais j'ai déjà visité un appartement à Bayonne. Il était petit et la seule fenêtre donnait sur l'escalier commun, j'ai préféré passer mon tour.*

*Je fixais l'écran, subjuguée par les desserts incroyables que ces gens réalisaient. La seule fois où j'ai pâtissé, ça ressemblait plus à une gastro qu'à un gâteau.*

*— Ça a l'air facile, comme ça, a dit Mima.*

*— Ça me donne envie, j'ai répondu.*

*Le lendemain, j'ai acheté une dizaine de livres pour apprendre les bases de la pâtisserie. Je m'imaginais en cuisine, tablier noué autour de la taille, à plonger les mains dans la pâte, faire fondre du chocolat, réaliser des glaçages, des décors en pâte à sucre. J'ai listé tout le matériel qu'il fallait acquérir. Il y en avait pour une petite fortune, notamment parce que le four de Mima n'était pas optimal et que j'avais repéré le four parfait, avec chaleur tournante et un système de nettoyage à pyrolyse. J'ai consulté mon compte en banque, il m'a dit « pas question », j'ai appelé un organisme qui avait une pleine page de pub sur le journal télé et j'ai fait un crédit.*

*Le four vient d'être livré. J'ai trouvé tous les moules que je cherchais, certains en silicone. J'ai assez de farine, de sucre, de beurre pour tenir un siège. J'ai remplacé toutes les casseroles de Mima (elle disait que c'était inutile, comme pour le four, mais, quand elle verra le résultat, elle me dira que j'avais raison) et investi dans un bon batteur électrique et un robot pétrisseur. La totalité de l'emprunt y est passée, et j'ai dû faire une petite rallonge, mais je suis surexcitée ! Tous les week-ends et certains soirs après le boulot, je passerai en cuisine et je nous préparerai de bons gâteaux. Peut-être même qu'un jour, ma passion deviendra plus que ça, l'un des pâtissiers amateurs de l'émission reçoit des commandes pour des événements.*

*J'aime trop mon métier pour l'abandonner, mais je pourrais peut-être cumuler les deux !*

*Je teste les différents modes du four quand Emma arrive. Elle profite des vacances pour venir passer quelques jours ici.*

*— Oh ! T'as un nouveau four, Mima ?*

*Je lui explique mon projet, je lui montre mes ustensiles, mes livres, je lui parle de l'émission.*

*— Agathe, je peux dire bonjour à Mima ?*

*Mon enthousiasme se fracasse au sol.*

*— Ça va, j'étais juste heureuse de partager ma passion avec toi. Après si ça t'intéresse pas…*

*— J'ai pas dit ça, Agathe. Après laisse-moi poser mes affaires et dire bonjour !*

*Je retourne dans la cuisine pendant qu'elle discute avec Mima. Je suis vexée. Vexée et blessée. Je suis certaine qu'elles parlent de moi. Emma me rejoint quelques minutes plus tard.*

*— Allez, Gagathe, explique-moi tout.*

*— Non, c'est bon.*

*— Arrête de bouder ! Ça m'intéresse vraiment.*

*— C'est ça.*

*— Agathe, ça devient chiant. Si tu veux pas m'en parler, je retourne dans le salon, je vais pas te supplier.*

*— Oh non, tu ne te rabaisseras jamais à ça avec moi.*

*— Ça veut dire quoi ?*

*— Les torchons, les serviettes, tout ça.*

*— Mais putain, de quoi tu parles ?*

*— Tu sais bien, t'as toujours été la meilleure de nous deux. Celle qui réussit tout, que tout le monde aime, qui ne fait pas de vagues. Tu ne vas quand même pas t'abaisser à chercher à me comprendre !*

*Emma encaisse le coup :*

*— Tu es injuste, Agathe.*

*— Tu vois, même là, tu vas me laisser me disputer toute seule ! Mon ressenti n'est pas moins important que le tien ! Je me suis toujours sentie comme une merde à côté de toi, c'est pas facile d'être dans les traces de la sœur parfaite.*

*— Et c'est ma faute si tu ressens ça ?*

*Je hausse les épaules.*

*Ce n'est pas sa faute, ce n'est sans doute celle de personne. Peut-être est-ce inhérent au statut de cadette, de prendre l'aînée pour modèle et de ne jamais se sentir à la hauteur. Peut-être est-ce dû à nos différences, à son côté plus lisse, qui, par contraste, fait ressortir mes aspérités. Toujours est-il que j'ai souvent l'impression de devoir gesticuler et parler plus fort pour exister.*

*Emma quitte la cuisine, puis y revient brusquement :*

*— Tu vois, j'allais t'encourager, te dire que ça allait te faire du bien de te mettre à la pâtisserie, mais je vais te dire ce que je pense vraiment. Tu t'es ruinée pour rien, t'as foutu le bordel dans la cuisine de*

*Mima pour rien, parce que dans trois jours tu seras encore une fois passée à autre chose.*

*Je n'ai pas le temps de répondre, Mima débarque.*

*— Les filles, vous n'allez pas commencer ! Arrêtez un peu de vous chamailler, vous venez juste de vous retrouver. Allez, faites-vous un bisou.*

*Elle faisait toujours ça, quand on se disputait petites. Elle nous forçait à nous réconcilier et à nous faire une bise. On sait qu'il est inutile de lutter, elle finira par obtenir gain de cause. Alors, on fait un pas chacune, et, à tour de rôle, on se fait une bise en se chuchotant une insulte.*

## *Hier*
## *Mai 2008*
## *Emma – 28 ans*

*Quand la cloche sonne la récré, Chloé demande à me parler. J'attends que tous les élèves soient sortis, Matteo prend son temps, je le soupçonne de vouloir écouter. J'arrive à la porte, il se tient à quelques centimètres, la tête tournée vers la salle.*

*— Tu veux qu'on parle fort, Matteo ? Pour que tu puisses entendre.*

*— Ah non, madame ! Je m'en fiche de vos histoires, j'attends Dario.*

*Je ferme la porte, Chloé semble embarrassée. Je connais sa situation familiale. Parents divorcés, vit chez le père avec son petit frère de huit ans.*

*— J'ai pas pu faire l'exposé, me dit-elle.*

*— Ah ? Tu as eu un problème ?*

*Elle se tortille :*

*— Pas vraiment, enfin, mon père a beaucoup de travail cette semaine…*

*— Et ça t'empêche de faire tes devoirs ?*

*Elle baisse la tête et se plonge dans la contemplation de ses chaussures.*

*— Chloé, tu peux tout me dire, tu sais.*

*— Je dois m'occuper de mon frère.*

*Elle a chuchoté, c'était presque inaudible. Elle n'ose plus me regarder.*

*— Je surveille la douche, ses devoirs, je prépare à manger et je le couche. Léo n'écoute pas grand-chose, c'est pas facile.*

*— Pardon ? Mais tu as dix ans ! À quelle heure rentre ton père ?*

*Ma réaction l'a surprise, il faut que je sois moins expressive.*

*— Je sais pas, je dors quand il rentre. Mais c'est bientôt fini, plus que trois jours !*

*— Chloé, je peux te poser une question ?*

*Elle hoche la tête.*

*— Pourquoi vous n'allez pas vivre chez votre mère ?*

*— Alors là, j'aimerais ! Mais Léo veut pas en entendre parler. Il veut plus y aller depuis qu'elle est sortie de prison.*

*— Je ne savais pas. Je suis désolée… Et tu ne veux pas y aller seule ?*

*— Hors de question que j'abandonne mon petit frère !*

*— Je comprends, Chloé, mais tu ne peux pas te sacrifier pour les autres.*

*— Madame, vous pouvez pas comprendre. C'est mon frère, c'est comme ça.*

*Elle se lève et ramasse son sac. Je pose ma main sur son avant-bras :*

*— Je te comprends plus que tu ne le crois.*

# Aujourd'hui
# 11 août
# Emma

16 h 25

J'avais envie d'en savoir plus sur le travail d'Agathe, alors elle m'a proposé d'aller voir sur place. À cheval sur son scooter, on remonte une allée qui débouche sur un grand bâtiment en pierres. À l'arrière, à travers les arbres, j'aperçois l'océan.

— C'est magnifique !

— Viens, je vais te montrer la vue, dit Agathe.

Je la suis jusqu'au bout d'un petit parc boisé, et je découvre qu'on se trouve au sommet d'une falaise surplombant l'océan et le sud de la côte basque jusqu'à l'Espagne.

— Je bosse ici depuis trois ans, pourtant je m'en lasse pas, murmure-t-elle.

— Tu n'avais plus envie de travailler avec les ados ?

— Ça devenait trop dur. On manque de moyens, on se sent inutiles. On a beau les accompagner, beaucoup tournent mal. C'est déprimant, j'avais besoin de changer.

— Alors, tu t'es dit : « Tiens, si j'allais bosser avec des gens qui ont déjà un pied dans la tombe ! »

Elle éclate de rire :

— Je t'avoue que j'appréhendais un peu, mais ça me plaît vraiment. Je me suis attachée à eux.

On se dirige vers l'entrée. Au-dessus de la porte, des lettres en métal indiquent :

**Les Tamaris**
**Ehpad**

Une dame est assise sur un banc, à l'ombre d'un chêne.

— Louise, il fait chaud, vous ne voulez pas rentrer au frais ?

— Oh ! Agathe ! Je ne vous avais pas vue. Vous n'êtes pas censée être en vacances ?

— Je ne fais que passer, je suis venue faire visiter mon quotidien à ma sœur.

— Enchantée, madame, je fais en inclinant la tête.

— Bonjour, mademoiselle. Sachez que votre sœur est un trésor ! Elle me fait beaucoup rire, et c'est tout ce dont on a besoin, à nos âges.

Agathe passe son bras sous celui de Louise, et l'escorte jusqu'au bâtiment. Naturellement, son pas se cale sur le sien, son énergie naturelle s'évanouit au profit de sa protégée. Je la découvre attentive et délicate.

Elle me fait visiter son bureau, puis une grande salle pleine de bazar : instruments de musique, ustensiles de pâtisserie (je reconnais les moules en silicone qu'elle avait achetés plus jeune), tissus, livres, jeux de société.

— C'est le PASA, m'apprend-elle. Ici, tous les matins, on organise des ateliers pour les résidents qui souffrent de troubles cognitifs ou de troubles du comportement. C'est important pour les stimuler et maintenir le lien social. C'est incroyable, il y a des choses qui ne disparaissent jamais, c'est ça qu'on essaie de trouver. Par exemple, il y a Jean. Il est jeune, il a à peine soixante-neuf ans, mais Alzheimer lui a déjà volé pas mal de souvenirs et d'acquisitions. Il ne parle presque plus, ne sait plus comment fonctionne une télé, faut l'aider à manger, mais, quand je sors des mots fléchés et que je lui donne des définitions, immédiatement il me trouve la réponse. Ses filles m'ont expliqué qu'il adorait ça, il a rempli des grilles toute sa vie. Eh bien, tu vois, ça, c'est resté. Dingue, hein ?

Je l'écoute, fascinée et émue. Elle est habitée.

— Allez, viens, c'est l'heure du goûter, ils doivent tous être dans la salle commune.

On longe plusieurs couloirs, on croise plusieurs résidents. Elle s'arrête chaque fois pour échanger quelques mots. Elle pousse deux portes battantes, et on se retrouve dans une grande pièce où sont attablées une cinquantaine de personnes. Louise, la dame que nous avons croisée dehors, nous fait un petit signe de la main. Nous la rejoignons. À ses côtés, un homme nous regarde, l'œil brillant.

— Emma, je vous présente Gustave, roucoule-t-elle. C'est mon mari.

— Bonjour, monsieur. Enchantée, je m'appelle Emma, je suis la sœur d'Agathe.

— Bonjour, ça va, Lise ? me répond-il.

— Je m'appelle Em-ma, je répète en articulant mieux.

— Laisse tomber, c'est sa blague préférée, s'esclaffe Agathe.

Des collègues viennent la saluer, un homme prénommé Greg, une certaine Marine. Des résidents aussi, plusieurs lui font des signes de loin ou se lèvent pour venir la voir.

Tout au fond de la salle, seul à une table, je remarque un homme de dos. Ses cheveux blancs tombant sur les épaules me rappellent quelqu'un. Quand il tourne la tête, je n'ai plus de doute : c'est le vieil homme aux goélands.

Quand on repart, j'interroge Agathe à son sujet.

— Oh lui ? C'est Léon, une terreur. Il passe la moitié de son temps à chercher comment emmerder les gens, et l'autre moitié à appliquer ses idées. Au départ, je croyais qu'il avait un trouble, mais les médecins sont formels, sa tête va plutôt bien. C'est sa nature, il est juste méchant.

— Tu sais que je le croise tous les matins ?

— Ah bon ? Où ça ?

— Tu verras. Demain, je t'embarque avec moi.

On grimpe sur le scooter, elle démarre, et on quitte les Tamaris. Si on me demande, j'affirmerai que c'est le vent qui fait pleurer mes yeux, mais, en réalité, c'est le spectacle de ma sœur qui a enfin trouvé sa place.

*Hier*
*Septembre 2009*
*Agathe – 24 ans*

*C'est la première fois que je porte des chaussures à talons, et je le regrette dès les premiers pas. J'ignore qui a inventé ces engins de torture, mais ce qui m'étonne le plus, c'est que tout le monde l'ait laissé faire. Je me suis motivée en me répétant que c'était joli, que ça faisait une jambe galbée et une démarche élégante. Il faudra que je vérifie, mais je ne suis pas sûre qu'« élégant » signifie « comme un canard qui vient de croiser un chasseur ». Ma mère marche à mes côtés, le visage fermé.*

*Alex est déjà sur le parvis de la mairie, entouré de ses parents et de ses amis. Jean-Yves et Geneviève sont là aussi, Jérôme et Laurent ne devraient plus tarder. En tout, une cinquantaine de personnes sont réunies pour célébrer le mariage d'Emma et Alex.*

*Mon futur beau-frère vient nous accueillir.*

*— Salut, Frite froide.*

*— Salut, belle-sœur. Belle-maman.*

*Il nous embrasse, je remarque que ses lèvres tremblent.*

*— Tu es stressé ?*

*— Un peu. C'est la première fois que je fais ça.*

*— La dernière, aussi. Sinon, je me verrai dans l'obligation de venir te taguer la tronche.*

*— Rien que pour ça, je resterai avec elle jusqu'à la fin de mes jours.*

*Il me regarde sérieusement :*

*— Et toi, tu es stressée ?*

*— Un peu. C'est la première fois que je fais ça aussi.*

*— Tu vas la rendre heureuse, pas vrai ? intervient ma mère sur un ton que je redoute.*

*— Je promets que je ferai tout mon possible.*

*— Très bien. La vie n'a pas toujours été douce avec elle, tu sais. Avec moi non plus, d'ailleurs. J'ai pas eu beaucoup de chance, faut dire que je partais pas avec les bonnes cartes.*

*Elle extirpe un mouchoir de son sac et se tapote les yeux. Même si elle m'agace, je pose ma main sur son épaule :*

*— C'est bon, Maman. C'est un jour heureux.*

*— Oh, je sais bien ! Même si ce n'est pas moi qu'elle a choisie pour la mener à son fiancé.*

*Le maire nous sauve d'un monologue victimaire en nous invitant à entrer. Je me place près du marié, aux côtés de l'autre témoin de ma sœur : sa meilleure amie Margaux. Les chaises sont disposées de part et d'autre de l'allée centrale, et sur toutes, une gerbe de fleurs blanches est attachée.*

*Emma rentre au son de « I'm Kissing You » de Des'ree, la chanson du film* Romeo + Juliette. *Je ne compte plus le nombre de fois où on a regardé ce film en se pâmant devant la beauté de Leonardo Di Caprio, et en pleurant toutes les larmes de notre corps à la fin. Heureusement que j'avais lu la pièce au collège, sinon, là aussi, elle m'aurait spoilé la fin.*

*Je découvre sa robe. Malgré mes tentatives, elle n'a pas voulu déflorer la surprise. Elle espérait sans doute ainsi porter l'émotion à son comble lors de son entrée. C'est réussi. Mon visage est un dégât des eaux.*

*Au bras d'Emma, Mima est magnifique dans sa robe bleu ciel. Ses yeux brillent, ses mains tremblent. Margaux me prend la main.*

*La cérémonie est rapide mais émouvante. Ils se bouffent du regard, leurs « oui » sont chargés d'amour. Ils se sont trouvés, parmi toute cette foule.*

*À la sortie de la mairie, après les pétales de rose et les bulles de savon, après les embrassades et les félicitations, je me jette dans les bras de ma grande sœur, qui n'est officiellement plus une Delorme.*

*Hier*
*Décembre 2009*
*Emma – 29 ans*

*J'urine dans le verre et je trempe le bâtonnet dedans.*

*Je pose le test sur le rouleau de papier toilette.*

*Je m'empêche de le regarder pendant cinq minutes.*

*On essaie depuis six mois, je suis sûre que c'est la bonne.*

*J'ai bien levé les jambes après chaque rapport.*

*Il paraît que le missionnaire est la position idéale.*

*Margaux est tombée enceinte dès le premier mois.*

*Faut qu'on établisse une liste de prénoms.*

*J'ai vu que des parents avaient appelé leur bébé Boghosse.*

*Et Clitorine, aussi. J'espère que son père la trouvera.*

UNE MINUTE

*Je le sens vraiment bien.*

*J'ai lu qu'il fallait consulter au bout d'un an.*

*J'espère qu'on n'en arrivera pas là.*

*Et si je regardais vite fait ?*

*Non, je vais être déçue.*

*Si c'est une fille, on choisira Agathe en deuxième prénom.*

DEUX MINUTES

*Je n'ai jamais eu aussi mal aux seins.*

*C'est forcément bon signe.*

*C'est tellement long d'attendre un mois à chaque fois.*

*Le mois dernier, j'y ai vraiment cru.*

*Je me demande qui je préviendrai en premier.*

*Peut-être Agathe.*

*Peut-être Mima.*

*Je le dirai à Alex quand il rentrera ce soir.*

TROIS MINUTES

*J'ai prévu des chaussons de bébé pour le lui annoncer.*

*Il va être tellement heureux.*

*Il va falloir qu'on déménage, l'appart va devenir trop petit.*

*J'espère que je ne vais pas être malade.*

*Margaux a vomi jusqu'à l'accouchement.*

*Ce serait bien que nos enfants n'aient pas trop d'écart d'âge.*

QUATRE MINUTES

*On y est presque.*

*Il faut que je change de montre, elle est trop lente.*

*Sacha.*

*C'est joli, Sacha.*
*Ça va aussi bien à une fille qu'à un garçon.*
*J'ai tellement hâte de devenir mère.*
*J'espère que je ferai mieux que la mienne.*
*J'ai vraiment très mal aux seins.*
*Je crois que je sens une nausée.*
Trois.
Deux.
Un.
CINQ MINUTES

*J'inspire longuement, je saisis le bâtonnet et j'observe la case. Un trait. Je vérifie sur la notice, je l'ai déjà lue, pourtant j'espère que, cette fois, elle me dira l'inverse.*

*La sentence s'affiche en lettres capitales, sans appel.*

*Je jette le test et ma déception dans la poubelle, me lave les mains, j'appuie sur la pédale de la poubelle, elle s'ouvre, je vérifie une dernière fois et je range les chaussons de bébé.*

# Aujourd'hui
# 11 août
# Emma

20 h 00

En passant devant le cinéma, on a vu qu'ils diffusaient *Titanic* en 3D. Pour le vingt-cinquième anniversaire du film, il ressort en salle. On ne pouvait évidemment pas laisser passer cette occasion.

La salle est presque vide. Des gens sont donc capables de savoir que Jack et Rose sont près d'eux et de leur résister. Ça me fascine. Pour ma part, si je tombe dessus par hasard à la télé, quelle que soit l'heure, quel que soit mon planning, je suis obligée de regarder jusqu'à la fin.

— Au moins, cette fois, tu peux pas me spoiler, dit Agathe en enfilant ses lunettes 3D.

— Je vais en entendre parler jusqu'à la fin de mes jours.

— Bien sûr. Comment veux-tu que j'oublie ce traumatisme ?

Le film commence. Dès les premières secondes, la musique me submerge. Du coin de l'œil, je vois Agathe qui m'observe.

— J'ai parié avec moi-même que tu chialerais avant dix minutes, chuchote-t-elle. Mais t'as explosé le record !

Je ne sais pas pourquoi ce film me fait cet effet. La première fois que je l'ai vu, j'avais dix-sept ans, et jamais aucune œuvre ne m'avait bouleversée à ce point. Je sortais avec Loïc, et je me souviens avoir envisagé de le quitter, parce que, tout à coup, mon histoire d'amour me semblait bien terne à côté de celle de Rose et Jack. Et puis, toutes ces vies fauchées, cette tragédie comme si on y était. Bizarrement, alors que j'avais perdu mon père, c'est ce film qui m'apprenait que tout pouvait basculer brutalement. Pour la femme en construction que j'étais alors, *Titanic* n'était pas seulement un film, mais une injonction à savourer les petits bonheurs, à écrire ma vie, à profiter. À force de les entendre, ces idées sont galvaudées et deviennent des banalités, sinon mièvres, au moins naïves. Pourtant, en y réfléchissant, je ne vois pas ce qui a plus d'importance que ça. Passer un bon voyage. Arriver à destination sans regret. Se rendre compte que c'est là, maintenant, reconnaître les petites joies, ne pas s'encombrer du reste.

Je suis persuadée que ce film a influencé ma trajectoire. C'est le pouvoir des œuvres, elles peuvent changer une vie.

20 h 43

À quelques sièges de nous, un type mâche bruyamment. Le pauvre, il ne sait pas ce qu'il risque. Agathe ne supporte pas les bruits de bouche, alors, si on les lui inflige pendant *Titanic*, elle est capable du pire.

20 h 47

Elle se penche vers lui :

— Excusez-moi, monsieur. Vous mangez des clous ?

Je me ratatine sur mon siège.

21 h 22

Rose et Jack sont à la proue, le soleil se couche. C'est leur premier baiser. Les larmes me piquent les yeux.

— Emma ?

— Quoi.

— Jack et Rose sont dans un bateau. Jack tombe à l'eau, qu'est-ce qui reste ?

— Agathe, arrête.

21 h 28

— Tu sais pourquoi le film dure trois heures quatorze ? demande Agathe.

Je secoue la tête.

— Parce que c'est la durée exacte que le paquebot a mis pour couler. T'as vu, je suis plus calée que toi sur le sujet !

— Arrête de parler, c'est la scène du dessin.

Rien ne doit déranger la scène du dessin. C'est le moment où la tension fait accélérer mon cœur de midinette, où un fusain devient érotique. Lors de la sortie du film, tous mes copains de lycée se sont mis à dessiner, croyant manifestement que ça suffirait à leur donner le charme de Jack Dawson.

21 h 38

J'ai vu ce film une vingtaine de fois, pourtant, pour une raison qui me dépasse, chaque fois que l'iceberg apparaît et que l'équipage tente de l'éviter, j'espère qu'ils y parviendront.

La main d'Agathe est crispée sur l'accoudoir.

22 h 17

Ma scène préférée.

Rose saute de son canot pour regagner le paquebot et rejoindre Jack. « Tu sautes, je saute, pas vrai ? »

Je pose ma main sur celle d'Agathe.

23 h 02

Retour sur la Rose de cent un ans.

« Désormais, vous savez qu'il y avait un Jack Dawson, et qu'il m'a sauvée de toutes les façons qu'une personne peut être sauvée. Je n'ai même pas de photo de lui. Il n'existe maintenant que dans ma mémoire. »

Je lâche un hoquet. Cette phrase m'achève.

23 h 07

La lumière se rallume, Céline Dion chante, je n'ose pas regarder Agathe. Je pleure sans discontinuer depuis cinquante minutes, je vais en entendre parler toute la soirée.

Je me lève et ramasse mon sac, elle ne bouge pas. J'attends quelques secondes, mais elle reste assise.

— Agathe ?

Elle lève la tête vers moi, et je vois. Son visage est noyé de larmes, ses yeux sont rouges, son nez coule, son menton tremble et sa bouche est à l'envers. Elle tente de faire bonne figure, de m'adresser un sourire, elle se dit peut-être que je ne remarquerai rien, mais je pars dans un fou rire monumental. Elle me regarde, perplexe, presque vexée, alors je lui dis que c'est nous deux qui me fait rire, les sœurs qui veulent que tout le monde sache qu'elles sont fortes, mais qui se transforment en flaque dès que quelqu'un meurt à la fin.

— Non mais moi, ça va très bien, me dit-elle. Franchement, ça m'a rien fait.

23 h 35

Je ressors dans le même état que la première fois. Je veux bouffer l'existence. Ces dernières années, j'ai laissé la vie décider à ma place, je me suis retrouvée ensevelie par le quotidien, les heures qui tombent des mains, et j'ai perdu de vue la Emma de dix-sept ans. J'ai oublié sa volonté de profiter de chaque instant.

Le scooter démarre, je ferme les yeux, j'enroule mes bras autour de ma sœur, et je laisse le vent chaud caresser mon visage.

## *Hier*
## *Mars 2010*
## *Agathe – 24 ans*

*J'ai invité onze personnes. Mima a préparé assez à manger pour nous nourrir pendant trois semaines, Lucas a apporté des chaises pour asseoir tout le monde, Emma, Alex et mes collègues du foyer sont venus avec des boissons, ma copine Julie a fait des petites pavlovas, mon amie Amélie s'est arrêtée acheter du pain et du fromage. Tous les gens qui comptent sont là pour ma crémaillère. Je sais pas encore si Diego compte, mais je lui ai proposé de venir, et il a immédiatement accepté. On se voit depuis un mois, il me plaît beaucoup, mais j'essaie de ne pas m'emballer (j'ai juste choisi ma robe de mariée et le prénom de nos enfants).*

*— Tu as une vue magnifique, me glisse Mima.*

*— Il me faut bien ça pour te remplacer.*

*Je dois me mettre debout sur la machine à laver pour le voir, mais l'océan est bien là. J'ai apporté le dernier carton hier, et ce soir je passerai ma première nuit ici. J'ai pris mon temps. Même si je déménage à deux kilomètres, quitter Mima me brise le cœur.*

*Depuis que j'ai signé le contrat de bail, je tente de me convaincre que c'est une bonne nouvelle. Maman répète qu'à mon âge, il est temps de vivre seule, et elle a raison. Pourtant, ce soir, alors que la musique et les rires fêtent cette nouvelle vie, une boule douloureuse s'est logée dans ma gorge.*

*— Viens manger un peu, me dit Mima, comme si elle l'avait senti. J'ai fait des feuilletés au chèvre, tu adores ça.*

*Je quitte mes ruminations pour rejoindre mes invités. On s'installe autour de la table basse, certains sur le canapé, d'autres sur des chaises, d'autres encore assis sur le tapis. Les gens font connaissance, ma sœur discute avec Linda, ma collègue éducatrice, Alex se marre avec Diego et Lucas, Mima est heureuse de revoir Julie et Amélie. C'est toujours délicat de mélanger les mondes, mais, parfois, ça donne de beaux univers.*

*On danse même, à un moment. Lucas fouille dans mes CD et lance des musiques que je n'aurais jamais avoué écouter, mais qui ne nous laissent aucun autre choix que de remuer.*

*La soirée s'écoule, la joie des autres m'infiltre, je deviens poreuse au bonheur. Ma tristesse finit par s'évaporer.*

*Mima commence à fatiguer, on débarrasse la table pour servir le dessert. Julie dispose les pavlovas dans des petites assiettes et les sert aux invités.*

*— C'est délicieux ! s'extasie Mima. La meringue est parfaite, ce n'est pas facile à faire.*

*— Ça marche super bien avec le kiwi et les clémentines, confirme Emma.*

*— Tu me fileras la recette ? demande Linda.*

*— J'ai jamais mangé un truc aussi bon, lâche Diego.*

*Julie est aux anges. Elle remercie tout le monde, et Diego en remet une couche :*

*— Avoue, t'es passée à la pâtisserie avant de venir.*

*Elle rit :*

*— Je te promets que non, j'y ai passé des heures.*

*— Ah ben c'étaient pas des heures perdues. S'il en reste une, je prends !*

*— J'ai plus faim, répond Lucas. Tu veux finir la mienne ?*

*Mon mec attrape l'assiette et engloutit le gâteau. Je sens la boule dans ma gorge revenir et entrer en fusion. Il est ridicule, à l'encenser comme si elle avait trouvé le vaccin contre la mort. Qu'est-ce qu'ils ont tous ? C'est ma fête ou celle de Julie ?*

*— Agathe, faut absolument que t'apprennes à faire ça ! il dit en reposant sa cuillère.*

*— Il me semble que t'as deux mains.*

*Si j'en juge par le silence soudain, ma rage s'est entendue. Je peux sentir mon sang bouillir dans mes veines. Je suis un volcan au bord de l'éruption.*

*— Pourquoi tu parles comme ça ? il demande.*

*— Déjà parce que je suis pas ta cuisinière. Si t'as envie de manger un truc, tu te le prépares tout seul. Y a pas que les femmes qui cuisinent, bienvenue au XXI^e^ siècle, mon gars.*

*— Mais j'ai jamais dit ça !*

*— J'ai pas fini, laisse-moi parler ! Ensuite, parce que si tu aimes tant les gâteaux de Julie, t'as qu'à lui en demander à elle.*

*— Tu crois que je la drague ? C'est une blague ?*

*— C'était pas très subtil, faut dire.*

*— Je n'ai vraiment pas ressenti ça, intervient Julie, désemparée.*

*Mima se lève et vient poser sa main sur mon épaule.*

*— Allez, ma chérie, on est là pour s'amuser. Tu veux du tiramisu ? Je l'ai mis au frigo, je vais le chercher.*

*— Je me casse, annonce Diego en se dirigeant vers la porte. Espèce de folle !*

*— Pas besoin de partir dans les insultes, lui rétorque ma sœur.*

*— Allez, on peut arranger les choses ! lance Lucas. Je suis sûr que Diego voulait juste être poli.*

*— Tu peux arranger le coup, murmure Amélie à mon oreille. T'y as été un peu fort.*

*— Tirez-vous.*

*Tous les yeux sont braqués sur moi.*

*— TIREZ-VOUS, J'AI DIT !*

*— Agathe, soupire Mima.*

*— Vous êtes tous ligués contre moi, apparemment c'est lui qui a raison. Alors partez avec lui.*

*— Gagathe, tente Emma.*

*— Je veux plus vous voir ! La soirée est finie !*

*Je pars m'enfermer dans les toilettes. Il ne se passe que quelques minutes avant que j'entende la porte d'entrée se refermer. La colère me dévore, je ne sais pas quoi en faire. Je hurle pour évacuer ma fureur. Je m'insulte, je donne des coups de pied dans le mur. Je me mords la main de toutes mes forces, l'empreinte de mes dents creuse mon pouce. Je les déteste. Je me déteste. Je veux crever.*

## *Hier*
## *Avril 2010*
## *Emma – 30 ans*

*Ça y est, j'ai trente ans. C'est bizarre de se dire que j'ai l'âge que mon père n'a jamais eu. J'ai longtemps été persuadée que je mourrais à vingt-neuf ans, comme lui. Jusqu'à hier, j'ai vu des signes partout, mais on y est. Je suis plus vieille qu'il ne le sera jamais.*

*Je prends conscience en traversant les mêmes âges que mes parents étaient jeunes. Ils avaient dix-huit ans quand je suis née. Maman m'a souvent dit que c'était un accident, mais qu'ils avaient tout de suite décidé de me garder.*

*À mon âge, elle avait deux enfants de douze et sept ans. Je les ai toujours vus comme des vieux, comme des darons, et maintenant j'ai leur âge. Je me demande s'ils étaient comme moi, à se demander comment on peut habiter un corps d'adulte alors qu'on se sent encore adolescente. Souvent, je me sens dépassée par les responsabilités, je prends conscience de mon âge, mais l'enfance me paraît si proche. Est-ce qu'ils ressentaient ça, aussi ? Est-ce que je ressentirai ça, quand je serai mère ?*

*Si toutefois ça arrive un jour.*

*Comme cadeau d'anniversaire, je viens de recevoir le mail que j'attendais depuis le transfert de l'embryon. La FIV n'a pas fonctionné. Deuxième essai, deuxième échec. Alex me dit qu'on va y arriver, j'aimerais avoir ses certitudes. Parfois, j'ai envie de baisser les bras.*

*Au terme d'un an d'essais infructueux, on est allés consulter. On a subi une batterie d'examens, et la faute est tombée sur moi. Je souffre d'endométriose, j'ai des lésions sur les trompes. Ça explique aussi les douleurs atroces pendant mes règles, celles que rien n'apaisait, celles que ma mère m'accusait de simuler. Elle m'appelait « la chochotte », alors que j'avais l'impression qu'on me déchirait les entrailles.*

*Le gynécologue a été honnête : les chances d'avoir un bébé ne sont pas énormes. Je ne supporte plus les piqûres, les prises de sang, la médicalisation, les hormones, les faux espoirs, l'attente. Je ne supporte plus de ne pas savoir si je serai mère un jour. Tout le monde me dit qu'à trop y penser je crée un blocage. Margaux me conseille de partir en vacances, elle affirme qu'une amie à elle a réussi à tomber enceinte en lâchant prise. Même Alex me reproche parfois d'en faire une obsession.*

*Je me sens seule face à ce vide. Je deviens aigrie, envieuse de mes copines dont le ventre s'arrondit. Je ne comprends pas pourquoi on n'a pas droit à ce bonheur, alors que c'est si facile pour les autres.*

*Agathe me dit que c'est normal, que ces sentiments passeront quand je tiendrai mon bébé dans mes bras. Même ça, ça m'énerve. Comment peut-elle affirmer que ça arrivera, et comment sait-elle ce que je ressentirai ?*

*Je vais finir seule et acariâtre.*

*Mon téléphone vibre. C'est un message de ma sœur, qui me souhaite un bon anniversaire pour la septième fois de la journée. J'imagine que son objectif est de m'écrire trente fois.*

*J'éteins mon téléphone et je vais me recoucher.*

# Aujourd'hui
# 12 août
# Agathe

0 h 23

On est passées chercher des kebabs et des frites. On s'installe sur la balancelle. Les étoiles sont de la partie, il fait encore chaud malgré l'heure. Au loin, on entend des chats se battre.

— J'espère que c'est pas Robert Redford, dit Emma.

— Peut-être qu'il se bat avec son frère. Ça arrive, ça veut pas dire qu'ils s'aiment pas.

Elle me dévisage, elle se demande sans doute comment tant de subtilité peut résider dans une seule personne.

— Parfois, ils n'ont pas d'autre solution, elle répond.

Le silence s'installe, la tension monte, je sens que c'est le moment, qu'on va enfin avoir la discussion que j'attends. Elle mange une frite, puis une autre, et se lance :

— Je n'ai pas voulu t'abandonner. J'ai passé ma vie à faire passer les autres avant moi. Toi, particulièrement. J'ai étouffé mes envies, mes besoins, sous les tiens. Je ne me forçais pas, c'était naturel, et ça me faisait plaisir. J'ai essayé de t'accompagner dans tes angoisses, d'être là chaque fois que t'en avais besoin. J'ai essayé de te suivre sur tes montagnes russes, mais, à un moment, je sais pas, je ne t'ai plus comprise. J'ai eu le sentiment que tu ne faisais aucun effort. Une colère a grossi en moi. Il fallait que je me sauve, que je coupe. Quand Alex a eu une proposition de poste en Alsace, je n'ai pas réfléchi. J'aurais pu déménager et continuer à te voir, mais j'avais besoin d'une vraie pause. D'une vie sans aucune surprise, stable, tranquille. Je pensais que ça durerait quelques semaines, quelques mois maximum, mais cinq ans sont passés en un instant. J'avais des nouvelles, je parlais régulièrement à Mima, et ça me suffisait. Je ne voulais plus être impliquée. Juste spectatrice du dernier rang. Je suis désolée de ne pas t'avoir expliqué, je crois que j'avais peur de flancher si je te parlais. Je n'ai pas voulu t'abandonner, j'ai juste voulu me sauver.

Elle laisse passer un moment, puis me demande si je lui en veux.

— À une période, je t'en ai voulu, oui. J'ai d'abord été inquiète, quand Mima m'a appris que tu étais partie vivre en Alsace. D'habitude, tu me disais tout, et là, pour un truc aussi important, silence total. J'ai pas compris. Ensuite, je me suis sentie abandonnée, et je t'en ai voulu. Au-delà de la colère. Je t'en ai voulu comme j'en ai jamais voulu à personne. Il m'a fallu du temps pour comprendre. Tu sais, même moi je me serais quittée, si j'avais pu.

Elle pose sa main sur ma cuisse. Je poursuis :

— Vraiment, Emma, je te comprends. La bipolarité est difficile pour la personne concernée, mais aussi pour son entourage. J'échangerais aucune sœur contre toi, t'as été parfaite.

— Tu le penses ?

— Toi, t'as besoin de compliments ! Je le pense encore plus que je ne te le dis. Sans toi, je sais pas comment j'aurais traversé l'enfance. Ah non, tu vas pas recommencer à chialer !

Elle s'essuie le nez dans sa manche :

— Toi aussi, t'es la meilleure sœur de l'univers.

— Bon, ça suffit, parlons de choses sérieuses. Tu finis pas ton kebab ?

Elle écarquille les yeux et croque dans son sandwich :

— Rêve. T'es une sœur géniale, mais faut pas abuser.

2 h 14

Ça faisait longtemps que je n'avais pas fait de crise d'angoisse. Elle n'est pas énorme, mais suffisamment désagréable pour que Morphée me refuse ses bras. Dans ma tête, tournent les mots d'Emma, les miens, les cinq années englouties, les envies pour demain. Je tourne et vire depuis plus d'une heure, je fais de la cohérence cardiaque, je focalise mon attention sur ma respiration, mais rien ne fait taire le vacarme dans ma tête. Je ne connais qu'une chose capable de m'apaiser.

Je sors de mon lit et rejoins la chambre où dort Emma. Ses volets sont ouverts, comme toutes les nuits, la lune m'éclaire. Je me glisse dans son petit lit, elle sursaute, je la rassure, elle ronchonne, se pousse pour me faire de la place, passe son bras autour de moi, et je m'endors.

## *Hier*
## *Septembre 2011*
## *Agathe – 26 ans*

*— Allô ?*

*— Gagathe, je suis enceinte !*

*— Quoi ? C'est pas vrai ?*

*— Oui, oh mon dieu, j'en reviens pas, ça y est ! JE SUIS ENCEINTE ! Je croyais ne jamais dire ces mots !*

*— Oh, Emma, je suis tellement heureuse pour toi ! Je savais que ça arriverait, c'était obligé !*

*— T'es la première à qui je le dis. Je veux pas l'annoncer à Alex par téléphone.*

*— Tu m'appelles des chiottes ?*

*— Non, je viens de recevoir les résultats du labo par mail. Mais si tu y tiens, je peux y aller.*

*— …*

*— Agathe ?*

*— Quoi ?*

*— Tu pleures ?*

*— Pas du tout, c'est toi !*

— *Ahahaha ! Je l'entends, menteuse !*

— *Je vais être tatie.*

— *Tu vas être une super tatie.*

— *Je te le promets. Je lui achèterai des jouets bruyants, je lui apprendrai des gros mots, je l'emmènerai en boîte, je lui ferai écouter du bon son et regarder de bons films, par contre, compte pas sur moi pour les couches sales.*

— *J'arrête pas de relire le mail, pour être sûre que je rêve pas. Faut pas que je m'emballe. Je peux faire une fausse couche.*

— *Emballe-toi, s'il te plaît. Kiffe ce bonheur. Tout va bien se passer, et dans neuf mois tu seras Maman.*

— *…*

— *Tu pleures ?*

— *Non, c'est toi.*

## *Hier*
## *Décembre 2011*
## *Emma – 31 ans*

*— Madame ?*

*Ça prend toute la place, cette minuscule vie dans mon ventre. Je le caresse, je lui parle, je lui donne des petits noms. J'imagine ce qui se passe dedans, j'ai acheté deux livres qui m'informent au jour le jour de la taille et des développements de mon bébé. Il fait la taille d'une fraise et tous ses organes sont en place. Le gynéco a fait une échographie dans son cabinet, on ne voyait pas grand-chose, mais on a entendu son cœur battre. Alex a pleuré.*

*— Madame ?*

*La première échographie officielle a lieu dans deux semaines. Je pensais être sereine, mais j'ai fait l'erreur de consulter des forums médicaux, et j'ai appris plein de choses que j'aurais préféré ne pas savoir. Je l'aime déjà tellement. J'ignorais qu'on pouvait autant s'inquiéter pour une personne qu'on ne connaît pas.*

*— Eh, madame !*

*Je ne suis pas trop malade, j'ai quelques nausées, mais rien d'insurmontable. Il y a certains parfums que je ne supporte plus, comme celui des fleurs et du café. J'ai arrêté d'en boire, je me suis mise à la tisane. Je mange des légumes aussi. Il m'aura fallu avoir un coloc de corps pour que je commence à en prendre soin.*

*— Madame, vous faites exprès ?*

*Je me scrute tous les matins dans le miroir, et je suis persuadée que mon ventre a grossi. Alex dit que non, mais je le vois. J'ai hâte que tout le monde le voie. J'ai hâte de le sentir bouger. J'ai hâte de le tenir dans mes bras. J'ai hâte de…*

*— Madame ! Vous êtes avec nous ?*

*Une main me secoue l'épaule.*

*— Mathis ? Qu'est-ce que tu fais là ?*

*— Ça fait une heure qu'on vous appelle, vous êtes dans la lune ! On a tous fini l'exercice, on peut corriger ?*

*Ça prend toute la place, cette minuscule vie dans mon ventre.*

# Aujourd'hui
# 12 août
# Emma

8 h 09

Pour le dernier matin avant celui du départ, Agathe a tenu à venir nager avec moi. Je n'ai pas dormi de la nuit. Je la sentais si paisible, contre moi, j'ai eu peur de la réveiller. L'échéance approche, je dois lui parler.

On arrache nos vêtements et on court jusqu'à l'eau.

— Mouille-toi la nuque ! je lance à Agathe.

— OK, Mima !

Elle m'éclabousse au passage, je la pousse, elle tombe la tête la première, elle ramasse une poignée de sable et me la balance dans le ventre. La douleur me plie en deux.

— Arrête ton cinéma !

Elle voit que je ne ris pas.

— Ça va aller ?

— J'ai eu mal cette nuit, ça doit être le kebab.

— Tu veux qu'on rentre ?

— Rêve ! La dernière arrivée à la roche percée fera un massage à l'autre.

On saute les vagues, on plonge, on nage, Agathe me distance dès les premiers mètres, mais je lutte jusqu'au bout. J'arrive bien après elle, à bout de souffle.

— Qui aurait cru que je serais un jour plus sportive que toi ? fanfaronne-t-elle.

— Pas moi ! T'avais l'endurance d'un pneu crevé, tu m'épates.

Je me laisse flotter sur le dos. L'océan est agité, il me berce. Je profite de cette sensation, de cette dernière fois, demain matin je n'aurai pas le temps de venir me baigner. Mon train part en fin de matinée, et je dois d'abord rendre la voiture à l'agence de location.

Des gouttes rebondissent sur mon visage. J'ouvre les yeux, un nuage gris camoufle le bleu. Je repense à notre danse sous la pluie, l'autre soir, et je décide de ne pas fuir l'averse. Je laisse l'eau ruisseler sur mon front, mes lèvres, mes paupières, porter mon corps, j'écarte les bras, les jambes, je laisse mes membres se détendre. Je fais corps avec l'eau. Les doigts d'Agathe effleurent les miens puis s'y accrochent, je tourne la tête, elle fait la planche, sereine, à côté de moi. Je nous imagine, vues du ciel, flottant dans l'immensité, seules et ensemble, et je me sens infiniment chanceuse de l'avoir.

On reste là des heures, sans doute moins, peut-être plus. La pluie a cessé quand on sort. L'homme aux goélands est là.

— Bonjour, Léon ! lui lance Agathe.

Il la dévisage en fronçant les sourcils, mais ne répond pas.

— Je suis presque déçue, dis-je. J'aurais voulu un dernier mot amical avant mon départ.

— Il ose pas, avec moi. Avec le personnel de l'Ehpad, il est désagréable, mais pas insultant. Par contre, avec les autres résidents, c'est festival. La semaine dernière, il a dit à madame Rainault « Va manger tes morts », elle s'en est pas remise.

Je ne peux pas m'empêcher de rire en imaginant la scène. On s'assoit sur nos serviettes face au soleil qui escalade le zénith.

— Faut pas qu'on traîne, j'ai une surprise pour toi, annonce Agathe.

— Oh merde.

— Bah merci.

— Je me méfie de tes surprises. Souviens-toi de la fois où tu m'as emmenée à la patinoire. Ma dignité doit encore être sur la glace.

Elle éclate de rire.

Une dernière fois, j'admire le ballet des goélands autour de l'homme aux cheveux blancs, puis Agathe décrète qu'il est temps de partir.

— Bonne journée, Léon ! fait-elle en passant à sa hauteur.

Il n'a même pas un regard pour elle.

— Bonne continuation, monsieur ! je lance à mon tour.

Alors, pour mon plus grand bonheur, il a la politesse de me répondre :

— Dégage, pelle à merde !

*Hier*
*Mai 2012*
*Agathe – 27 ans*

*On a pris le premier train. Traversé la gare en courant. Fait des pauses pour que Mima reprenne son souffle. Sauté dans un taxi. Insulté tous les feux rouges.*

*On a eu le droit d'attendre dans une petite salle d'attente.*

*On a entendu des gémissements, cru reconnaître sa voix.*

*Alex est sorti prendre l'air. « Il y en a encore pour un moment, il a dit. »*

*Une seule personne pouvait aller la voir. J'en crevais d'envie, mais j'ai laissé la place à Mima.*

*On a mangé un sandwich dégueulasse et lu un magazine people acheté dans la boutique de l'entrée.*

*On a appris que Lorie arrêtait de chanter et l'existence de Mickaël Vendetta.*

*On a entendu un bébé pleurer. Senti notre cœur s'emballer. Attendu. Compris que ce n'était pas lui.*

*Mima s'est endormie, la tête posée contre le mur, la bouche ouverte.*

*J'ai compté ses ronflements.*

*On a vu deux femmes entrer dans la chambre.*

*On a vu qu'elles ne ressortaient pas.*

*On a entendu des encouragements, des râles.*

*On s'est pris la main.*

*On a entendu un petit miaulement.*

*Alex est sorti en poussant devant lui un petit berceau transparent.*

*On a vu son petit nez, ses mains minuscules, ses longs cils.*

*On a rencontré Sacha.*

## *Hier*
## *Juillet 2012*
## *Emma – 32 ans*

*Je devrais être heureuse.*

*Pendant des années, je n'ai vécu qu'en l'espérant. J'ai subi les traitements, les examens, les déceptions, j'ai cru qu'on n'y arriverait jamais, qu'on ne serait jamais parents.*

*J'ai passé une grossesse merveilleuse, que seule la crainte de le perdre entachait. Je l'ai aimé à la seconde où j'ai su qu'il s'était installé en moi. À chaque nouvelle échographie, mon cœur se gorgeait un peu plus d'amour.*

*J'ai compté les jours jusqu'à sa naissance, trompé l'impatience en décorant sa chambre.*

*Je m'imaginais sereine, épanouie, mon bébé dans les bras.*

*Je devrais être heureuse. Pourtant, j'ai envie de crever.*

*Je suis épuisée.*

*J'ai mal aux seins.*

*Je pleure tout le temps.*

*Je m'inquiète quand il régurgite, quand il ne régurgite pas, quand il fait caca dur, quand il ne fait pas caca, quand il pleure, quand il ne pleure pas, quand il dort beaucoup, quand il ne dort pas.*

*Je cherche partout la sérénité que je voyais en pensée.*

*Je ne suis qu'une masse d'angoisse et de désespoir.*

*Je l'entends qui pleure.*

*Alex a repris le travail.*

*Agathe passe une tête dans l'entrebâillement de la porte :*

*— Repose-toi, je m'en occupe.*

*Je ne voulais pas lui dire que j'allais mal, mais Alex ne savait plus comment m'aider. Elle a écourté ses vacances en Espagne pour me retrouver.*

*Même avec elle, je ne parviens pas à faire semblant.*

*C'est la première fois que je ne la protège pas.*

*Le lendemain de son arrivée, elle m'a traînée chez le médecin. Il a parlé de dépression post-partum, m'a prescrit des médicaments.*

*Je suis sortie sonnée.*

*Je ne devrais pas être en dépression.*

*Je viens d'avoir un bébé, je devrais être heureuse.*

# Aujourd'hui
# 12 août
# Emma

9 h 34

— Prem's ! s'écrie Agathe en arrivant chez Mima.

Elle monte l'escalier au pas de course pour aller se doucher. C'est moi qui gagne, habituellement, mais, pour le dernier jour, je peux lui laisser la victoire.

En attendant mon tour, et de découvrir la surprise qu'elle m'a préparée, je m'installe dans le fauteuil. Le soleil transperce la fenêtre et se répand sur mes cuisses. Seul le tic-tac de l'horloge trouble le silence. Ce bruit terrorisait ma sœur quand elle était petite. Papi l'atténuait avec du tissu et de la mousse.

Le téléphone d'Agathe sonne. Une deuxième fois. Une troisième fois. Je me lève pour l'attraper, c'est peut-être urgent. Sur l'écran, « MAMAN » s'affiche en lettres capitales. Je ne me laisse pas le temps de réfléchir, je réponds.

— Bonjour Maman.

— Salut, Agathe, t'as pas l'air bien, tu as une drôle de voix.

— C'est Emma.

— Qu'est-ce qu'elle a fait, encore ?

— Non, c'est Emma qui te parle. C'est pas Agathe.

Un bref silence.

— Oh, ma petite ! Ça fait tellement longtemps ! Comment vas-tu ? Agathe m'a dit que vous étiez ensemble, je t'avoue que j'ai voulu venir, mais elle m'a menacée de ne plus jamais me parler si je le faisais. J'ai déjà perdu une fille, pas deux !

Elle rit fort. Sa gêne est communicative.

— Je vais bien. Et toi ?

— Oh moi, ça va, ça vient. Je ne me plains pas. Encore deux ans avant la retraite, et je commence à avoir de l'arthrose. Mais ta sœur a dû t'en parler… Enfin non, je suis bête, vous ne devez pas parler de moi.

— Tu veux que je dise à Agathe de te rappeler ? Elle est sous la douche.

— Oui, je veux bien. Vous partez demain, c'est bien ça ?

— Oui.

— Je ne peux vraiment pas venir vous voir ? Je suis à quatre heures, je peux être là ce soir.

— Non, Maman, je suis désolée. Je ne préfère pas.

— Pourquoi tu as répondu, si tu ne veux pas me parler ?

— Parce que je veux te dire quelque chose.

— Ah ?

Je n'ai plus envie. Je regrette d'avoir décroché, j'aurais dû rester sur mon idée première de ne plus jamais lui adresser la parole. Mais j'y suis, alors je vais aller au bout.

— Tu m'as fait du mal, Maman. Tu nous as bousillées.

— Bon, je vais…

— S'il te plaît, écoute-moi. J'ai une marque de la boucle de ta ceinture sur la cuisse, elle ne partira jamais. Mais c'est à l'intérieur que j'ai le plus de traces. Je n'ai pas confiance en moi, je me trouve toujours moins bien que les autres, passer un coup de fil est une épreuve, je me méfie même des personnes que j'aime le plus, *surtout* des personnes que j'aime le plus. J'ai des insomnies, je ne supporte pas qu'on arrive derrière moi, je n'aime pas être surprise, dire « je t'aime » est un effort, je ne peux pas dormir dans le noir, je suis persuadée d'être une mère horrible, je ne supporte plus l'odeur du patchouli, je sursaute quand une porte claque, je déteste mon reflet, parce qu'il ressemble au tien.

Au bout du fil, j'entends sa respiration courte.

Agathe arrive dans le salon, les cheveux mouillés. Elle comprend immédiatement, et prend ma main dans la sienne. Je mets le haut-parleur, pour qu'elle entende.

— C'est une sorte de vengeance ? souffle-t-elle.

— S'il te plaît, Maman, j'ai bientôt fini. Je ne te dis pas tout ça pour te faire du mal, mais pour me faire du bien.

— Je n'ai pas à écouter ces saloperies ! Tu veux me faire de la peine ? Je sais bien que je t'ai fait du mal. Que je vous ai fait du mal, à toutes les deux. C'est facile de réécrire l'histoire, de me désigner comme la méchante, mais rien n'était simple, ma petite. Il y avait un grand vide en moi. J'ai essayé d'aller mieux. Tu as vu que j'ai essayé. Hein Emma, tu l'as vu ? Tu m'as aussi reproché de partir, pour me soigner, mais j'avais pas le choix. Et puis, tu n'étais pas si facile. Je sentais le jugement dans ton regard, même si tu disais rien. La vie dehors n'est pas rose, je voulais que tu le comprennes, ta sœur aussi, je voulais vous aider, vous apprendre à vous endurcir. Et regarde ce que tu es devenue, hein ? Tu vois, je n'ai pas tout raté.

Agathe serre ma main.

— Bon, Maman, je voulais juste te dire que je te pardonnais. Je ne suis plus en colère. J'arrive même à te trouver des raisons.

Elle ne répond pas.

— Maman ?

Je regarde l'écran, elle a raccroché.

Agathe me serre dans ses bras :

— Bravo. Je suis fière de toi. Moi, j'en suis incapable. Peut-être parce que j'ai moins de souvenirs, grâce à toi. Je sais qu'elle ne changera jamais, mais j'arrive pas à tirer un trait sur elle. (Elle se lève.) Fais-moi penser à ne jamais te contrarier. Putain, meuf, tu tires à balles réelles !

## *Hier*
## *Août 2013*
## *Agathe – 28 ans*

*Je viens de me rendre compte que ça fait une semaine que j'ai pas mis le nez dehors. Depuis que j'ai lâché mon job, je n'ai plus l'obligation de sortir, alors je reste au frais. Mima a tenté de me faire changer d'avis, elle était persuadée que je faisais une connerie, que ce boulot était fait pour moi. C'est ce que je pensais aussi, au début. Mais l'envie s'est évaporée. Les derniers temps, j'y allais à reculons, il m'est même arrivé de ne pas me réveiller le matin. Je trouverai autre chose.*

*Faudrait que je me lave, quand même. L'autre jour, David a remarqué que je n'avais pas utilisé la douche, alors je la laisse couler un peu tous les jours, je verse du gel douche dans le bac et je mouille rapidement la serviette. Mes cheveux sont sales, mais je suis fatiguée rien qu'à envisager de les laver, les démêler, laisser poser le soin, les rincer.*

*Il commence à m'emmerder, de toute manière. J'étais contente qu'il emménage avec moi, mais si c'est pour me fliquer, ça va pas le faire. L'autre jour, il est rentré entre midi et deux, il voulait manger avec moi. Manque de bol : je dormais. Il a fait la gueule, il était choqué que je puisse me lever si tard. Si c'est ça la vie de couple, je préfère mon vibro.*

*Lucas insiste pour que j'aille surfer, j'ai pas envie. Mima insiste pour que j'aille manger, j'ai pas envie. Je veux juste qu'on me foute la paix. Je rabats les volets et, entre deux siestes, je regarde la télé. N'importe quoi, pourvu que ça ne parle pas de guerre, d'insécurité, de chômage, de pauvreté, de pollution, de politique, de harcèlement, de malversations, de maladies, de morts, d'accidents, de violences. Tout me déprime, tout m'effraie, je ne parviens plus à voir la couleur.*

*Ça sert à quoi, tout ça ?*

*C'est tellement vain, la vie.*

*Emma m'inonde de messages, j'ai la flemme d'y répondre. Le moindre geste est un effort insurmontable.*

*Mes heures sont vides, semblables à mon existence. Je voudrais juste dormir.*

*Prendre un somnifère. Et juste dormir.*

## *Hier*
## *Novembre 2013*
## *Emma – 33 ans*

*— Tu voudrais pas aller vivre au Pays basque ?*

*Alex écarquille les yeux :*

*— Tu voudrais y aller ?*

*— J'aimerais bien, oui.*

*— Parce que tu te vois y vivre ou pour ta sœur ?*

*— Elle ne va pas bien. Ça fait plusieurs mois qu'elle sombre, je me sens impuissante ici.*

*— Je comprends, mais, ici, on a nos boulots, la crèche du petit, nos amis. Et puis, on est à peine à deux heures d'Anglet !*

*— Deux heures, c'est long pour aller la voir tous les jours.*

*Il soupire.*

*— Je comprends, ma puce, je comprends vraiment. En plus, tu sais que j'adore ta sœur. Mais tu peux pas toujours la sauver. Il va falloir qu'elle se prenne en main, à un moment. Elle va avoir trente ans, c'est plus une gamine.*

*— Je sais…*

*— On peut pas accourir dès qu'elle va mal. Tu y vas quasiment tous les week-ends, c'est déjà énorme, non ?*

*— Oui, bien sûr. Mais c'est ma petite sœur, je suis inquiète pour elle. J'ai toujours eu le sentiment que ce monde était trop dur, qu'elle n'avait pas les épaules. Quand je pense à elle, je l'imagine minuscule, entourée de montagnes immenses.*

*— Peut-être qu'elle a besoin de se prouver qu'elle en est capable. Tu sais, la surprotéger ne lui rend pas service.*

*— C'est l'une des choses les plus connes que j'ai entendues.*

*Il rit.*

*— C'est vrai, je m'en suis rendu compte en le disant. Mais tu ne peux pas vivre à sa place. Tu es là, elle le sait. Elle n'est pas seule. Et puis, il y a aussi ta grand-mère, ton oncle, ta tante…*

*— La blague ! Quand il a su que Mima avait aidé Agathe à payer son loyer le mois dernier, tonton Jean-Yves a tapé un scandale. Il a menacé Mima de la mettre sous tutelle, et il a envoyé un message à Agathe pour la traiter de feignante. Tu parles d'un soutien.*

*— Bon, on oublie ton oncle et ta tante, alors. Va passer quelque temps là-bas aux prochaines vacances, si tu veux. Ou propose-lui de venir ici. Mais on ne*

*peut pas tout plaquer pour aller vivre près d'elle. Tu comprends ?*

*Je hoche la tête. Je sais qu'il a raison.*

*Je rallume mon ordinateur et reprends ma recherche d'appartement à Anglet.*

# Aujourd'hui
# 12 août
# Agathe

13 h 23

Emma se gare sur le parking près du port. J'ai cru qu'on ne serait jamais à l'heure, je n'ai jamais vu quelqu'un conduire aussi lentement. J'aurais été plus vite en moonwalk. Elle ne sait toujours pas ce qu'on fait là, malgré les questions qu'elle a posées tout au long du trajet, mais la surprise va bientôt être dévoilée.

— On va faire du bateau ? demande Emma tandis qu'on s'engage sur un ponton.

— Quelle perspicacité !

Elle applaudit de joie. Quand elle connaîtra la raison de cette balade nautique, il n'est pas exclu qu'elle fasse des rondades.

Julie et Amélie nous attendent sur le bateau. Emma les a rencontrées plusieurs fois, mais elle ignore ce qu'elles font. Elles le lui expliquent rapidement.

Julie et Amélie sont biologistes. Une partie de leur travail consiste à étudier les cétacés qui vivent dans le gouf de Capbreton.

— C'est un canyon qui descend à plus de 4000 mètres de profondeur, explique Julie à ma sœur. Ce qui le rend exceptionnel, c'est qu'il démarre à seulement quelques centaines de mètres de la côte.

— Il représente une grande biodiversité, et notamment de nombreuses espèces de cétacés, poursuit Amélie. Notre rôle est de les étudier pour mieux les comprendre et de sensibiliser les gens pour les protéger. Agathe nous a dit que tu étais passionnée de dauphins ?

Emma a les yeux brillants :

— Oh oui ! J'ai longtemps eu un poster du *Grand Bleu* accroché dans ma chambre, et je rêvais d'en voir, de nager avec eux. J'ai même écrit au *Journal de Mickey* pour leur demander quelles études faire pour travailler avec les dauphins, mais j'ai jamais eu de réponse.

La déception a manifestement traversé les années, Emma fronce les sourcils en repensant à cette déconvenue.

— J'ai toujours su que Mickey était fourbe, je dis.

— On ne va pas nager avec eux, parce qu'on ne veut pas les déranger, mais on va essayer d'en apercevoir, annonce Julie.

— Pour de vrai ? demande Emma en me regardant.

— Non, c'était une blague, on va marcher sur l'eau comme Jésus. T'es prête ?

Elle se marre :

— Je suis tellement heureuse, Gagathe ! J'espère qu'on va en voir plein !

14 h 07

Elle n'est plus heureuse du tout. Enfin, c'est l'impression qu'elle donne, mais peut-être que vomir par-dessus le bastingage la rend très heureuse.

Le bateau s'arrête. Julie pose un casque sur ses oreilles et plonge dans l'eau un câble au bout duquel sont accrochés un micro et une espèce de parabole.

— Elle cherche à les repérer, explique Amélie. En plein été, c'est plus compliqué, il y a beaucoup de pollution sonore avec les plaisanciers. Mais on peut quand même les entendre.

Au bout d'un moment, Julie secoue la tête :

— Allons voir plus loin.

17 h 34

On n'a toujours pas vu de dauphin, mais la bonne nouvelle, c'est qu'Emma a arrêté de nourrir les poissons. Julie a immergé l'hydrophone à plusieurs endroits, à plusieurs profondeurs, sans succès.

Emma vient s'asseoir à côté de moi :

— Je suis touchée de ta surprise.

— Oh, c'est juste parce que j'avais envie de te voir vomir.

Elle pose sa tête sur mon épaule.

— Si tu y tiens, je peux le faire sur toi. Ça me vengera de toutes les fois où tu as fait caca dans le bain.

— Tu mens. Tu nous inventes des souvenirs.

Elle redresse la tête et fixe l'horizon. Les bleus de l'océan et du ciel se confondent. Du coin de l'œil, je la vois essuyer sa joue.

— Je t'aime, Gagathe.

Elle se tourne vers moi, dans ses yeux, je retrouve la même lumière que sur la photo vingt ans plus tôt, avec Alex. Elle me pousse du coude :

— Ne me demande pas de le répéter, t'imagines pas combien ça m'a coûté.

— Pardon, j'ai cru avoir mal entendu ! Putain, c'est jour de fête, Emma dévoile ses sentiments !

— Si tu voulais me faire regretter, tu ne t'y prendrais pas autrement.

— Désolée, ça m'a fait un choc.

Elle rit.

— T'es lourde, Gagathe. Pour la peine je ne te le dirai plus !

— C'est pas grave, je l'ai entendu, et il y a des témoins. Les filles, vous avez entendu aussi ?

Julie et Amélie acquiescent en se marrant.

Au même moment, à quelques mètres du bateau, un aileron fend l'eau, puis deux, puis six.

Emma est hypnotisée, les dauphins sautent, jouent autour de nous.

— Mon dieu, murmure-t-elle. Tu vois ce spectacle magnifique ?

Je le vois. Mais c'est un autre spectacle qui m'émeut : la joie enfantine de ma sœur, et son regard émerveillé.

19 h 17

Robert Redford est devant le portail quand on rentre. Il connaît son chemin, il n'a pas besoin de nous pour retrouver la maison de Georges. Pourtant, je prends le chat dans mes bras et la direction de la maison de l'amoureux de Mima.

Emma me suit sans poser de question, elle a compris.

La découverte du tableau m'a plongée dans un état de sidération. Je découvrais que ma grand-mère pouvait avoir une vie sexuelle, que ses enfants n'avaient pas été livrés par une cigogne, ça faisait beaucoup à encaisser. Je n'ai même pas eu la force de faire le moindre commentaire à Georges, je lui ai tendu son tableau, il nous a remerciées, il est parti, et basta.

La porte du 14 donne sur la rue. Je toque avec le heurtoir en fer. Georges ouvre, Robert Redford se jette de mes bras.

— Entrez, il dit, comme s'il nous attendait.

Il fait frais, chez lui.

— Je viens d'ouvrir les volets, je les tiens fermés toute la journée, explique-t-il.

On le suit le long d'un couloir et on débouche dans un vaste salon. Des meubles massifs sont posés sur de la tomette rouge. Il nous fait prendre place sur un canapé en cuir brun.

— Vous voulez boire quelque chose ?

Emma demande un verre d'eau, j'accepte un verre de vin. Pendant qu'il part nous servir, ma sœur s'assure de mes intentions.

— Tu sais que c'est un vieux monsieur, Agathe.

— Pourquoi tu me dis ça ?

— Sois gentille avec lui.

— J'ai l'habitude de ne pas être gentille ?

— Ça peut t'arriver.

Je n'ai pas le temps de répliquer, Georges revient et s'assoit face à nous :

— J'imagine que vous avez des questions.

La première franchit mes lèvres avant que mon cerveau ait le temps de la mettre en ordre :

— Vous étiez ensemble ? Avec Mima, je veux dire ? Ou vous avez des portraits nus avec toutes les voisines ?

Il rit.

— Je suis ennuyé de trahir son secret, votre grand-mère y tenait beaucoup. Mais le manque est insoutenable, et je n'ai personne à qui parler d'elle.

— Pourquoi elle ne nous a rien dit ?

Emma me lance un regard noir. Je prends conscience de mon ton abrupt, et je tente de me rattraper :

— Pourquoi elle ne nous a rien dit, s'il vous plaît ?

— Votre grand-père était décédé depuis plusieurs années quand nous sommes tombés amoureux. Mais elle savait à quel point vous l'aimiez, elle craignait de vous blesser. Le temps est passé. À plusieurs reprises, elle m'a annoncé qu'elle allait vous le révéler, mais, finalement, elle n'a jamais trouvé le bon moment.

Il plonge son regard dans le vide, semble rejoindre ses pensées. On attend, en silence, suspendues à ses souvenirs d'une Mima qu'on ne connaissait pas. Il finit par reprendre :

— Vous savez, elle a résisté. Elle a lutté contre ses sentiments. Elle refusait d'aimer un autre homme que votre grand-père. Mais l'amour est plus fort que la volonté. Nous avons été heureux. Oh oui… infiniment heureux.

La voix de Georges vacille. Ma gorge se noue. Imaginer Mima en femme amoureuse me submerge. Je suis heureuse de ce bonheur que je n'ai pas su.

— Vous n'avez jamais voulu vivre ensemble ? demande Emma.

— Nous y avons songé plusieurs fois, mais notre relation était tellement parfaite ainsi que nous redoutions de l'abîmer. Nous pensions avoir le temps. Les années ont défilé à une vitesse insensée. Cependant, nous avions une règle, à laquelle nous n'avons jamais dérogé : on se voyait tous les jours. Pour des heures ou pour quelques minutes.

— Impossible, je rétorque. J'ai vécu chez elle pendant des années, et, même après, je venais la voir hyper souvent. Je l'aurais forcément su.

Georges me regarde comme si je venais de réaliser que le Père Noël n'existait pas.

— Il n'y a pas eu un jour où on ne s'est pas vus, insiste-t-il en souriant.

Ma sœur se marre :

— Ça lui ressemble tellement, de nous laisser une surprise en héritage !

20 h 14

On quitte Georges avec la promesse de garder le contact.

— Je l'aime bien, annonce Emma en marchant vers la maison de Mima.

— Je crois que moi aussi.

— Pas trop vexée ?

— Bien sûr que non.

Elle me connait assez pour savoir que je mens. Bien sûr que je suis vexée. J'aurais voulu que Mima me parle de Georges, qu'elle me confie ses secrets comme moi les miens. J'aurais aimé qu'elle ne me mente pas, qu'elle s'épargne cette culpabilité.

Qu'elle m'épargne la mienne. Celle que j'éprouvais chaque fois que je la laissais. L'imaginer seule chez elle me comprimait le cœur. J'avais le sentiment de l'abandonner. J'aurais été heureuse pour elle. Ce qui me blesse le plus, c'est qu'elle ait pu en douter.

En passant devant chez les Garcia, j'aperçois Joachim dans le jardin. Il m'adresse un signe de la main. Moi aussi, mais avec un seul doigt.

## *Hier*
## *Février 2014*
## *Agathe – 28 ans*

*Je ne sais pas l'heure qu'il est quand on frappe à la porte de mon appartement. Je ne me suis pas lavée depuis trois jours, je sens le poisson pané, mais la personne insiste, alors j'ouvre.*

*Ils sont deux. Mon oncle et ma tante. Vu leur tête, ils ne sont pas venus faire un Monopoly.*

*— Mima nous a dit que tu avais perdu huit kilos, il commence.*

*— …*

*— Ta grand-mère n'a pas besoin de ça. Il faut que tu arrêtes de lui raconter tes problèmes, ça lui fait du mal, tu te doutes bien.*

*— Il faut que tu te ressaisisses, ajoute ma tante. C'est incompréhensible, tu as tout pour être heureuse.*

*— On peut plus cautionner, il continue. Si tu veux sombrer, OK, mais n'entraîne pas ma mère avec toi.*

*— J'entraîne personne.*

*— Tu te confies à elle, tu crois que ça ne lui fait rien ?*

*— Ça pue, ici, elle lâche en ouvrant la fenêtre. Et l'évier déborde de vaisselle. Tu ne peux pas vivre dans ces conditions !*

*Le procès dure une vingtaine de minutes. Les deux procureurs listent toutes les charges retenues contre moi, tandis que j'écoute en silence.*

*— Tu abandonnes tous tes emplois.*

*— Et tu changes de compagnon comme de chemise. Tu crois que ton père serait fier ?*

*— Les gens parlent, tu sais. Tu fais honte à la famille. Tu penses à nous un peu ?*

*— On n'en peut plus, tu as toujours été compliquée, mais c'est de pire en pire.*

*— Il faut que tu arrêtes de parler à Mima. Tu vas la tuer, à force !*

*— Tu devrais repartir vivre vers chez toi.*

*Ils m'embrassent et repartent, sans doute satisfaits d'avoir accompli leur devoir. Je les imagine se congratuler de m'avoir secouée, et de l'avoir fait pour mon bien.*

*Je dors pendant vingt-quatre heures.*

*Mima m'appelle trois fois, je ne réponds pas.*

*Je ne vois aucune issue. Ça fait des mois que je suis dans cet état, et je n'envisage plus que ça puisse aller mieux un jour.*

*La seule personne à laquelle j'ai envie de parler, c'est Emma.*

*On discute un long moment. Elle, surtout. J'ai même plus la force.*

*— J'arrive demain, elle dit. Il faut que tu sois aidée. Je vais t'emmener à l'hôpital. Tu y resteras jusqu'à ce que tu ailles mieux.*

*— Non.*

*Quand elle débarque le lendemain, je dis toujours non, pourtant, je la laisse remplir un sac de mes affaires, me poser un manteau sur les épaules, lacer mes chaussures, et m'emmener aux urgences psychiatriques.*

*Elle ne le saura sans doute jamais, mais elle me sauve la vie.*

## *Hier*
## *Juin 2014*
## *Emma – 34 ans*

*On s'est levées aux aurores. On a pris notre petit-déjeuner en chambre. C'est une chambre familiale, on a laissé le grand lit à Mima, et je partage le canapé convertible avec Agathe.*

*Mima et moi avons fomenté la surprise pour fêter la sortie de l'hôpital d'Agathe. « Il faut qu'elle reprenne du poids », a affirmé Mima. L'Italie s'est imposée. Quoi de mieux que le pays de nos racines pour reprendre pied ?*

*Mima y était allée deux fois enfant, et une fois avec Papi, nous, jamais. Quand on était petites, notre grand-mère nous disait que, si un jour elle gagnait au loto, elle nous emmènerait découvrir le pays de nos ancêtres. Je nous revois, allongées sur son lit, lui demandant une histoire pour repousser le moment de dormir, et elle de nous parler de Rémus et Romulus, du mont Palatin, des saveurs des glaces, du parfum de la glycine. Mais l'histoire que l'on aimait le plus, celle qui nous faisait frissonner, c'était celle de la Bocca della Verità. Alors, elle nous racontait comment, enfant, elle avait plongé sa main dans la bouche de cette sculpture, censée, selon la légende, se refermer sur ceux qui ne disaient pas la vérité. Elle avait justement menti peu avant, pour couvrir une bêtise de son petit frère. Elle avait les genoux qui tremblaient et le cœur au galop en attendant la sentence. Ma sœur et moi étions dans le même état, chaque fois, alors que nous connaissions le dénouement heureux.*

*Hier, en arrivant à Rome, c'est la première chose qu'on a voulu voir. En nous avançant vers la statue, la main tendue, je suis sûre qu'on avait toutes les trois dix ans.*

*Il est à peine plus de sept heures quand on quitte l'hôtel. Il a fallu du temps pour réveiller Agathe. Le traitement d'antidépresseurs et d'anxiolytiques qu'elle prend l'assomme. Elle a retrouvé le goût de vivre, mais perdu son entrain. Elle qui est du genre à s'extasier devant un caillou n'a pas réagi quand on a survolé les nuages. Elle m'a confié se sentir comme dans une bulle, hermétique aux émotions. À l'abri de ses humeurs. Si c'est le prix à payer pour qu'elle ne souffre pas, je l'accepte, mais je suis triste de la voir si loin d'elle-même.*

*On arrive à la fontaine de Trevi. Mima est heureuse, elle voulait y être avant qu'elle ne soit prise d'assaut par les touristes. Seules quelques personnes prennent des photos. Un couple de jeunes mariés prend la pose.*

*Elle sort trois pièces de son porte-monnaie et nous en donne une chacune.*

*— Il faut la lancer dedans et faire un vœu, dit Mima.*

*— Tu sais qu'ils récoltent un million d'euros chaque année ? remarque Agathe. Je sais pas où ils vont, mais c'est le bon plan !*

*— Il est bien trop tôt pour le cynisme, réplique Mima.*

*Elle demande à une dame de nous prendre en photo et lui confie son appareil.*

*— Tu auras au moins une photo nette, dis-je tandis qu'elle s'installe entre nous.*

*Agathe ne rit pas, pourtant, c'est l'une de nos blagues préférées. Mima met un temps infini pour prendre un cliché, et, au visionnage, il est inévitablement flou, ce qui nous amuse toujours beaucoup.*

*— Vous êtes prêtes ? demande Mima en se positionnant dos à la fontaine, comme le veut la tradition.*

*Elle est tellement heureuse d'être là, avec nous. Sans avoir eu à gagner au loto.*

*— Un, deux, trois !*

*Chacune lance sa pièce en arrière. Je suis persuadée que Mima et moi formulons intérieurement le même vœu.*

# Aujourd'hui
# 12 août
# Agathe

21 h 03

— Je peux venir vous voir aux prochaines vacances ?

Emma hoche la tête :

— Avec plaisir. Tu verras, notre appartement n'est pas grand, mais il est bien situé.

— Il est beaucoup trop loin de l'océan pour être bien situé.

— Les enfants seront contents de te voir.

— J'espère bien !

Pour notre dernière soirée, on a posé un plaid à l'ombre du tilleul et improvisé un pique-nique. Ni elle ni moi ne l'avons formulé, mais nous n'avions pas envie d'être entourées.

Il flotte une ambiance de fin de vacances. Une insouciance joyeuse enveloppée de nostalgie.

— Moi aussi je t'aime.

Emma sourit :

— Tu as mis quatre heures à répondre, c'est un bon délai.

— Tu m'as manqué, grande sœur. Tu peux pas savoir à quel point.

Elle nous sert un verre de vin.

— Je n'étais pas sûre que tu accepterais, elle dit.

— Tu rigoles, j'attendais que ça. Et c'était encore mieux que ce que j'espérais. Eh ! Pourquoi on se ferait pas une semaine de vacances tous les ans ?

Elle ne répond pas et me tend un bout de feta posé sur une tranche de pain. Je n'ai déjà plus faim (j'ai mangé tellement de tomates cerises que mes intestins vont produire du ketchup), mais je goûte.

— Tu es heureuse ? elle me demande. Je veux dire, globalement. Dans ta vie.

La question me surprend, je ne me la suis pas posée depuis longtemps. C'est sans aucun doute la meilleure preuve que je le suis.

J'ai passé la majeure partie de ma vie à me sentir différente, à être engloutie par mes émotions, dépendante de mes humeurs, à penser, et presque à l'accepter, que je ne pourrais jamais accéder à la tranquillité. Je ne visais pas le bonheur, déjà parce que je n'ai jamais bien compris de quoi il s'agissait, et parce qu'il ressemblait davantage à une chimère qu'à un objectif. Personne ne me comprenait, moi la première. J'étais la fauteuse de troubles, celle sur qui on ne peut pas compter, celle qu'on craint d'inviter, celle qui exagère, qui en fait trop, qui use, accable, fatigue, celle qu'on appelle de moins en moins, et qu'on finit par laisser dans un coin du passé. La plupart de mes amis se sont lassés de cet éternel recommencement. Je peux les comprendre. On soutient quelqu'un, on l'aide à se relever, on est soulagé, et puis la chute, encore, les mêmes mots, les mêmes rengaines, le sentiment de ne pas être entendu, de ne pas être utile. Les troubles psychiques provoquent des dommages collatéraux.

Pendant mes phases dépressives, je n'étais là pour personne, pas même pour moi. C'est quelque chose, la dépression. On en parle en chuchotant, en levant les yeux au ciel, comme si c'était honteux, comme si c'était du cinéma. On attend de la personne malade qu'elle se secoue, qu'elle fasse preuve de volonté, comme si elle aimait ça, elle, patauger dans le désespoir, comme si elle n'espérait pas apercevoir un jour la lumière qui lui ferait supporter les ténèbres. Ça fait peur, je crois. On sait que personne n'est à l'abri. Voir quelqu'un sombrer et assister à sa propre impuissance est effrayant. Je n'en veux à personne, je n'en veux surtout pas à ma sœur.

Pendant mes phases hypomaniaques, exaltée, je fourmillais de projets, je dormais à peine, je dépensais mon salaire en une journée, me lançais dans de nouvelles activités, je tombais amoureuse, je faisais l'amour encore et encore, j'étais belle, j'étais intelligente, j'étais invincible. Tout le monde m'aimait, tout le monde m'invitait. J'étais bien. Ça ne durait jamais, quelques semaines tout au plus. Cet état d'euphorie me manque parfois.

Le traitement transforme mon océan en lac, ma tempête en matin d'été. Les effets secondaires sont difficiles. Il m'est arrivé de l'arrêter, au début. Dès qu'il faisait effet, dès que j'allais mieux, j'en déduisais que je n'étais pas malade, que je n'en avais pas vraiment besoin. Évidemment, la rechute m'attendait, tapie derrière le sevrage. Il aura fallu que Mima me retrouve en sale état, et que je voie dans son regard le mal que je lui faisais, pour comprendre que je devais me soigner.

Ma sœur, son verre à la main, attend ma réponse :

— Je vais bien. Je vais très bien.

Elle sourit.

— C'est cette phrase que je suis venue chercher.

— Et toi ? je lui demande, en allumant une cigarette.

— Je suis heureuse, oui.

Elle semble tout à coup regarder à l'intérieur d'elle-même.

— Je suis dingue de mes enfants, mon mari est génial, mon métier me passionne, j'ai grandi avec l'amour de Mima… et j'ai la sœur la plus extraordinaire de la planète.

— Au moins !

— Au moins, oui. Si je pouvais échanger, je te promets que je n'en voudrais pas une autre. Sérieusement, j'y ai beaucoup réfléchi ces derniers temps, et je peux dire que j'ai une belle vie. Celle dont je rêvais.

— C'est un beau projet, ça. Une belle vie. Je vais le mettre tout en haut de ma liste.

— Avant ou après le défilé de Jean-Paul Gaultier ?

Je manque de m'étouffer avec ma tartine. Ma sœur rit de sa mauvaise blague et passe son bras autour de mon épaule.

— Je souhaite que ta belle vie se réalise, ma Gagathe.

23 h 59

On a épuisé tous les sujets, tiré le fil des souvenirs, la fois où on s'est mutuellement teint les cheveux et où je me suis retrouvée avec des reflets verts, le jour où on avait laissé poser la crème dépilatoire trop longtemps, celui où Mima nous a chopées en train de fumer derrière le tilleul, on a classé les recettes de Mima par ordre de préférence, imité tonton Jean-Yves et tatie Geneviève, je ne parviens plus à trouver une position confortable, nos corps nous enjoignent d'aller nous coucher, Emma doit être en forme pour la route, pourtant, on reste là, à lancer des sujets sans intérêt, juste pour dilater le temps.

# *Hier*
# *Février 2015*
# *Agathe – 29 ans*

*J'arrive en avance chez Mima. Tous les vendredis, c'est la tradition, je viens déjeuner avec elle. Je suis en formation aujourd'hui, j'ai quitté plus tôt que d'habitude. J'en ai profité pour acheter le pain et le dessert, j'espère qu'elle n'en a pas préparé. Au moment où j'arrête le scooter devant le portail, un homme quitte le jardin. Mima se tient devant la maison.*

*— Bonjour, ma chérie ! Oh, il ne fallait pas, j'ai prévu des crêpes !*

*— Coucou Mima. C'est qui ?*

*— Un voisin qui cherche son chien. Viens, entre au chaud.*

*On mange devant le journal télévisé, c'est son habitude. Elle ne regardait quasiment jamais la télé quand Papi était là. C'est devenu sa compagnie.*

*— Tu as des nouvelles de ta sœur ? demande-t-elle soudain.*

*— Pas depuis quelques jours. Lundi dernier, je crois. Pourquoi ?*

*— Elle avait sa prise de sang hier, il me semble.*

*— Si elle a pas appelé, c'est que c'est mort.*

*Mima pose sa fourchette :*

*— Il y a un problème entre vous ?*

*— On s'est un peu pris la tête.*

*— Et ça t'empêche de la soutenir dans ce moment difficile ? Elle me demande de tes nouvelles chaque fois qu'elle m'appelle.*

*Je lève les yeux au ciel.*

*— Mima, tu sais bien que je suis la méchante. Emma est parfaite, elle fait tout bien, elle est formidable.*

*Elle rit :*

*— Mon dieu, qu'est-ce que je vais faire de vous ? Je n'ai pas eu de sœur, seulement un petit frère, et entre nous aussi, il y avait parfois un peu de jalousie. C'est inévitable, tu sais.*

*— Alors un, je suis pas du tout jalouse, et deux, ça m'étonnerait qu'Emma soit jalouse de moi. Elle n'a aucune raison de l'être.*

*— Pourtant, elle m'a dit dernièrement qu'elle aurait aimé être aussi drôle et libre que toi. Elle a ajouté que tu étais ma chouchoute.*

*— Je te crois pas.*

*— Tu n'oserais pas affirmer que je mens ?*

*— À part aux dames chinoises, tu veux dire ?*

*— Chipie !*

*L'heure de la reprise approche, Mima emballe deux crêpes dans du papier aluminium :*

*— Pour ton goûter.*

*— J'ai déjà mangé pour dix jours !*

*Elle me fait un clin d'œil :*

*— Il paraît que tu es ma chouchoute, il faut bien que je te gâte.*

*— Elle a vraiment dit ça ? Que j'étais drôle et libre ?*

*— Vraiment.*

## *Hier*
## *Mai 2015*
## *Emma – 35 ans*

*Sacha a trois ans. Je n'en reviens pas. Il est né hier, pourtant, je le jure.*

*J'aimerais graver pour toujours son zozotement, ses mots écorchés et ses petits bras autour de mon cou. Il y a des « en tout cas » dans toutes ses phrases, il me demande chaque matin s'il peut se « véreiller », il me suit partout avec son mini-aspirateur quand je fais le ménage, il égrène « Maman » toute la journée, et parfois, quand j'ai vraiment besoin de sommeil, toute la nuit aussi. J'ai mis du temps à savourer cette chance. Il aura fallu une thérapie et des médicaments pour me hisser hors du gouffre. Désormais, il arrive que le bonheur soit tellement fort qu'il me fasse mal, qu'il me donne envie de pleurer. Rien qu'en regardant mon fils.*

*— Viens, Maman ! dit-il en me prenant la main et en me tirant vers le frigo. Marraine elle veut du gâteau au socolat.*

*— Eh ! Petit voyou ! s'esclaffe Agathe. C'est toi qui veux du gâteau, j'ai rien demandé !*

*Il prend son air surpris, mais je ne suis pas dupe. Il est tout à fait capable de revêtir les autres de ses propres actes. L'autre jour, quand je lui ai demandé si c'était lui qui avait dessiné sur le mur avec mon rouge à lèvres, il a secoué la tête : « Pas du tout, en tout cas ! C'est doudou ! »*

*Mima et Agathe ont fait le déplacement pour la fête d'anniversaire, elles sont arrivées hier. Ma mère aussi, avec Gérard, son nouveau compagnon. Il y a Margaux et le frère d'Alex. On n'attend plus que ses parents, et Sacha pourra manger du gâteau au socolat.*

*— Viens ici, mon petit amour ! dit ma mère en soulevant mon fils dans ses bras.*

*Il se débat, mais elle lui écrase des bisous bruyants sur la joue en jetant des coups d'œil vers Mima :*

*— Tu l'aimes ta mamie, pas vrai Sacha ? Dis que tu m'aimes !*

*Il parvient à se faufiler et s'enfuit vers les chambres. Alex dispose les boissons sur la table, j'offre des bonbons aux invités. Agathe raconte une anecdote, tout le monde rit. La bonne ambiance me fait un peu oublier le test négatif de ce matin.*

*— Il manque une chaise, me prévient Agathe.*

*— Je vais chercher celle qu'on a dans la chambre.*

*Je traverse le couloir et soulève la chaise posée dans un angle de notre chambre. C'est là qu'Alex jette ses vêtements quand il se déshabille, alors qu'il pourrait les mettre directement au sale ou les ranger dans un placard. Ça me rend folle.*

*Il me semble entendre un bruit.*

*Un claquement sec.*

*Des pleurs.*

*Je comprends immédiatement. Je cours dans la chambre de Sacha, collée à la nôtre. Mon fils est là, en larmes, son petit corps secoué de hoquets, son bras serré dans la main de ma mère.*

## Aujourd’hui
## 13 août
## Agathe

7 h 56

Emma tente de se lever sans me réveiller. Loupé. Cette nuit, pour la première fois depuis toujours, c’est elle qui est venue me rejoindre dans le lit. Elle grelottait, elle tremblait, mais elle n’a pas voulu parler. Elle s’est juste glissée contre moi, et m’a serrée comme un doudou.

— Je vais prendre ma douche, elle chuchote. Dors encore un peu, si tu veux.

Je ferme les yeux, mais le sommeil s’est fait la malle. Ne reste qu’une immense tristesse. Dire au revoir à la maison de Mima et à ma sœur le même jour, ça fait beaucoup.

8 h 10

Le café embaume la cuisine.

— À quelle heure est ton train ? je demande.

— 11 h 24, je crois. Faut que je vérifie.

— C'est un direct ?

— Non, j'ai un changement à Paris.

La conversation ressemble à un prétexte pour ne pas se dire qu'on est tristes. On est interrompues par la porte d'entrée qui s'ouvre. Tonton horodateur et tatie pisse-vinaigre nous saluent. Il faut vraiment que j'arrête de me balader en culotte.

— Vous n'êtes pas parties ? s'étonne Jean-Yves.

Je regarde autour de nous :

— Attends, je vérifie. Non, on n'est pas parties.

— Ce n'était pas prévu hier ? demande Geneviève, décidément hermétique à toute forme d'humour. On ne vous met pas dehors, on venait chercher quelques affaires.

— Mais, tant qu'on est là, on va récupérer les clés. Vous n'avez fait aucun dégât ?

Ce n'est pas un oncle, c'est un furoncle.

— J'ai juste cassé les toilettes, répond Emma. On avait mangé pimenté, la cuvette a fondu.

Ils ne réagissent pas. Emma était la seule à trouver grâce à leurs yeux, elle devient aujourd'hui aussi infréquentable que moi.

Ils se servent un café, s'installent autour de la table, ouvrent le programme télé et commencent à remplir une grille de mots fléchés. Ils comptent manifestement rester là jusqu'à notre départ. J'en profite pour faire quelque chose que je dois faire depuis longtemps.

— Tiens, tonton, je fais en lui tendant une pièce.

— Qu'est-ce que c'est ?

— Je te rembourse les vingt centimes que tu m'as prêtés en août 1993 et que tu me réclames régulièrement depuis. J'ai vérifié, en convertissant les francs et en tenant compte de l'érosion de la monnaie, je te dois exactement 4,80 centimes d'euro, mais on va dire que j'ai ajouté les intérêts.

Il prend la pièce et me remercie. Il n'a pas été équipé de second degré à la naissance.

Je retrouve Emma dans la chambre, elle parle à voix haute.

— Tu fais quoi ?

— Je remercie chaque pièce de la maison, comme nous l'a conseillé la nouvelle propriétaire.

Évidemment, je me fous d'elle. Mais, discrètement, je fais moi aussi le tour de la maison pour lui dire merci.

La salle de bains pour les batailles de « prem's » avec ma sœur, les soins qu'appliquait Mima sur nos cheveux, son parfum qui flottait, le bidet dans lequel je faisais pipi discrètement quand les toilettes étaient occupées.

La chambre de Papa pour toutes les nuits, tous les rêves, les chagrins d'adolescente, Mima qui gratte à la porte pour me réveiller.

La chambre de Papi et Mima pour le lit-trampoline, le placard-cachette, le tiroir à foulards magiques, les nuits où ils faisaient semblant de ne pas remarquer que je me glissais entre eux.

La cuisine pour les gnocchis, le zabaione, Mima dans son tablier, la casserole de chocolat à lécher, les « *mamma mia* » qui fusaient (la cuisine était le seul endroit où Mima parlait italien), les placards pleins de douceurs, les bulles de liquide vaisselle.

Le salon pour les parties de dames chinoises pendant lesquelles Mima trichait, les soirées télé sous un plaid, les câlins de Mima sur le fauteuil, le soleil qui éclabousse le sol, les courses-poursuites autour de la table avec les cousins, le radiateur en fonte auquel je me collais l'hiver, la voix de Mima, la voix de Papi, la voix de Papa, celles de tous mes absents.

Et on s'en va.

9 h 12

Emma m'a suivie jusque chez moi. Sur le scooter, je n'avais pas la place de transporter toutes les affaires de Mima que l'on a gardées.

— Ça fait longtemps que tu vis là ? elle demande.

— Deux ans.

— C'est plus grand que l'autre, tu dois être mieux.

— Oui, je me sens bien ici. Bon, je veux pas te mettre dehors, mais faut pas traîner si tu veux pas louper ton train.

— Je sais. Mais je…

Elle se tait, reste plantée un instant, puis me serre dans ses bras. Fort. Très fort.

— C’est un homicide, Emma. Tu m’étouffes.

Elle relâche son étreinte et me regarde :

— Tu promets que tu viens bientôt ? Les enfants seront heureux de te voir.

— Promis. Allez, file avant que je chiale encore.

Elle me serre une dernière fois, dépose un baiser sur ma joue, et s’en va.

## *Hier*
## *Novembre 2016*
## *Agathe – 31 ans*

*Julie et Amélie ont déposé les statuts de leur association. À partir d'aujourd'hui, elles étudient officiellement les cétacés du gouf de Capbreton. Pour fêter ça, on s'est retrouvés en boîte. On est une dizaine, j'en connais la plupart, pas tous.*

*C'est le quatrième soir cette semaine que je fais la fête. Ce matin, je suis arrivée à la bourre au boulot, je me suis fait taper sur les doigts. Ça m'a soûlée. Bizarrement, quand je quitte mon poste plus tard que prévu (tous les soirs), je ne les entends pas.*

*— Aux cétacés ! lance Julie en levant son verre.*

*— Aux cétacés ! on répond tous en l'imitant.*

*De toute manière, je m'en tape. S'ils sont pas contents, ils n'ont qu'à me virer. Je fais du bon boulot, les enfants m'adorent, à part quelques retards ils n'ont rien à me reprocher. Ils ne me méritent pas. Je retrouve du travail quand je veux.*

*— Tu viens danser ?*

*C'est un ami de Julie, je ne le connais pas. Pas mon genre, mais pas repoussant non plus.*

*On danse. Je porte ma robe noire préférée et mes cheveux relevés en chignon. J'ai remarqué plusieurs regards, je me sens sexy. Je monte sur le bar, il ne me quitte pas des yeux. Il me désire.*

*Il m'offre un verre, on s'assoit. Il pose sa main sur ma cuisse, je me laisse faire. Il me parle à l'oreille, je n'entends pas tout, la musique couvre ses mots, je l'entraîne dehors.*

*Sa voiture est garée dans la rue. On fait ça vite. Il n'enlève même pas son jean.*

*— Je suis désolé, j'ai déchiré tes collants.*

*— Tu me files ton numéro ?*

*— Je préfère prendre le tien. Je suis marié.*

*Je retourne sur la piste les jambes nues. Le DJ lance « 24K Magic » de Bruno Mars, Julie et Amélie me rejoignent, et on danse jusqu'au petit matin.*

## *Hier*
## *Décembre 2016*
## *Emma – 36 ans*

*Sacha est hospitalisé. Je suis terrifiée.*

*J'étais en classe quand son école m'a appelée. Je n'ai vu le message qu'à la récréation. Il avait déjà été emmené à l'hôpital. C'est une collègue qui m'y conduit, je ne suis pas en état. La directrice n'a pas vu la scène, mais elle m'a expliqué qu'il était tombé de sa chaise en pleine session de peinture, et qu'il avait eu des convulsions.*

*Alex est déjà sur place quand j'arrive. Les examens sont en cours. Il me rassure : Sacha est conscient, il a pu lui parler.*

*Ce sont les minutes les plus longues de ma vie. Je cherche sur mon téléphone les causes de convulsion, ce que je lis me fait envisager le pire.*

*— Je ne supporterais pas qu'il meure.*

*— Pourquoi tu penses à ça ? Il est entre de bonnes mains, il n'y a aucune raison que ça arrive.*

*— Tu n'as pas peur ?*

*— Je suis inquiet, bien sûr, mais je sais que tout va bien se passer.*

*Je tente de me river à sa certitude, mais l'angoisse a pris le contrôle de mes pensées. Je ne veux qu'une chose : qu'on me rende mon bébé et le ramener à la maison.*

*Mon téléphone sonne. C'est Agathe. Je raccroche. Elle rappelle. Je lui envoie un SMS.*

*« Je te rappelle plus tard »*

*« Je me suis fait plaquer »*

*« Je peux pas parler, je t'appelle dès que je peux »*

*« T'es en classe ? »*

*« Non »*

*Je ne lui en dis pas plus pour ne pas l'inquiéter. Elle ne répond plus.*

*Pour la première fois, je mesure le sacrifice que me demande sa protection.*

*J'ai besoin d'elle, mais je pense à ses besoins à elle.*

*Je ne me laisse pas de place, et je ne lui laisse pas l'occasion de me soutenir. Ce schéma commence à rencontrer ses limites. Il m'arrive de lui en vouloir de recevoir sans donner, alors même que je ne le lui permets pas.*

*J'ai enfilé le costume de grande sœur à la naissance d'Agathe, et je commence à m'y sentir à l'étroit.*

*Le médecin nous appelle au terme d'une attente insupportable. Sacha est perfusé, allongé sous un drap. Il sourit en me voyant. Je le prends dans mes bras, le couvre de baisers, je respire sa peau, je sens ses boucles sous mes doigts, j'écoute sa voix comme si c'était la première fois.*

*L'encéphalogramme et l'IRM n'ont rien montré. D'après la description de la maîtresse, Sacha a fait une crise d'épilepsie. Ça peut être un épisode isolé et ne jamais se reproduire, comme ça peut cacher une maladie. Il doit rester en observation deux nuits, après quoi, si rien ne se passe, il pourra rentrer à la maison.*

*Alex rentre préparer un sac pendant qu'une infirmière transfère Sacha en chambre. Je les suis, je vais passer la nuit avec lui.*

*Il s'endort rapidement, sous mes caresses et mes mots d'amour.*

*Je rejoins Alex à l'entrée du bâtiment pour récupérer le sac. On se tombe dans les bras en pleurant, entre soulagement et appréhension.*

*Avant de remonter, j'appelle Agathe, décidée à écouter mes besoins, à me laisser réconforter par ma sœur.*

*— Sacha est hospitalisé, il a fait une crise d'épilepsie à l'école.*

*— Ah bon ? Comment il va ?*

*— Ils le gardent en observation, mais ils n'ont rien trouvé.*

*— L'angoisse. Tu me tiens au courant, OK ?*

*— OK.*

*— Tu sais qu'il m'a plaquée par SMS, ce connard ?*

# Aujourd'hui
# 13 août
# Emma

9 h 31

Je suis obligée de m'arrêter sur le bas-côté. Je ne vois pas la route tellement je pleure.

Je me suis dégonflée.

Je n'ai pas réussi.

Je suis venue pour ça, et je repars sans l'avoir fait.

Je laisse les larmes emporter mon désarroi, ma peur, ma culpabilité. Au bout de plusieurs minutes, elles finissent par se tarir. À la radio, Kyo chante sa dernière danse.

J'essuie mes joues, et je fais demi-tour.

## *Hier*
## *Octobre 2017*
## *Agathe – 32 ans*

*« Je suis désolée, je n'y arrive plus. Je vous aime. »*

*Je laisse le mot en évidence sur la table.*

*J'avale les médicaments avec du gin. Un par un. Toute la boîte.*

*Je m'allonge dans le lit.*

*J'envoie un SMS à Emma.*

## *Hier*
## *Décembre 2017*
## *Emma – 37 ans*

*Je fais des allers-retours tous les week-ends pour m'occuper d'Agathe. Elle n'a passé qu'une semaine à l'hôpital, elle n'a pas voulu y rester davantage. On n'a rien dit à Mima. Elle est trop vieille pour encaisser ça.*

*Je lui ai proposé de venir vivre à la maison, elle a refusé. J'ai été soulagée. J'ai culpabilisé d'avoir été soulagée.*

*Elle va mieux. Elle a repris le travail et recommencé à sortir.*

*Sacha me réclame. Il fait souvent pipi au lit.*

*Je suis épuisée. Je crie beaucoup.*

*Je ne finis jamais mes repas.*

*On a mis le protocole de FIV en pause. Il est inenvisageable que je tombe enceinte dans cette situation.*

*Alex m'épaule, mais ce n'est pas suffisant. Je voudrais que quelqu'un puisse me porter, m'insuffler de la force. Je me sens sombrer.*

*— Tu veux toujours pas aller vivre au Pays basque ? je demande à Alex au beau milieu du dîner.*

*— Non, ma puce, ce n'est pas une bonne idée.*

*— OK.*

*— En revanche, il y a un poste intéressant qui vient de se libérer à Strasbourg.*

*Il rit, comme si c'était inenvisageable. Pourtant, quand il prononce « Strasbourg », c'est « partir » que j'entends.*

*— Postule.*

*Il hausse les sourcils. Il voit que je ne blague pas. Il hoche la tête, et je me ressers du gratin.*

## Aujourd'hui
## 13 août
## Agathe

10 h 48

Je déprime sur mon lit, ma luciole lumineuse dans les bras, quand on frappe à la porte. Emma n'attend pas que j'ouvre et entre. Elle s'assoit sur le lit à mes côtés.

— Il faut que je te dise quelque chose.

Elle a le souffle court. Je retiens ma respiration.

— Ils m'ont trouvé une saloperie, un cancer du pancréas.

Le sang quitte mon corps. Je serre Luciole contre moi, sa tête s'allume.

— La chimio n'a pas fonctionné, la radiothérapie non plus.

Tout à coup, je réalise. Ses cheveux courts. Son amaigrissement. Ses essoufflements. Son absence à l'enterrement de Mima.

— La tumeur est mal placée. (Sa voix s'étrangle.) Ils ne peuvent pas opérer, ma Gagathe.

J'étouffe, j'ai la tête qui tourne. Tout se brouille. Je hurle dans ma tête. Je ne veux pas entendre la suite.

Elle comprend sans que j'aie à le lui dire. Elle hoche la tête et murmure :

— Je suis désolée, petite sœur.

Mon corps tremble, j'ai envie de vomir. Je me lève, Luciole tombe par terre, je serre Emma de toutes mes forces dans mes bras. Pour la première fois, contre moi, je sens qu'elle s'abandonne. Je suis terrifiée. Je la serre plus fort encore. Je veux étouffer sa douleur. Disloquer sa peur.

— Je te lâcherai pas, Emma. Je te le promets.

# Demain
# Un an plus tard
# Agathe

Le ciel est d'un bleu blafard. Sur une grappe de nuages, le soleil tout juste levé projette une lumière rose. Les rues sont presque désertes, je croise de rares voitures, et quelques chats qui détalent à l'approche de mon scooter.

Il faisait encore nuit quand je me suis réveillée. J'ai caressé l'espoir de me rendormir, tourné et viré un moment, mais le flot de pensées m'a poussée hors du lit. Mon corps et mon cerveau sont en désaccord total depuis des mois, on dirait un couple au bord du divorce. Pendant que le premier est léthargique, le second ouvre grand les fenêtres, vide tous les placards et frotte les carreaux à la brosse à dents.

Je me suis levée du canapé sur lequel je dors depuis une semaine, je me suis habillée dans le noir et j'ai quitté mon appartement sur la pointe des pieds. On s'est couchés tard, hier soir. Je les ai emmenés à Itxassou, pour la nuit des étoiles. Sacha m'a impressionnée, il connaît toutes les constellations.

— C'est grâce à ton livre ! il a affirmé.

À Noël, sur les conseils d'Emma, j'avais offert à mon neveu un livre sur l'astronomie. Il avait eu l'air content, mais mon cadeau n'avait pas rivalisé avec la paire de baskets que ses parents avaient déposée sous le sapin. J'avais halluciné devant leur taille :

— Mon dieu, mais tu chausses du combien ? j'avais demandé.

— Du 40, il avait répondu, blasé.

— Mais c'est pas possible ! Tu as dix ans, je te rappelle !

Il avait ri.

— Ne ris pas, Sacha ! Si ça continue, tu auras les pieds aussi longs que ton corps, et tes copains de classe se serviront de toi pour tracer leurs angles droits.

— Tatie…

— Cela dit, ça a des avantages. Pas besoin de louer des skis, t'es déjà équipé.

Il avait levé les yeux au ciel :

— Je préférais quand on ne te voyait pas.

J'avais été séchée. Tout le monde s'était figé, et le sale gamin avait éclaté de rire avant qu'on se décompose :

— Je rigole, tatie ! T'as vu, moi aussi j'ai de l'humour !

Je lui avais collé un bisou sur la tête, pas peu fière de la descendance. Emma et Alex avaient repris leur souffle, et Alice était venue s'agripper à mon cou, comme elle le faisait avec quiconque câlinait son frère.

Ça avait été mon plus beau Noël. Il avait la saveur des dernières fois.

L'air encore frais caresse mon visage. Je gare mon scooter sur le trottoir et je descends les marches qui mènent à la plage. Le soleil darde ses rayons sur la roche percée et grignote peu à peu l'ombre projetée sur le sable par les bâtiments. Au loin, une femme promène un chien.

Hier soir, on a compté dix-sept étoiles filantes. Alice en a vu davantage, on s'est gardés de lui dire qu'il s'agissait d'avions. Alex l'a portée pour regagner la voiture, elle s'était endormie.

La semaine prochaine, pour la première fois, je garderai Alice et Sacha pour les vacances. Seule avec eux. J'ai prévu bien trop d'activités pour une semaine, mais il y en aura d'autres. Tellement d'autres. On retournera à la Rhune, ils ont adoré les pottoks. Sacha veut apprendre le surf. Julie nous emmènera en mer, j'espère qu'on apercevra des dauphins.

S'il est impossible de rattraper les cinq années perdues, les souvenirs que l'on fabrique comblent les vides. J'aime ces enfants d'un amour éperdu. D'une part parce qu'ils sont les siens. Alice a le rire de ma sœur, Sacha son regard profond. Je la vois en eux. J'observe leur relation, leur façon d'être à l'autre, les moments qu'ils ne partagent qu'à deux, la douceur du grand frère, l'innocence de la petite sœur, ce langage qui leur est propre, et je nous revois, Emma et moi, nous parler sans rien dire, nous endormir l'une contre l'autre, nous tenir la main pour nous sentir plus fortes. D'autre part parce qu'ils sont eux. Sacha a l'humour cinglant et la sensibilité qui déborde, il est passionné, il a l'enthousiasme expansif et la colère volcanique. Il me rappelle quelqu'un. Alice est tendre ascendant collante, elle ne supporte pas d'être seule, elle se démène pour être aimée, elle dort avec un troupeau de peluches et pique des gâteaux pour aller les boulotter dans sa chambre. On retrouve les paquets vides des jours plus tard.

Ils sont devenus essentiels.

Les grains de sable s'insinuent entre mes orteils. Il est frais, humide. Je pose mes affaires au bord de l'eau. La marée descend, comme l'indique l'empreinte plus sombre. Je fais les pas qui me séparent de l'eau. Le premier contact est toujours saisissant. Ensuite, on s'habitue.

J'ai envisagé de me rapprocher d'eux. D'aller vivre en Alsace, même si ça impliquait de quitter mon Pays basque et mon cher océan. Hier, après le coucher des enfants, Alex m'a annoncé qu'il avait demandé une mutation à son boulot.

— Vous allez partir où ? j'ai demandé. J'espère que ce sera pas plus loin, vous êtes déjà au bout du monde !

— Ici, il a répondu. Il y a une agence à Bayonne. C'est hyper demandé, mais avec mon ancienneté, j'ai bon espoir que ce soit accordé.

J'ai senti mes larmes se pointer.

— Ça veut dire que vous allez venir vivre ici ?

— Bonne déduction, Einstein. Les enfants t'adorent, même si je comprends pas pourquoi, je peux pas lutter.

Je me suis mise à pleurer et rire en même temps. C'était pas joli à voir.

— T'es vraiment le meilleur des beaux-frères, Frite froide !

Il a juste souri, et ça voulait tout dire.

L'océan danse autour de mes hanches. Je plonge dès qu'il y a assez de profondeur. Je nage au ras du sable, le souffle coupé, enveloppée dans le silence.

Emma est morte le 2 février.

J'étais avec elle. On était avec elle.

Quelques jours plus tôt, je m'étais pointée à l'hôpital avec mon ordinateur, et j'avais lancé *Titanic*. Elle s'était endormie plusieurs fois, épuisée. Le générique l'avait réveillée.

— T'as rien loupé, j'avais dit. Jack meurt encore à la fin.

Elle avait souri faiblement :

— La mort de Jack n'est pas la fin du film, Gagathe. La fin du film, c'est Rose qui prend son envol et bouffe la vie.

Je n'ai pas compris tout de suite. Elle me passait un message.

J'aimerais pouvoir dire qu'elle ne me manque pas. J'apprends à vivre sans elle, et je n'y mets pas de la bonne volonté. J'espère encore me réveiller de ce cauchemar. Je donnerais tout, absolument tout, pour entendre sa voix encore une fois ailleurs que sur les milliers de vidéos que j'ai faites. Enfouir mon nez dans son cou, lui faire une coiffure improbable, inventer une nouvelle chorégraphie, la laisser me dire que je ne range pas les couteaux dans le bon sens, croiser son regard quand elle essaie de contenir un fou rire, deviner son impatience quand elle se sait en retard, l'entendre massacrer Céline Dion, la voir faire la liste des courses par ordre alphabétique, et, par-dessus tout, sentir sa main dans la mienne. La vérité, c'est que je suis habitée par son absence. Je la cherche dans les yeux de Sacha, dans les sourires d'Alice, dans tous les gestes d'Alex.

Je ne sais pas encore comment on vit sans elle.

Mais je suis debout.

Pire, je suis vivante.

Ma sœur avait raison. La mort de Jack n'est pas la fin du film.

Il y a encore des tas de scènes à jouer.

Je te le promets, Emma. Je vais bouffer la vie avant le générique.

Je ressors à la surface et prends une grande goulée d'air.

Je le ressens dans chaque cellule de mon corps, comme une pulsion, un instinct, une urgence. Tout bat plus fort.

À l'horizon, aucune vague. L'océan est en sommeil. Je bascule en arrière et m'étends sur le dos. Mes cheveux flottent autour de moi, le soleil diffuse une lumière rouge à travers mes paupières.

Emma adorait faire la planche.

J'ouvre la main, et je peux presque tenir la sienne.

FIN

# MERCI

Merci Marie de tenir ma main depuis mes six ans. Il paraît que j'ai boudé le jour où j'ai appris que nos parents allaient avoir un autre bébé. Tu m'as rapidement fait changer d'avis, avec ton crâne chauve et tes crottes qui flottaient dans le bain. Je n'aurais pu rêver meilleure alliée pour traverser cette existence. Si tu n'avais pas eu mon sang, je t'aurais choisie comme sœur. Je t'aime, petite.

Pour mon fils, qui, alors que je lui racontais ce roman, s'est exclamé « je le verrais bien s'appeler *Une belle vie* ! » Quelle émotion de voir ce titre sur la couverture. Quelle émotion de repenser à ta réaction quand je t'ai dit que tout le monde l'avait adoré et qu'on le choisissait. Tu avais raison, ce titre est parfait.

Merci à mes enfants, vous êtes ma plus belle inspiration. Quel bonheur de vous regarder grandir main dans la main, de vous entendre rire de choses que vous êtes seuls à comprendre, vous disputer et l'oublier dans la minute, construire des souvenirs communs.

Merci à mon mari d'être mon premier relecteur (parfois un peu trop zélé), d'accepter mes personnages à notre table, et de partager ma joie de vivre cette aventure complètement folle.

Merci à ma famille pour votre soutien, votre fierté, votre amour. J'ai beaucoup de chance d'avoir atterri parmi vous. Maman, merci de m'accompagner dès que tu en as l'occasion, c'est encore mieux quand tu es là.

Merci à mes amis pour votre présence à n'importe quelle heure, de partager rires et larmes, et de ne jamais me reprocher mes silences quand l'écriture me happe.

Merci à ma très chère éditrice, Pauline Faure. Tu t'en défends, mais tu as été infiniment précieuse tout au long de l'écriture de ce livre. Et Big Up à Camille pour la réplique du fakir !

Merci aux éditions Flammarion, et particulièrement à Sophie de Closets et Carole Saudejaud, que je suis heureuse de retrouver dans cette nouvelle maison, et Guillaume Robert, Laetitia Legay, Marie Nardot, Julie Kowarski, Vincent Le Tacon, François

Durkheim, Claire Le Menn, Sophie Raue de m'avoir accueillie avec tant de chaleur et d'enthousiasme.

Merci aux équipes du Livre de poche, quelle joie de continuer l'aventure avec vous ! Un merci spécial à Béatrice Duval, Audrey Petit, Zoé Niewdanski, Sylvie Navellou, Anne Bouissy, Ninon Legrand, Florence Mas, Dominique Laude, William Koenig, Bénédicte Beaujouan, Antoinette Bouvier, Maïssoun Abazid, Céline Selbonne.

Merci aux premières personnes qui ont lu le manuscrit, vos retours m'ont été précieux : Arnold, Muriel, Serena Giuliano, Sophie Rouvier, Cynthia Kafka, Marie Vareille, Baptiste Beaulieu, Camille Anseaume, Alice Morgado, Eva Wenger, François Coune.

Merci aux libraires d'être des ponts entre les lecteurs et les auteurs. Merci de soutenir mes livres avec ferveur.

Merci aux représentantes et représentants d'être, dans l'ombre, ceux qui transportent les livres vers la lumière.

Merci aux blogueuses et blogueurs, je suis toujours émue du temps et de l'énergie que vous dépensez pour partager votre passion.

Merci à vous, chères lectrices, chers lecteurs. Je vous l'ai déjà dit, je me répète, mais cette aventure est si belle car elle est partagée avec vous. Écrire est mon rêve de petite fille, je pensais que voir mon nom sur une couverture me comblerait. C'est le cas, mais je n'imaginais pas que ce qui me comblerait le plus serait le lien que ces histoires tissent avec vous. Lire vos retours est toujours très puissant, vous rencontrer encore davantage. Chaque fois que j'écris un nouveau roman, je me demande qui il va intéresser, à part moi. J'écris sur l'intime, sur des émotions qui me traversent, des situations qui me bouleversent. Je me le répète, tout au long de l'écriture : « Ça ne va parler à personne. » Je continue tout de même, sans m'encombrer de ces pensées. Je refuse d'être guidée par les attentes, je veux continuer à écrire la boule au ventre et les larmes aux yeux.

À chaque roman, pourtant, vous avez fait mentir cette appréhension. Je suis incapable de l'expliquer, c'est un phénomène qui me dépasse, mais qui me laisse penser qu'au fond, on est tous un peu les mêmes.

Alors, merci pour vos mots, pour vos sourires, pour votre enthousiasme et votre présence. Dans tout ce foutoir, c'est réconfortant de savoir que l'on n'est pas seul.

Cet ouvrage a été mis en pages par

<pixellence>

CET OUVRAGE
A ÉTÉ ACHEVÉ D'IMPRIMER
SUR ROTO-PAGE
PAR L'IMPRIMERIE FLOCH
À MAYENNE EN OCTOBRE 2023

N° d'édition : 617491-0. N° d'impression : 103450
Dépôt légal : novembre 2023
Imprimé en France